ミシェル・エルベール&
ウジェーヌ・ヴィル/著
小林 晋/訳

●●

禁じられた館

La Maison interdite

扶桑社ミステリー
1636

La Maison interdite
par Michel Herbert & Eugène Wyl
1932

禁じられた館

主要登場人物

ムッシュー・ナポレオン・ヴェルディナージュ……モンルージュ食品会社社長
ラリドワール先生……公証人
アデマール・デュポン‐レギュイエール侯爵……ヴェルディナージュの秘書
シャルル・シャポン……執事
テレーズ・シャポン……家政婦でヴェルディナージュのかつての乳母。〈ボンヌ‐メメ〉
ギュスターヴ・コリネ……召使い
エドモン・タッソー……運転手
ジャンヌ・タッソー……コック
ジャック・ベナール……マルシュノワール館の番人兼森番
クロドシュ……脚の不自由な男
アブラム・ゴルデンベール……マルシュノワール館を建設させた銀行家
ムッシュー・デルーソー……ゴルデンベールの死後、マルシュノワール館を買った男

トーピノワ……警部
エマール……巡査長
ビネ……憲兵

ポール・マリコルヌ……フランス共和国検事代理
クロード・ローネ……予審判事
アンドレ・プリュヴォ……管区警視
エルネスト……書記

アデライード・バリュタン……ヴェルディナージュの遠い親戚
オクターヴ・バリュタン……アデライードの弟、輸出会社の会計係
トム・モロウ……私立探偵

ルブリュマン先生……弁護人
ショーメル先生……弁護人
ド・サルヴァ・トニーニ先生……訴追側弁護人

第一部　一人の男が入った……

1

大馬力の豪勢でぴかぴかのリムジンが巧みなカーヴを切って、マルシュノワール館の玄関に通じる石段の前に音もなく停まった。

番人が駆けつけて、恭しく慎重に車のドアを開けて帽子を取った。

腹の出た人物で、その顔の丸いことといったら、真っ赤なボールを短い首の上にバランスを取って乗せたようで、胴体は薄紫色のスーツを窮屈そうにまとい、両足に窮屈なカナリア色の靴をはいたその男は地面に降り立った。

短い指のそれぞれには指輪をはめ、その完璧な宝石は光り輝いていた。新来の男はチョッキのポケットから鼈甲縁の片眼鏡のレンズを取り出して、左目に固定した。

彼は明らかに満足した様子で、城館の前に広がる庭園の一角にうっとりと見とれていた。広大な芝生の真ん中を薔薇色の砂利で覆われた小道が縦断し、その中央で円形噴水盤の淀んだ水が光を反射していた。

彼は四階まであり、重厚な彫刻と気取った装飾を戴いた建物をよく見ようとして体の向きを変えた。

半円形の突出部が、とりわけこの大男の興味を惹(ひ)いた。

「少なくとも、こいつは小塔付きの本物の城館だ！」彼は声を上げた。

華奢(きゃしゃ)で色白、女性のようにか弱そうで、洗練されたエレガンスを備えた青年が車から降りて、身体を左右に揺らしながら進み出た。

相手の男は嬉(うれ)しそうに呼びかけた。

「ああ、侯爵！……私は大いに満足だ！　有頂天だよ！……この住まいは素晴らしい！　何というたたずまい！……何という様式！」

美青年は笑みを浮かべながら言った。

「様式は第三共和制様式、正真正銘の保証付きですよ！」

腹の出た人物は皮肉を理解できなかった。

「ああ！」単純に彼は驚いた。「そうかもしれないな。君は私よりもそういうことには通じているから」

今度はもう二人の人間が自動車から出てきた。二人とも冷ややかで重々しく、やせて几帳面で堅苦しく、髪をきれいにとかして黒服を着ていた。

一人は腰が曲がって恭しい老人だった。手袋をはめた両手で立派な白い顎鬚(あごひげ)をなでていた。もう一人はおずおずした態度の青年で、髭(ひげ)をきれいに剃(そ)って顔ににきびができていた。彼は書類のぎっしり詰まった革の折り鞄を持っている。

顎鬚の老人がゆっくりした仰々しい口調で尋ねた。

「嘘じゃなかったでしょう、ムッシュー・ヴェルディナージュ？……この見事な邸宅を買うよう私が進言したのは間違いではなかったでしょう？……壮麗な城館、建築面積はおよそ二百平方メートル、電話や電気などの近代的設備が備えられ、加えて小さな門番小屋があり、すべてが五ヘクタールの完全に壁に囲まれた庭園に収まり、コンピエーニュからすぐ近くの、エーグルの森のど真ん中という、比類ない敷地に位置しているのです！……それが捨て値で放置されていたのですよ！……あなたはそれをただ同然の値段で手に入れたのです！……」

大男は肩をすくめて答えた。

「私にとって値段は問題ではないのだよ、ラリドワール先生！……私がこの土地を気に入っただけで充分なのだ。……購入の詳細については、秘書のアデマール・デュポン＝レギュイエール侯爵と取り決めてくれ」

彼は自分についてくる優雅な青年を指さして、さり気なく最後の言葉を口にした。

「かしこまりました！」ラリドワール先生は答えた。「その前に、ムッシュー・ヴェルディナージュ、私も建物の中に入ってよろしいでしょうか？……内装は外観に相応なものです。……失望なさることはないと思いますよ」

老人の合図に従って、番人が近づいてきた。

屈強な田舎者で、年齢は三十歳ほどだった。魅力的な口髭が顔を覆っていた。太い眉の下で瞬かせている狡猾そうな目が、いささか腹黒そうな表情を与えていた。

彼は卑屈な態度でお辞儀をした。

「ベナールをご紹介します。用心を怠ることのない夜警のジャック・ベナールです」とラリドワール先生は言った。「ベナールはここに五年前から、つまりこの城館が建てられた時からいます。……城館の維持と庭園の見張りをずっと、マルシュノワール館に住人がいない時であっても、引き受けています」

「その通りです、公証人の先生！」厚い布製の帽子のつばを指に挟んで回しながら、番人は早口で口ごもるように言った。「本当のことです！　私は城館の一部のようなもので……」

ラリドワール先生はヴェルディナージュの方を向いた。

「私はベナールを推薦しますよ」彼は言った。「特にお考えがないのであれば、マルシュノワール館を買われた時に、献身的な最良の番人がいることになる」

「旦那様はお買いになるのですか、この……？」驚きのあまり顔をゆがめてベナールは尋ねた。

彼は途中で口を閉じて、気まずい沈黙の後に、これから主人になる男の方を向いて、猫なで声で言った。

「旦那様は私を必要としていると思っていいですか？　私は掌(たなごころ)を指すように庭園を知り尽くしています」

「それはいずれ分かるだろう！」ヴェルディナージュはぴしゃりと言った。

この即答を避けた返事は、おそらくもっと愛想の良い対応を期待していた番人の気に入らなかったようだ。

その時、脚の不自由な男が跛行(はこう)しながら城館の左の角から現れ、小塔を迂回(うかい)し、入口の階段前に人びとが集まっているのを見て、驚いて立ち止まった。

番人は彼に不機嫌のはけ口を見つけた。

「あっちへ行け、クロドシュ！　出て行け！　早く！」

男は立ち去った。

番人はヴェルディナージュの方を向いた。

「あれはクロドシュという男です」と番人は説明した。「私が哀れんで引き取っている脚の悪い気の毒な男です。地元では誰も彼を使いません。頭が少しおかしいのですが、彼なりにできるだけ私の助けになろうとしています。マルシュノワール館のような大邸宅となると、二人の人間に充分な仕事があります」

「あの気の毒な男を悪く言うのはやめたまえ！」公証人は言った。「建物に入らせてくれ」

　ベナールは上着のポケットから鍵(かぎ)を取り出すと、城館のドアを開けた。

　玄関ホールに入るや大男が熱狂的な声を上げた。

「完璧だ！……素晴らしい！……建築家は大理石を惜しみなく使っている……」

「金箔(きんぱく)もね！」アデマール・デュポン・レギュイエールが茶化した。

「この薔薇や竪琴や玉縁を使った花飾りを見たまえ！」ヴェルディナージュがさらに言った。「こいつは豪勢だ！」

「成金趣味(ヌーヴォー・リッシュ)でさえある！」

　その、あまりにも露骨な冷やかしに、ヴェルディナージュは飛び上がった。彼は平然としている秘書を不安げな顔で眺めた。

　それ以上何も言うことなく、彼は右手の最初の部屋に入った。

「ここは書斎でございます」公証人が説明した。「一万冊の蔵書が収納できましょう！」

　大男は侯爵に指示を与えた。

「侯爵、君は書棚を満たすために充分な冊数の本を買うんだ。各分野で最良のものを選びたまえ」

「かしこまりました、ムッシュー。どの作家をお好みですか？」

「誰だっていい！　私は単に書斎の壁を本で埋め尽くしたいだけだ。君は私が一万冊の本を読みたがると思っているのかね！　無駄にする時間はないのだよ、この私には！〈モンルージュ食品会社〉の代表取締役が、のうのうと生きていけるかね！」

彼は壁面中央にある巨大な暖炉を見るために話を中断した。

「なんと、石造りじゃないか！　残りの部分と同様に大理石にすることはできなかったのだろうか？　この建築家には本当にセンスというものがないのかね！」

「この暖炉がお気に召しませんか？」ラリドワール先生が驚いて言った。「しかし、美しいものではありませんか。マルシュノワール館の最初の所有者が十二世紀の城から運ばせたもので、城の方はその後取り壊されてしまいました。ご覧下さい。火床の奥に城主の紋章の浮き彫りされたプレートがあります」

ヴェルディナージュは秘書に呼びかけた。

「侯爵、君はその錆びたプレートを新しい物と交換してくれ」

「同様に〈モンルージュ食品会社〉の商標を刻ませることもできますが？」デュポン‐レギュイエールは真顔で提案した。

「それは名案だ！」大男は賛成した。「私にはどうして〝自分の〟城館の暖炉に見ず知らずの人物の紋章入りプレートを付けなければならないのか理解できんよ！」

公証人が彼を引っ張っていった。

「玄関ホールの反対側に」と裁判所補助吏でもある男は言った。「レセプション・ルームが並んでいます。部屋の間の連絡口を開放し、食堂、大小の客間を合わせれば、長さ十四メートル、奥行き五メートルの広い部屋になります。執務室、調理場、シーツ・タオル置き場まではご案内いたしません。書斎の横に一部屋あって、お好みで喫煙室、仕事場、寝室にでもすることができます。一階はこれで全部です。……これから上階に行きましょう」

来訪者たちはホールの端に来た。

ラリドワール先生は、一つは地下貯蔵室に至る階段、もう一つは上階に至る階段を指し示した。

番人が帽子のひさしに手を触れた。

「失礼します、ムッシュー・ラリドワール」と番人は言った。「私が上の階まで付き添う必要はたぶんないのではありませんか?」

「確かに、その必要はないな」公証人は答えた。「君は下がってもいいぞ、ベナール。後でわれわれが出かける時に、城館のドアにしっかり鍵をかけることだけは忘れないでくれよ」

「ご安心ください!」番人は答えた。「入口の鍵は私がポケットから手放すことはありません。あなたがいらっしゃらない時は、誰だろうと私の許可なく侵入することはできません」

全員が二階の部屋に目を通した。ヴェルディナージュが自分好みの間取りを開陳した。

「ここは〝私専用の〟喫煙室にしよう。あそこは〝私の〟ビリヤード・ルームで、あの部屋は〝私の〟浴室だ。ここは〝私の〟寝室で、ここは〝私の〟秘書の部屋にする。私の乳母でもあった〈ボンヌ・メメ〉と〝私の〟執事は一階の書斎に近い小部屋に寝泊まりする。そうすれば、〝メイド〟が〝私の〟階段を上り下りして疲れることもないし、彼女の夫である執事の面倒を見るのも楽だろう」

段々と陽気な気分になって、大男は各部屋を次々と歩き回って、〝景色〟を眺めるために窓を開け、硬さを確かめるかのように仕切り壁を大きな拳で叩き、スイッチを動作させ、派手なシャンデリアや、趣味が良いとは言えないが、少なくとも贅沢に配置された、あちこちの照明の明かりに陶然となった。

マルシュノワール館は確かに彼が長年夢に見ていた住居だった。

彼は笑みを浮かべ嬉しそうな大きな顔を公証人に向けた。

「かつて乳母が私をゆりかごに入れて揺すっていた時、まさか当時薄汚いぼろをまとっていた赤ん坊だった私が、いずれマルシュノワール館の主になるとは夢にも思わなかっただろうな!」

彼は喜びに顔を輝かせ、満ち足りた様子で往ったり来たりして、すでに一家の主のつもりであった。

城館の主人！……そう口に出すと、まるで夢を見ているような気がした。彼は一九一四年の自分の姿を思い出した。小売りの小さな食料品屋で、野心も将来もなく、ぱっとしない人生を運命づけられていた。戦争が起こり、大いに恐ろしかったが、そのことが有利に働いた人間もいた。

友人の推薦のおかげで、ヴェルディナージュは軍隊の経理部から注文を取ることができた。さらなる注文が彼に富を、やがて一財産をもたらした。

平和が戻ると、彼は〈モンルージュ食品会社〉を設立して、そこの代表取締役になった。彼の経営によって、会社は繁栄した。数年間の苦労の後、ヴェルディナージュは巨万の富の持ち主となり、とうとう当然の報償として休暇を取ることを思い立ったのだ。

立派な物件が売りに出ているという広告に釣られて、コンピエーニュの公証人ラリドワール先生の事務所に出向いた。

初めて行った時から、マルシュノワール館はその規模の大きさといささか目立つ外観から彼を喜ばせた。

「三階があります」公証人は言った。「屋根裏に一部屋と寝室二部屋があります」

「一部屋には〝私の〟召使いを、もう一部屋には〝私の〟運転手と〝私の〟コックを置くことにしよう」ヴェルディナージュは説明した。「こうすれば全員が部屋に収まる！……もはや売渡証書に署名するだけだ。ラリドワール先生、お宅の事務員は必要な書類を持って来たかね？」

「必要書類はわたしどもで所持しております」尋ねられた男は答えた。

大男は秘書の方を向いた。

「侯爵、契約書の文面には目を通したかね？　すべて形式に適っているかね？」

「全て法律に則って適切です、ムッシュー。あとは署名を書き込むだけです」

「よし！　それなら、〝私の〟書斎に下りよう。あそこなら居心地よく最後の手続きを済ませることができる」

ラリドワール先生はぞっと身震いして、小声で言った。

「書斎でですか？……」

「そうとも！」ヴェルディナージュは公証人の異様な態度に驚いて、不満げに声を上げた。「あの場所に何か不都合があるのかね？」

「いえ……その……何と言っても……あなたがご希望ならば」裁判所補助吏でもある公証人は口ごもりながら言った。

彼らは階段を下りた。

アデマール・デュポン・レギュイエールが最初に書斎に入った。

すぐに彼は巨大な暖炉の上に、目につくように置かれた手紙に気づいた。

「おや！　われわれが二階に上がっている間に郵便配達が来たんだな！」美青年は手紙に手を伸ばしながら、陽気な声で言った。

公証人が駆け足で近づいた。

「**手を触れないで！**」その声は怯(おび)えていた。

しかし、秘書はすでにタイプで打たれた宛名(あてな)を目にしていた。

コンピエーニュ（オワーズ県）

マルシュノワール館の

新しい所有者へ

「**手を触れないで！　どうか手を触れないでください！**」ラリドワール先生は手紙を奪おうとしながら繰り返した。

不審に思ったヴェルディナージュは、ほとんど乱暴なまでに裁判所補助吏を退けて、自分宛の手紙を取った。封筒を開けて、一葉の半透明の薄紙を取り出すと、そこには以下のような数行がタイプで印字されていた。

マルシュノワール館、八月二十八日
命が惜しかったら、マルシュノワール館から直ちに立ち去り、二度と戻ってくるな。
禁んじられた館を買ってはいけない。

大男は顔を上げた。

公証人は風に揺れる木の葉のように震えていた。小男の事務員は顔面蒼白になって、倒れないように壁に寄りかかった。

アデマール・デュポン・レギュイエールはつっかえるように言った。

「禁じられた館……禁じられた館……」

ヴェルディナージュは突然笑い出した。噛んだ大きな親指の爪で警告の言葉の最終行の単語をなぞるようにして、愉快そうに大声で言った。

「ほほう！　侯爵、綴りを間違えるのは私だけではないことが分かるだろう！　匿名の手紙の差出人は〈禁んじられた〉と、余計な『ん』を加えている！」

彼は大笑いして、時計の鎖の飾りを太鼓腹の上で揺すりながら言った。

「こんな愚かな悪ふざけをやったのはどこの馬鹿だろう？」

「あなたの……おっしゃる通り……こいつは悪ふざけ……愚かな悪ふざけです！」ラリドワール先生が口ごもりながら言った。「もちろん、計画に変更はありませんね？」

「ないとも！」大男は答えた。「私はマルシュノワール館を購入し、できるだけ早く入居したい」

「ですが、ムッシュー……」アデマールが反論しようとした。

ヴェルディナージュは肩をすくめた。

「どうした？……脅迫のことか？……暖炉職人（フュミスト）の仕業であることが分からんのか？」

彼は大笑いしながら断言した。

「暖炉を郵便箱代わりに使うのは暖炉職人だけさ！」

この月並みな冗談に自己満足すると、成金は公証人の背中を親しげに叩きながらこの冗談を繰り返したので、ラリドワール先生は背中をいよいよ曲げた。

＊＊＊

このエピソードをナポレオン・ヴェルディナージュは〈冗談（フュミストリ）〉としか見ていなかったが、これによってマルシュノワール館の不可解な事件の幕が切って落とされたのだった。

2

煉瓦職人、建具屋、暖炉の配管工、電気技術者、塗装屋、室内装飾屋のグループが館に入り、アデマール・デュポン-レギュイエールの指示のもと、数々の改修、拡張、美化工事が精力的に行われた。

侯爵は横柄で高飛車な態度のせいで、彼の指揮下に置かれた職人たちやマルシュノワール村の住民たちからたちまち毛嫌いされた。二日目になると、侯爵は自分の権威を認めようとしない番人と口論になった。

二人の男はあわや取っ組み合いの喧嘩を始める寸前まで行ったが、ベナールの筋骨隆々たる肩の前に、華奢な美青年は譲歩した。彼は聞き取れない曖昧な脅し文句をつぶやくだけで満足して、相手から逃げ出した。

マルシュノワール村には地元の人間がたびたび集まる場所が二か所あった。もっぱら女性の集まる共同洗濯場と、男性の集まるカフェ〈メナール・ジューヌ〉のホールだった。

洗濯場では、カフェ〈メナール・ジューヌ〉同様に、熱心なおしゃべりが続いた。地元の毒舌家は常に事情に通じていて、いかにアデマール・デュポン・レギュイエールがいかがわしい青春時代を経て、ナポレオン・ヴェルディナージュに仕えることになったのか語った。

彼女たちによれば、侯爵は幼い頃に親元を離れた。自由で気ままな生活を送って、遊蕩に明け暮れ、頻繁に悪所に出入りし、モンマルトルの名うての泥棒仲間から友人を選んだ。

一年間、貴族の肩書きと道を踏み外した悪党のエレガンスに釣られて誘惑された貧しい娘のヒモとして暮らした。或る日のこと、その娘は刃傷沙汰に巻き込まれて殺された。

生活の手段を奪われ、生きる必要から別の金策に迫られ、アデマールは不渡り手形を出した。告訴されたが、デュポン・レギュイエール家が弁済したので告訴は取り下げられた。ぎりぎりのところで軽罪になるところを回避し、告訴された男は改心することを約束した。

ヴェルディナージュは秘書を求めていた。

アデマールが現れて、雇われた。

彼の生まれながらの気品が、巨万の富を持ちながら粗野な大男にたちまち畏敬の念を起こさせたのだった。

食品会社の社長は自分が正真正銘の貴族を雇っていることをとても自慢にした。服装や社交上の意見を彼に求めるのは喜びだった。デュポン‐レギュイエールはヴェルディナージュにとって、最高決定権を有する一種の儀典長だった。

そういうわけで、城館の改修に当たって、大男は秘書のリーダーシップと趣味の良さを信頼して一任したのである。

＊＊＊

とうとうあらゆる準備が整うと、ヴェルディナージュは使用人を伴って到着した。アデマール・デュポン‐レギュイエールを除いた使用人は、執事、召使い、運転手、コック、そして家政婦だった。

食品会社社長は普段は使用人に対して厳しかったが、執事と家政婦のシャルルとテレーズのシャポン夫妻には過度なまでに寛大だった。

テレーズ・シャポンは新しい城主の乳母で、城主はほろりとさせるが、いささか馬鹿げた優しさを示して、彼女のことを〈ボンヌ・メメ〉というあだ名で押し通した。この老女は、いささか手足が不自由だったが、この愛情深い呼称を受け入れて、その代わりに元赤ん坊で、今では肥満した五十男になっていた男を、〈坊ちゃん〉とか〈ナポ〉と呼んだ。

七十歳になって、髪も頬髯も白くなっていたが、テレーズの夫シャルルは健気にも自分の職務を遂行した。不幸にして、彼は葡萄酒の神の途方もない信者だった。飲酒癖に支配されて、執事は物忘れが激しくなり、手も震えるようになった。特に、しばらく前から仕事にも支障が出るようになっていた。

何度となくヴェルディナージュは高齢の使用人に注意を与えて、そのたびに使用人は深刻な顔をして改めますと誓った。しかし、執事はいつも禁酒の誓いを忘れて、悪習に戻っていった。

食品会社社長がシャポン夫妻を一階の書斎の隣の寝室に住まわせることにしたのは、彼らの年齢に敬意を表してのことだった。その部屋からであれば、シャルルは容易に地下のワイン倉と厨房に目を届かせることができる。

マルシュノワール館のスタッフには運転手とコックから成るもう一世帯がいる。エドモンとジャンヌのタッソー夫妻はもはや若い夫婦とは言えなかったが、いまだにハネムーンの法悦境を生きていた。彼らのやることといったら、仕事を済ませて暇になった時に、満足そうな笑みを浮かべながらお互いの目を見つめ合うことだった。

召使いのギュスターヴ・コリネはどうかと言えば、彼は熱心かつ熟練の手際で仕事をこなし、孤独を求めて、休息時間には部屋にこもった。

この二十歳の青年の人間嫌いは、初めは他の使用人たちを驚かせたものだった。テレーズ・シャポン——配膳室では一廉（ひとかど）の心理学者として通っていた——はすぐに、『あれは自然じゃない』と言い、しばし熟考してから、『影に女がいるに違いない』とほのめかした。

ヴェルディナージュは多数の使用人に囲まれているのが気に入っていたが、マルシユノワール館に入居して以来、それに庭師兼番人のベナールと助手のクロドシュが加わった。

幸福で満ち足りた、素朴な男であるヴェルディナージュは、恵まれない人間の弱さや惨めさを前にして、健康に輝き財産に恵まれた人たちが本能的に抱く同情のようなものを、この気の毒な人間に感じた。

クロドシュは骨盤に複雑骨折があり、半分麻痺（まひ）した片脚を引きずり、松葉杖（まつばづえ）を支えにのろのろとかろうじて前進するという、強度の跛行（はこう）を強（し）いられていた。したがって、片方の肩が上がり、頭は少し斜めになった。

このような身体の変形によって、相手を見たいと思った時には、この障害者は松葉杖を軸にして身体を回転しなければならなかった。

小頭症患者のように額の狭い大きな頭には、櫛（くし）でとかしたことのない、もじゃもじゃの赤髪を戴いていた。赤く腫(は)れた上下のまぶたの間の目は、光が目に痛いのか、絶えず涙を流しながら瞬(まばた)きをした。

庭園を散歩する時、館の主はたびたびこの男と出会うことがあった。彼は通りすがりに励ましの言葉をかけるのが習慣になっていた。

この脚の悪い男と一緒にいると、ヴェルディナージュは本当の自分に帰るような気がした。社交上の遠慮を忘れ、アデマール・デュポン・レギュイエールの皮肉な論評を気にすることなく、優雅な秘書の唇に浮かぶ、とがめるような表情を目にすることもなく、俗語を交えて気楽に話すことができた。

そのうえ、クロドシュは聞き上手で、旦那様の話した長々しい言葉に対してほとんど単音節の言葉でしか答えなかった。

この二つの理由によって、ずっと気取りのない人間でいた食品会社社長はクロドシュと好んで一緒にいた。

ヴェルディナージュが住み始めて一週間が経った。九月の晴れた朝、彼は入口の鉄格子門へと続く中央の小道を小股(こまた)で歩いていた。

いつもの習慣で、真面目に芝地に熊手(くまで)を入れていたクロドシュに彼は声をかけた。

「すると、お人好しのクロドシュよ、君は〝私の〟芝地に鋤(すき)を入れてくれているんだな！」

脚の不自由な男は松葉杖を軸にしてくるりと回転すると、大きな麦わら帽を手で触れた。

ヴェルディナージュがそのまま進もうとした時、噴水盤を見ると雨水が少し溜まっているだけなのに気づいた。

「なあ、クロドシュ」と彼は言った。「〝私の〟噴水盤を掃除して、〝私の〟噴水（彼は〝風水〟と発音した）を正常な状態に戻すよう命令する」

クロドシュは松葉杖に寄りかかりながら、主人をぽかんとして見て、ばかみたいに笑った。

ヴェルディナージュはさらに言った。

「〝私の〟噴水盤には水がなければならない。なぜならば、水のない噴水盤はもはや噴水盤ではないからだ！……そうじゃないかね、クロドシュ？」

このように機知に富んだ発言をすると、社長は親指をヴェストの袖ぐりに通して満足そうな様子で行ってしまった。

突然、叫び声がして彼はふり返った。

「ナポ！……ナポ！……坊ちゃん！」

テレーズ・シャポンが動揺した表情で、息を切らしてやって来た。

「前にも言ったでしょう、〈ボンヌ・メメ〉、使用人の前でその呼び名は使わないでと！」ヴェルディナージュは怒った口調で言った。「その呼び名を使うのを認めたのは、親しい人間の間でだけのことです。しかし、公の場では、例えば……その……要するに……」

自分の考えを言い表す適切な言葉が見つからず、彼は最後まで言い終えることができなかった。

「大変です！」テレーズが空に腕を上げながら息を継いだ。「大変です！」

「どうしたんだ？　話しなさい！」主人は苛立ちながらさえぎった。

「ああ！　ナ……失礼しました！……ああ！　旦那様！　もしもあんたが……もしもあなたが私の聞いたことを知っていたら！」

テレーズ・シャポンは城館でただ一人、村の住人と毎日接触のある人間だった。食料品の買い出しの必要から、彼女はカフェ〈メナール・ジューヌ〉で休憩することがたびたびあった。そこの経営者は、宿屋の亭主であり、食料品屋、八百屋、パン屋、総菜屋、肉屋、ガソリン売りも兼ねていて、村一番の商店主だった。

彼女が腕に籠を抱えて、煙が充満した店に入ると、間近でよそ者をじろじろ見たがる或る〈田舎者〉がいつもいた。

その田舎者はテレーズの周りをうろつき回って、無遠慮に気温や〈食料品〉の高値について話しかけ、会話が当たり障りない話題で始まると、さり気なく新しい城館の主人の財産や信用、あるいは過去に関して聞き出そうとするのであった。

家政婦はそれには答えず、彼女の口の堅さは共同洗濯所のおしゃべり女たちとカフェ〈メナール・ジューヌ〉の客たちからあまり嬉しい評価を得られなかった。

しかし、テレーズから望みの情報を引き出すことをあきらめない者たちも何人かはいた。質問は何度も行われ、ねばり強く、的確だった。

もはや我慢できなくなって、〈ラ・ペレット〉の名で知られる年寄りのおしゃべり女が謎めいた様子で〈ボンヌ・メメ〉に近づくことにした。

周囲を見回して誰も見ていないことを確かめると、老婆はつぶやいた。

「別にあんたに忠告しようってんじゃないよ。……あんたのご主人は金持ちのようだ。……ただ、〈正真正銘の城館〉を買うには、たぶんそれだけじゃ充分じゃないんだ。……それじゃ、ご主人はマルシュノワール館に満足しているんだね。……ご主人は間違っているよ！……仕方がない！……ご主人は受け入れるでしょうよ！……知ったうえで〈禁じられた館〉を買うとは、まさに大変な危険に身をさらすようなものですからね！」

家政婦はその言葉をヴェルディナージュに報告しながら身震いした。

〈禁じられた館〉……。

大男は飛び上がった。

彼は城館に向かって駆け出し、書斎に入ると、机の引き出しを開けて、半透明の薄紙を取り出した。

城館を初めて訪問した時に石造りの暖炉の上に置かれていた匿名の手紙だった。

彼はタイプで打たれた文章を読んだ。

マルシュノワール館、八月二十八日

命が惜しかったら、マルシュノワール館から直ちに立ち去り、二度と戻ってくるな。

禁んじられた館を買ってはいけない。

当惑して、社長は頭を掻いた。

彼はひどい混乱にとらわれて、広い部屋の中を往ったり来たりした。

禁じられた館……。

この言葉は何を意味しているのだろう？

彼はアデマール・デュポン・レギュイエールが大きな暖炉に置かれた奇妙な手紙にいち早く気づいた時の公証人の反応を思い出した。

「手を触れないで！」と裁判所補助吏は言ったのだ。

しかし、ヴェルディナージュは手紙を開封した。その時、ラリドワール先生は恐怖に身震いし、見習い書記は壁に寄りかかり、両脚からは力が抜けたようになり、一言も発することができなかったのだ。

彼はまた、公証人が彼をマルシュノワール館の将来の所有者と紹介した時の、番人ベナールのばつの悪そうな態度を思い出した。

大男は紙くず籠を蹴って、中味が床の上にぶちまけられた。

「何もかもがばかばかしい！」彼は声を上げた。「……もはや幽霊屋敷の時代でも幽霊話の時代でもないのだ！……これは悪趣味な冗談で、それ以上のものではない。……できるだけ早く止めさせるべきだ。さもなければ張本人に後悔させてやる！……私はからかわれて黙っている男じゃないぞ！」

長い沈黙の夢想の後、彼は口ごもるようにつぶやいた。

「冗談！……これは単なる冗談以外の何ものでもない！……明白だ！」

再び沈黙の後、彼は自信なげにため息をついた。

「しかし、もしも……？」

3

翌朝、ヴェルディナージュはすっかり幸福な気分で目を覚ました。

その日は晴天になりそうだった。一晩中突風のように吹いていた風は、すっかりやんでいた。雲一つない空は青々と晴れやかに輝いていた。

「良い天気が戻ってきたぞ！」大男は確認するように言った。さらに、「〈私の〉召使いである天気が〈私の〉空を一掃して、〈私の〉館から遠くへ雨を追いやったのだ」と言い出しかねない様子だった。

しかし、似たようなことを考えていたのは確かだ。

彼は〈自分の〉召使いを呼んで、ゴルフ用の服装に着替えた。彼の信じるところでは、この服装だけが田舎で上品な人間が着ても許されるものだった。

彼は次に秘書を呼んだ。アデマール・デュポン - レギュイエールが部屋に入り、礼儀正しいとはいえ尊大な態度で会釈した。

「おはよう、侯爵！」社長は言った。「今朝の郵便物に何か新しいことはあったかね？」

「ほとんどありません、ムッシュー。パスタの注文が二件と納入業者からの提案が一件です」

「戻ったら目を通そう。その前に私は、まだ馴染(なじ)みのない村にちょっと散歩に行ってくる」

アデマールは頭を下げた。

城館の主はパナマ帽を頭の後ろに傾けて滑稽(こっけい)なかぶり方をすると、金色の印象的な輪飾りの付いた葉巻に火をつけて出て行った。

マルシュノワール村の住民の数は多くはなく、コンピエーニュの道路沿いに建ち並んだ、およそ四十軒の家に住んでいた。

村から数百メートルのところには、粗末な藁葺(わらぶ)きの家ともアール・デコの展覧会の石膏(せっこう)建築物とも似ている、いわゆる現代風の瀟洒(しょうしゃ)な宿屋が建っていた。

これは総菜屋アンセルム・シャヴィニャックの経営する、〈オステルリ・デュ・クー・ド・フュジル〉で、そのことは——馬鹿正直なのか、皮肉なのか、冷笑的なのか——正面に置かれたゴシック風の看板に示されていた（クー・ド・フュジルには「目玉が飛び出るような勘定」の意味もある）。

そこに書かれた値段は地元の客を遠ざける働きを示した。通りがかりのドライヴァーやその地方の裕福な地主だけが〈銃声(クー・ド・フュジル)〉の敷居をまたぐことができた。

ヴェルディナージュは金時計を見た。十一時であることを確認すると、彼はオステルリのテラス席に腰かけ、アニスの実で香りを付けた食前酒を注文した。

彼の呼びかけに駆けつけた申し分ないバーテンは不安げな好奇の目で彼を見たように思えた。バーテンは彼から離れると、ソムリエに耳打ちし、ソムリエは新しい城館の主に向かって目立たないようにうなずいた。

「あのひそひそ話はどんな内容だろう?」ヴェルディナージュはそう思い、給仕の態度に驚いた。

ラ・ペレットが〈ボンヌ - メメ〉に言った言葉、タイプで打たれた手紙の一節が彼の記憶に甦(よみがえ)った。

またしても〈禁じられた館〉が話題になっているのだろうか?

なかなか忘れられないことに苛立ちを感じて大男は立ち上がると、何の喜びも感じずにグラスを飲み干して袖の折り返しで口をぬぐい、円テーブルの上に盛大にチップを置いて〈銃声〉を後にした。

彼は大股で村の方に向かった。

彼の不満はたちまち募ってきた。というのも、理由があるわけでもないのに、彼が通ると村人たちはささやき合い、彼の背後に集まって小声で何ごとかを議論したからだった。彼のことが話題になっているのだと思い、そのことで彼は不愉快になった。

しかし、不機嫌を抑えると、門の前の石造りのベンチに腰かけて、日なたでパイプを吹かしている老人に彼は気づいた。

「こんにちは！」ヴェルディナージュは愛想良く言った。「晴れた秋の一日になりそうですね？」

「たぶんな！」目の前でつばを吐きながら村人は言った。

パイプをくわえ直すと、老人は再び口を開いた。

「あんたは確か城館の持ち主だな？」

「そうですとも！」

老人はベンチの端に寄って、横の空いた席を示した。

「あんたはいつだって座れるんだよ、そうだろ？」

食品会社社長は誘いに応じた。

半時間後、二人の男は世界で一番の親友になっていた。村人は喜びを隠さずに、カフェ〈メナール・ジューヌ〉のホールで城館の主と食事を共にするのを受け入れた。

彼はヴェルディナージュに自分の名前を教えた。ラフィネット爺さんは〝サン・ベルナールの年生まれの九十歳〟で、〝トンキン戦争（一八八二年に始まったベトナムとフランスの間の戦争）に従軍し〟、税関を隠退していた。

ラフィネット爺さんは、フランスのこの地方の住民にならって、自分の本性をめったにさらけ出すことがなかったが、話し相手の気だての良さにほだされたうえに、白状すると葡萄酒の助けもあって、すぐにかささぎのようにおしゃべりを始めた。

突然、彼は眉を曇らせた。節くれ立った手で、タバコで黄色くなった口髭を梳いた。軽く咳払いをして、いささか当惑を表しながら、ラフィネット爺さんはいよいよ重々しい表情になった。

「あんたはいい男だ、本当に！　それに高慢ちきでもない、ムッシュー・ヴェルディナージュ！」彼は言った。「……いったいどうしてマルシュノワール館を買い取りなさったんだね？……不幸の中に飛び込むようなもんだ、住むだなんて、あの禁じ……おほん！」

彼は大男の顔が曇るのを見て口を閉じたが、大男は途中まで言いかけていた言葉を完成させた。

「……禁じられた館に。……それがおっしゃりたかったことでしょう、ラフィネット爺さん？」

「いかにも……その通りだ！　ムッシュー・ヴェルディナージュ。だが、何と言っても、あんたに不愉快な思いをさせるためじゃない。……それが世間の意見なんだ」

「私はそんなことは知りませんでした」食品会社社長はいささか神経質になって言った。「〈私の〉城館を買ってから、初めて私はそのことを耳にしたのです！……そんな与太話は私にはどうでもいいことだと言わせていただきます！」

「もちろん！　あんたの館のように素晴らしい建物が、いつまでも住む人間がいないとしたら、大きな損失じゃないかね？」

「おっしゃる通りですよ、ラフィネット爺さん。それにまた、どこの悪ふざけ好きな人物が流しているのかは知りませんが、禁じられた館の愚かしい話など相手にせずに、私は館に住み続けるでしょう」

「もちろんですよ、ムッシュー・ヴェルディナージュ、もちろんです……」

「少なくともあなたは、ラフィネット爺さん、あなたはこんな与太話など信じていないでしょう？」

「ええ！　ええ！」

「白葡萄酒のお代わりはいかがです？」

「遠慮したりはしませんよ、ムッシュー・ヴェルディナージュ、遠慮などは……素晴らしい葡萄酒だ！」

老人はグラスの中味を一気に飲み干し、通人のように舌を鳴らし、内側を丁寧にカーボンでコーティングしたパイプにタバコをゆっくりと詰めて、顔を上げずにつぶやいた。

「美しい建物という点では、あなたの城館はまさに美しい建物だ、それは間違いない！……とはいえ……」

「とはいえ……」ヴェルディナージュは反射的に鸚鵡返しに言った。

ラフィネット爺さんは困った様子だった。もしも彼が、何杯も酒を飲んだ結果として自制心を失っていなかったら、たぶん次のようなたわごとを続けて口走ることはなかっただろう。

少しためらってから、彼は舌をもつれさせて言った。

「マルシュノワール館を買うだけだったら何でもないのです、ムッシュー・ヴェルディナージュ。……問題はそこに住まなければならないことなのです」

「ですが、ラフィネット爺さん、私はこのまま暮らし続けるつもりですよ。なにしろ〈私の〉使用人全員と一緒に腰を落ち着けたし、誰であれ私がそうする気にならないうちに館から立ち去らせようとする人間には屈しません！」

「それは分かりませんよ、ムッシュー・ヴェルディナージュ。分かりませんよ……」

「私は屈しません！……」

「誰にも屈しないとおっしゃる！」

「いったいどうしてそんなことを？」

「なぜなら、あんたも他の人間と同じだからです」

「他の人間とは？」

「城館のかつての所有者たちのことです。彼らは出て行きました。あんたも連中と同様に出て行きますよ」

大男は冷笑した。

「ああ！　そうか！　手紙のせいですな……音に聞こえた脅迫状の！」

「その通り」村の住民は声を落としてささやいた。

ヴェルディナージュはびっくりして相手を見た。

「私が手紙を受け取ったことをご存じなのですね？」

ラフィネット爺さんはパイプの火皿を木靴の甲に打ちつけてから言った。

「わしはあの手紙が怪しいと思う。……あんたが書斎にある大きな暖炉の上で見つけたことも怪しいと思っている」

社長は口ごもるように言った。

「しかし、誰があなたに教えたのです？」

「誰も、とあんたに言っておきます……誰も！……わしは怪しいと思っている……なぜかというと、いつも同じように事が運ぶからです」

「これはこれは！」城館の主は漠然とした恐怖を感じた。「……それで、仮に私が手紙の通告した指示を無視したら……それでも私が館に留まったら……どういうことになるのでしょう？」

「その時は……いやはや！」

ラフィネット爺さんは黙り込んだ。その仕草で彼は自分がこれ以上話したくないことをほのめかした。

ヴェルディナージュは息を切らしながら迫った。

「その時は……その時は、どうなんです？」

老人はゆっくりと言った。

「その時は不幸が訪れますな」

大男は恐ろしい悪夢を見まいとするかのように両手を目に運んだ。

彼は考え始めた。そして、考えれば考えるほど、マルシュノワール館にまつわる謎、村人全員が知っていて、ラリドワール先生が彼に隠していた謎のことを、認めざるを得ない気がした。

城館を訪ねてから、ヴェルディナージュが書斎で売買契約書に署名する意向を示した時、公証人は震えていた。

彼が震えたのは、食品会社社長がそこで手紙を発見したのを知ったからだったのだ。

公証人は手紙に含まれる脅迫が顧客に影響して、難しい売り立ての契約締結を妨害することを恐れていたのだ。

マルシュノワール館は広壮で快適な不動産で、素晴らしい立地だ。

しかし、その破格の値段にもかかわらず、マルシュノワール館は何か月もの間、半ば見捨てられ、買い手が付かなかった。

その不可解とも言える過小評価には理由があるはずだった。

その魅力とその低価格にもかかわらず、誰もマルシュノワール館を買おうと思わなかったのは、禁じられているからで、いかなる所有者も禁じられた館を維持することができないからだったのだ。

4

再び酒を注文すると、ヴェルディナージュがラフィネット爺さんに長々と秘密を打ち明けるよう頼むまでもなかった。

酒が入ったせいで、老人は目から涙を流し、背筋を伸ばして椅子に腰かけ、もったいぶった態度で次のようなことを話し始めた。

「わしは館の建った時からの話を知っている。五年少し前のことだが、有名な銀行家アブラム・ゴルデンベールのために建設されているのを見たんだ」

「ゴルデンベールですと？」食品会社社長は声を上げた。「〈クレディ・コンティネンタル〉のゴルデンベールですか？」

「その男だよ！……〈ひどく話好きな〉男だった……百万長者だったが。……さあ、ムッシュー・ヴェルディナージュ、あんたのお仲間だな！」

「どうも！」ヴェルディナージュはぶっきらぼうに答えた。その銀行家との比較が自分の好みではなかったのだ。

実際、少し前にパリ市中を騒然とさせた大規模詐欺事件によるスキャンダルで、彼はその銀行家の名前を覚えていたのだ。

クレディ・コンティネンタル信託銀行の創業者は、創業以来、その莫大な配当金を株主に分配していたが、ゴルデンベールはその影響力と資本金で彼を支持していた財界人たちの企業連合の協力を保証することができた。

或る日、当の銀行家が二千五百万フランの負債を残して逃亡したことを知って人びとは茫然自失となった。

この詐欺事件は財界の巨頭ばかりか、多数の少額貯蓄者にも大打撃を与えた。彼らの多数は破産し、絶望のあまり自殺した。

アブラム・ゴルデンベールは南アメリカへ高飛びする寸前に逮捕された。

裁判は長期にわたるめまぐるしいものだった。判事たちは消えた何百万フランもの大金を彼がどうやって消費したのか白状させることができなかった。被告は不運な投機のことを話したが、その申し立てを証明することはできなかった。

パリの重罪院で懲役七年の刑を宣告されると、政治家たちが彼を懲罰から逃れさせてくれること——それは間違いであったが——を信じながら、鼻で笑って判決を受け入れた。

彼は刑務所に到着して二か月後に死んだ。

予審と裁判が続いている間、マダム・ゴルデンベールは衰えることのない優しさで夫の世話をした。彼女は裕福で権力があり誉れ高い夫を愛した。夫が貧しく、権力も名誉も失ってしまった時も、彼女は夫をいっそう愛した。

彼女はゴルデンベールがレ島に移送される日に毒をあおって自殺した。

どうしてヴェルディナージュがラフィネット爺さんの比較にあまりいい顔をしなかったのか理解できるだろう。

「失礼しました」ラフィネット爺さんが口ごもるように言った。「銀行家のアブラム・ゴルデンベールが不幸な最期を遂げたことは、もちろん知っていますが……あの人には実直な人間という風情(ふぜい)があって、あんなことをしただなんて信じられませんでした！

マルシュノワール館に話を戻すと、ゴルデンベールと奥さんの死後、売りに出されましたが、銀行家が詐取(さしゅ)した二千五百万フランに比べたら、お話にならない金額にしか達しませんでした。

マルシュノワール館はその後、ムッシュー・デルーソーという人によって買われ、その時から〈何もかも〉が始まったのです」

老人はここで口を閉じた。食品会社社長はこの時を利用して白葡萄酒を老人のグラスになみなみと注いで、話の続きを促した。

「さて、ムッシュー・デルーソーがマルシュノワール館を買い取ったと言ったね、ラフィネット爺さん……」

「まさにその通りです！……彼が住み込んでから一週間も経たないうちに最初の手紙が届きました。書斎の暖炉の上に、目立つように置かれているのを発見したのです」

「私と同様ですな。もっとも、私の場合は売買契約を取り交わす前に届いたが」ヴェルディナージュは言った。

「最初の手紙を受け取って一か月後に、ムッシュー・デルーソーは二番目の手紙を受け取り、さらに一か月後に第三の手紙が届いた。彼は悪戯と思って、手紙には一顧だにしなかった。或る日のこと、庭園の噴水盤の近くで、彼は射殺死体となって発見されたのです」

「しかし」と城館の所有者は不安そうに声を上げた。「脅迫状を書いたのが誰なのか、被害者の私生活はどうだったのかは調べたはずでしょう？」

「ええ、すべてやりました。それ以上のことまでも、ムッシュー・ヴェルディナージュ！　しかし、何も発見されなかったのです。ムッシュー・デルーソーは敵などいそうもない、温厚な人物でした。それでも彼は殺されたのです。犯行は日が暮れてから実行されました。ムッシュー・デルーソーは夕食前にちょっとした散歩に出かけました。城館に残っていた家族と使用人がはっきりと銃声を聞きましたが、ムッシュー・

デルーソーは熱狂的な狩猟家だったので、エーグルの森で旦那様は雉か何かを撃っているんだろうと思っていたのです。全員が尋問を受けました。番人のベナール――こいつはゴルデンベールに仕えていて、引き続きムッシュー・デルーソーにも雇われていたのですが、警察の捜査を成功に導くような情報は何ももたらしませんでした。結局、予審判事は未解決として処理してしまったのです」

「信じられん！」ヴェルディナージュが言い返した。「仮にムッシュー・デルーソーには敵がいなかったとしても、彼の死によって利益を得た人物がいるはずだ。そのことは調べてみたのですか？」

「何度も繰り返しますが、すべて考慮されましたよ、何もかも！　ムッシュー・デルーソーは男やもめでした。遺産を相続したのは子供たち、彼の愛した二人の息子と一人の娘でした。

それに、彼に宛てた脅迫状は一つのことしか要求していません。いつも同じでした。城館から出て行くことです」

「常軌を逸している！」食品会社社長は死人のように青ざめて、あえぐように言った。汗が玉となって下ぶくれの顔を伝った。彼は早く知りたくてたまらなかった。何もかも知りたい。彼は恐る恐る訊いてみた。

「その後は？……ムッシュー・デルーソーが殺害された後、どうなったんです？」

「その後、後見人が未成年の子供たちのために、城館を売りに出しました。買い手が現れ、再び脅迫状が送られました」

「脅迫状が再び送られるようになったのですか？……」

「その通りです。城館の新しい所有者は引っ越してきて早々に、暖炉の上の平台に最初の脅迫状が置かれているのを発見しました。さらに三十日後、前回同様に、このまま禁じられた館に……居座るのならば殺害すると予告する第二の手紙が届きました。

彼は、ムッシュー・デルーソーが亡くなったのは、警告を無視して城館に滞在し続けたからであることを理解していました。前の殺人は被害者が強情だったことが唯一の原因だと考えていました。なぜならば、新しい所有者もまったく同じやり方で同一の文句で脅迫されたからでした」

「それで、その人に何が起きたのですか？」

「何も！……何も起きませんでした。なぜならば、賢明にも第三の脅迫状が届く前に荷物をまとめて逃げ出したからです。そして、ラリドワール先生が再び禁じられた館を売りに出したのです」

「買い手はすぐに見つかりましたか？」

「すぐには見つかりませんでした。というのも、脅迫状の話が広まって噂話になったからです。サンリスの企業家が城館を買ったのですが、最初の脅迫状が届くと、恐怖に駆られて、直ちに出て行ってしまいました。

それ以来、さらにパリの紳士が二人現れて、その名前は知りませんが、彼らもまた最初の警告を受けると、気の毒なムッシュー・デルーソーの運命をたどるよりも、城館を出て行く方を選んだのです」

ヴェルディナージュは考え込んだ。

結局のところ、マルシュノワール館の物語はラフィネット爺さんが断言したほど悲劇的というわけではない。徒刑場で亡くなった最初の所有者であるゴルデンベールは、公正な懲罰を受けたのだ。一人、デルーソーのみが殺害された。その後の買い手について言えば、全員が匿名の手紙に怯えて逃げたが、手紙の差出人が脅迫を実行に移すことを証明する物は何もなく、いわんやそいつがデルーソー殺しの犯人であることを証明するものでもない。おそらく、この悲劇的な死と最初の手紙との間には、手紙のいかれた書き手が立て続けに城館の主人を怯えさせることを目的とした以外には単なる偶然しかないのではないか。

知っての通り既に何度も、最も著名な名士に匿名の侮辱的な、あるいは脅迫的な手紙を送って、村に恐怖心をまき散らして悪意に満ちた喜びを感じる狂気の人物の前例があるのではなかったか?

そのような事件では、犯人の発見は時間のかかる、難しいものとなった。立派で穏やかな外見のせいで、現場を押さえない限り、疑われることがないのだ。
ヴェルディナージュはぎょっとしたラフィネット爺さんを残して、酒代を清算して酒場を出た。

彼は大股で城館に戻った。

彼はパナマ帽を上げて、赤らんだ額を流れる汗をぬぐうために、何度か足を止めた。そんな時、彼は苛立った様子を見せて、再び進み始めた。

女たちが集まっている脇（わき）を通り過ぎる時、中の一人が仲間にこう言うのが聞こえた。

「城館の今度の主人は〝強情者〟だね！　出て行こうとしないよ。……それでも出て行くだろうけど……霊柩車（れいきゅうしゃ）に乗ってね！」

何人かのおしゃべり女が十字を切った。

ヴェルディナージュはクロドシュの挨拶（あいさつ）に返事もせずに庭園を横切って城館に入り、書斎に入った。

タイプライターの前に腰かけて、アデマールが社長の手紙の返信を〝タイプして〟いた。

優雅な秘書は立ち上がって、主人に向かって散歩は楽しかったかと尋ねた。

ヴェルディナージュは無愛想な不平の声を上げて、深い革の安楽椅子に崩れるように腰を下ろした。

アデマールはこの態度にびっくりした。彼はヴェルディナージュが優しく笑みを絶やさないのに慣れていた。

『この成り上がり者が不愉快な態度を取るようなら、この職ももはや耐え難くなるな』と美青年は内心ぼやいた。

「郵便物を見ようじゃないか！」大男はぶっきらぼうに言った。気がかりが大きかったので、使用人に対して貴族の称号を使うのを忘れてしまったのだ。

その時、書斎のドアに遠慮がちなノックの音がした。

「どうぞ！」ヴェルディナージュは尊大な口調で怒鳴った。

ギュスターヴ・コリネが現れた。

「何だ？」城館の主が尋ねた。

「ムッシュー・ベナールが旦那様に内密にお話ししたいことがあるそうです」と召使いはもったいぶった口調で言った。

「何の用件だ？」

「尋ねませんでした」

「まあ、いい！　入れてくれ！」

ギュスターヴは番人を入れてから出て行った。ベナールはぎごちなく進み出た。手には狩猟帽を持っていた。

「旦那様」と彼は口を切った。「お仕事中おじゃまをして申し訳ありません。ですが、仕方がないと思ったのです……というのも、旦那様のために申し上げないわけにはいかなかったのです……私が言いたいことというのは……」

彼はここで口を閉じて、話を聞いていた秘書の方を一瞥した。

ヴェルディナージュはアデマール・デュポン・レギュイエールの方を向いて言った。

「侯爵、玄関ホールでタバコを一服しに行ったらどうだ。気分転換になるぞ！」

追い払われることにむっとして、声をかけられた男はタイプライターの蓋を下ろすと、堂々と出て行った。

社長が葉巻に火をつけた。

「さあ、話したまえ、ベナール！……聞こうじゃないか」

「こういうわけなんです、旦那様！ 確かに、私から旦那様に助言するようなことはありません！……旦那様は自分の好きなようにしていいのです！……他方、お互いによく理解し合っているので、私は旦那様のお役に立てて嬉しいです……とにかく、私の信じるところでは……ですが……ですが……」

「ですが、君は辞めたいと言うのかね？」ヴェルディナージュは香り高い煙を一吹きしながら、相手の言葉をさえぎった。

「違います、旦那様。……私ではありません！」

「君は誰かを解雇してほしいと言うのかね？……クロドシュか？」

「ああ！　違います、旦那様！」

「しかし、君は番人を喜ばせるために私が使用人の一人を解雇するなどと考えてはいないだろうな？……もう何年も彼らのことは知っているし、彼らの働きについても満足している。……辞めたいのは、新たに雇われたばかりのベナール、君ではないとすると……」

「私が申し上げたいのはそういうことではありません、旦那様」

「それなら、説明したまえ、まったく！　誰をここから出て行かせたいんだ？」

「あなたです、旦那様！」

驚愕（きょうがく）のあまり、ヴェルディナージュは口にくわえていた葉巻を呑（の）み込みそうになった。彼はベナールを罵倒（ばとう）した。

「気でも狂ったのか、ベナール！　とんでもないことだ！」

「違います、旦那様！　しかし……」

「お前の言葉には常識がない！」

「旦那様、あなたは出て行く必要があるのです！」

「絶対に出て行かないぞ！……お前たちは脅迫状やら禁じられた館やらでおかしくなっているんだ！……『私はここにいる、私はここに留まる』とか言ったな……誰が言ったのかは知らないが（マクマオン将軍が一八五五年のクリミア戦争でゼバストポルの包囲の際に述べた言葉）」

「それは間違っています、旦那様！……あなたは出て行くべきです！……不幸が起き、い、い、い、い、る前に出て行く必要があります……」

5

三週間が経過した。……九月の末だった。紅葉した葉が庭園の道を覆っていた。

ヴェルディナージュは番人小屋の並びにある犬小屋を新しくした。一ダースの見事なグレートデーン犬がそこで飼われていた。たくましく、威厳に満ちた犬たちのよく響く吠え声で小屋は満たされた。

最初、犬たちはクロドシュを怯えさせたが、この不具者は少しずつ大胆になっていった。まもなく、彼は嬉々として犬たちの世話をするようになったようで、日に二回、犬たちに餌を運ぶ役目を誰にも譲らなくなった。

そのうえ、ベナールはその特権をクロドシュと少しも争おうとはせず、ヴェルディナージュがよく知っていたのは――他にも知っていることは多かったが――番人は脚の不自由な男に最も骨の折れる仕事をやらせて、自分は少ししか働かない、世にも稀な怠け者だということだった。

クロドシュを引き取ったのは、ベナールに彼を馬車馬のように使おうという下心があったからなのは明らかで、そう考えると彼の優しさの美徳も著しく目減りした。反抗するほどの知恵もなく、クロドシュは不平一つ述べずに頑張り、わずかな食べ物と、やはりわずかな飲物だけで事足りて、一日の仕事が終わると、満ち足りた気分で、入口の小屋の片隅に番人が与えたぺしゃんこの硬い藁布団の上にぐったり倒れ込んだ。

クロドシュは自分が世話をしている犬よりも栄養状態、住居環境ともに劣っていた。

ヴェルディナージュはこの脚の悪い男を不憫に思い、たびたび彼とおしゃべりをしにやって来た。その会話はクロドシュにとっては、うなずきの間に何度かうなり声が挿入されるというもので、話をするのはもっぱら社長だった。社長は一人あるいはほとんどそれに近い状態で話をするのを好み、話し相手が優雅な秘書の場合には、いつも言葉の不正確な用法について注意を受ける覚悟が必要だった。

番人と最後に会った時以来、城館の主は彼に指示を与える以外の言葉をかけなかった。ベナールは主にとって徐々に好ましい存在とは言えなくなってきていた。

城館の主は書斎での会見の際に、番人が主人のためを思ってのことだと何度も訴えたことを思い出し、ヴェルディナージュはベナールの執拗さに、改めて驚いた。

「旦那様は出て行かなければなりません！……出て行かなければならないのです！」

その異常なまでの懇願がヴェルディナージュには気に入らなかった。出て行く気になるどころか、城館に留まる決意を固めさせたのである。社長はそれを自尊心の問題にしてしまった。

ろくに番をせず、その技量を気の毒なクロドシュの不幸と無知を利用することに使っている番人をお払い箱にすることも彼は考えた。そのためには、怠惰な使用人自身のせいとはっきり分かるへまをするまで待つのだ。

ところが、ベナールの主たる仕事は庭園や城館の周辺を見回ることで、その種のへまを犯すことはまず考えられなかった。

そのうえ、困った出来事が城館の主の注意をベナールからひととき引き離してしまった。

マルシュノワール館に腰を据えて以来、執事のシャルル・シャポンはお気に入りの悪徳に公然と耽るようになったのである。

彼は仕事を渋々やるようになり、食卓の給仕においては不注意になり、主人の席にパンを置き忘れ、銀器を磨くのを怠け、これまで輝くようだった銀器も今ではくすんで汚れていた。

一方、地下の酒蔵は〝ボンヌ‐メメ〟の夫があらゆる注意を払う場所となった。埃の中に埋もれて、これまで銀行家ゴルデンベールの重要な蓄えであった、正真正銘のポマールの瓶が発見されたのだった。

ヴェルディナージュはこの老齢の執事を好んで、絶対の信頼を置いていた。ところが、何度も繰り返して、シャルルが酩酊のはっきりした兆候を示すと、城館の主も気づかないではいられなかった。

主人が愛情深くシャルルに説教すると、シャルルは涙にくれて酒蔵を何度も訪れては飲酒を繰り返したことを白状した。

コックのジャンヌが芸術的手腕を発揮してまとめた七面鳥の載った皿を持った執事が絨毯に足を取られて、食堂の床に長々と伸びた日、社長はとうとう感情を抑えることができなくなって怒りを爆発させた。

調理場にいた使用人たちはヴェルディナージュが酔っぱらいに浴びせた激しい罵声を耳にした。

大男の声が丸天井の下で反響し、失態をしでかした男は小さくなり、派手にすすり泣いては、しゃくり上げるように鼻をすすった。

「もうたくさんだ!……たくさんだ!」ヴェルディナージュは拳でテーブルを叩きながら怒鳴り、テーブルの上の食器やグラス類ががたがたと揺れた。「畜生め、お前には分かっているのか?……お前がいつも私の葡萄酒やリキュールを飲んでいることを、私は完璧に把握している!……たかがそれくらいちょろまかされても屁でもないほど私は裕福だ。……しかし、私に我慢できないのは、今のお前のような状態を目にすることだ！……こんなことは、私は認めない！……これまでは目をつむってきた。お前のためというよりも、お前の気の毒な妻のためにだ。……かつてテレーズが私の乳母であったことは、お前にとって幸運だった！……彼女がいなかったら、ずっと前に馘(くび)にして、お前はどこかで野垂れ死にしていたことだろう！」

沈黙が続き、その間、シャルルのしゃくり上げるような嗚咽(おえつ)が二倍に大きくなった。

城館の主は、前よりも穏やかな声で再び話し始めた。

「警告しておくぞ。今度お前が酔っ払っていたら、いいか、今度酔っ払っていたら、私はためらうことなくお前を追い出すぞ！……お前が私にそこまでさせる羽目に至った日、お前は自分が失うものを知ることになる。……私が独身で、お互いに贈与し合う両親も遠縁のいとこたちもいないことは知っているだろう。もはや言うことはない！」

ヴェルディナージュは言葉を強調しながらゆっくりと話した。

「お前たち夫婦は私の遺産の主たる相続人なのだ。……これはなかなかのものだぞ。なにしろ、このヴェルディナージュの遺産なんだからな、そうだろう？　さて！　私の名前がナポレオンでお前の名前がシャルルであるのと同様に、私がお前を放り出すことになったら、お前たち二人は遺産相続人から削除する。……遺言状を無効にするためには公証人に一行書いてやるだけでいい。……分かったか？……無効だぞ……お前は一文無しで、病院で死ぬことになるんだぞ！……お前にとっては残念なことだ！……そうなりたくはないだろう！……ベッドに入って、私の言葉をとくと考えてみるんだな！……明日の朝になって、今後は行いを改める決心をしたと私に言いに来るんだ。さもなければ……。さあ、床に入るんだ！」

社長は執事の肩を摑んで、食堂の外に押し出した。シャルルは配膳室に入るとくずおれた。彼の妻が待ちかまえていて、一悶着あったが、それに比べればヴェルディナージュの罵声など冗談みたいなものだった。

テレーズは声の反響が城館の主に届かないように、夫を低い声でののしった。それぞれ運転手と料理人であるエドモンとジャンヌのタッソー夫妻は激昂した〝ボンヌ・メメ〟をなだめようとしたが無駄だった。シャルルの頭に新たに罵詈雑言の一斉射撃が浴びせられる結果となっただけだった。

ヴェルディナージュは一場の怒りで食欲をそがれ、暗い表情をして額にしわを寄せて、沈黙を破ろうとしないアデマール・デュポン・レギュイエールと向かい合って座っていた。

食卓のそばで待機していた召使いのギュスターヴ・コリネは、粛々と執事の役目をこなし、その間、当の執事は壁の向こう側で妻から執拗に激しい罵声を浴びせられていた。

＊＊＊

翌朝、シャルルは頭を垂れ、しゅんと恥じ入った様子で城館の主の前に姿を現した。一晩ぐっすり安眠したヴェルディナージュは大きな手を年老いた執事の肩に親しげに置いた。

「では、誓うのだな」と彼は言った。「約束するんだな? よろしい!」

「旦那様はわしにとっても寛大でいらっしゃいます!……」酒飲みは顔を上げずに口ごもるように言った。

気をよくして、社長は言い添えた。

「持ち場に戻るんだ、気の毒なやつだなあ。亡くなったゴルデンベールがありがたいことに酒蔵に貯蔵していた古いポマール酒を何本か持って来てくれよ!」

シャルルは悔い改め、感謝の気持ちでいっぱいになって、悲しげな声で答えた。

「旦那様に約束します。旦那様のお役目でない限り、わしは酒蔵には足を踏み入れません」

「それでは」城館の主は笑いながら言った。「まっすぐに酒蔵に向かってくれ。昼食の時間が迫っているからな!」

執事は一礼して、もごもごと感謝の言葉を口にして退室した。

まもなく、ヴェルディナージュが香り高い濃厚なココアの入ったカップを前に腰かけていると、シャルルが再び姿を見せたが、引きつった顔は青ざめて、唇から血の気が失せ、目を見開いていた。彼は封筒を手にしていた。

「誰が届けたんだ？」社長は執事の手から手紙を摑み取りながら言った。

「誰も、旦那様、誰も……」

「まさか、また飲んでいるのか？」

「そんな！　とんでもない、旦那様！……旦那様には信じていただけないかもしれませんが……。申し上げた通りです。誰もその封筒をわしに渡してくれたわけじゃありません。……置いてあったのです……」

「どこに置いてあったんだ？」

「酒蔵へ下りる階段の一段目です……」

「しかし、お前以外に酒蔵の鍵を持っている人間はいないぞ！」

「だから、わしはずっとしたんですよ、旦那様！……この手紙は昨晩はありませんでした。……あったらわしが気づいたはずです……」

「酔って気づかなかったんだろう！」

「それは確かですが、旦那様……」

「どういうことだ？」

「確かに……わしは……旦那様のおっしゃる通りでしたが……わしは足を置くところをよく見ます……足を踏み外さないように……その時に石段の上の手紙に気づいたはずです……一目瞭然です！……そういうわけで、今朝、わしがドアを開けると真っ先に目に飛び込んできたのです」

「ひょっとすると誰かがドアの下から滑り込ませたのではないか？」

「無理です、旦那様！……ドアは床にぴったり接しています。……押し開けるのも難しいほどです。……ドアと床の間には髪の毛一本通すこともできません」

「昨夜、ドアを閉めたのは確かなのか？」

「それ以上確かなことはありません、旦那様！　差し錠をかけたばかりか、錠の鍵を二回転させたのですから。……そういうわけです！」

「そしてお前は今朝、昨夜と同じくドアが閉まっていることを確認したのだな？」

「はい、旦那様！」

ヴェルディナージュは謎めいた手紙を何度も指の間でひっくり返した。

封筒には宛先がタイプライターで印字してあった。

ムッシュー・ナポレオン・ヴェルディナージュ

マルシュノワール館
コンピエーニュ（オワーズ県）

社長はしばし黙り込んだ。

彼は身振りで執事に退室するよう指示すると、執事は身震いしながら出て行き、配膳室にいる人間に——ドアには鍵がかかっていて、換気窓には細かい金網が張ってあるにもかかわらず！——酒蔵へ下りる階段の一段目に何者かが置いた手紙を発見した経緯を知らせた。

物思いに耽っていたヴェルディナージュは、壁にかかっている日めくりカレンダーに目をやった。

「今日は九月二十八日だ。正確に一か月経った……。相手は実に正確だ」

彼は封筒を開封した。

それは確かに予告された脅迫状だった。

次のような文章だった。

マルシュノワール館、九月二十八日
第二の、そして最後の警告だ。

まだ私の忠告に従って禁じられた館から出て行く時間はある。

もしも一か月後、十月二十八日に、お前がまだ留まっているならば、第三の手紙が届くだろう。しかし、その手紙にはお前の死の予告が書かれている。したがって、お前には三十日間熟考する時間がある。その期限を過ぎたら、もはや手遅れだ。

お前の行いがお前の運命を定める。お前は城館を生きて出るのか、それとも死んで出るのか。

6

二度目に匿名の手紙を受け取って、ヴェルディナージュは背筋を恐怖の震えが走るのを感じた。彼は長いこと、意地を張って死の危険を冒してここに留まるよりも、ここから立ち去る方が賢明ではないだろうか、と自問していた。

それから自分の恐れを笑い飛ばし、自分を臆病者と見なして、何としても城館に残る決心をした。

彼が庭園の小道を物思いに沈みながら散歩していると、ベナールに出会った。雇い主の姿に気づくと、番人は彼の方に駆け寄った。

「旦那様」と彼は言った。「気づいたことがあるのですが……」

「どんなことに？」社長は無愛想な口調で尋ねた。

「旦那様は二度目の手紙を受け取られましたね」

「よく知っているな！」

「お許しください！　そのことは配膳室でも村でも、至る所で話題になっています。

私はカフェ〈メナール・ジューヌ〉から戻ったところですが、あそこではこの知らせが客たちの間で活発に議論されていました」

「シャルルは口が軽いな！」ヴェルディナージュはこのような感情を引き起こされたことに腹を立てて、揶揄するように言った。

「旦那様、いかがなされるおつもりですか？」

「そんなことはお前の知ったことではない！」

「おっしゃる通りです、旦那様！……しかし、考えてもみてください。一か月後、もしも旦那様がまだマルシュノワール館に留まっておられたら、最後の手紙が届きます……その時には不幸はすぐそこに来ているのです！」

　城館の主は番人の顔を探るような目で見た。

「ああ！　旦那様！」ベナールは言った。「私が間違っていたらどれほどいいことか！……私がこれから起きることを予想できるのは、ゴルデンベール夫妻の死後、最初にこの城館を買い取った、気の毒なムッシュー・デルーソーの時にどんなことが起きたか覚えているからです。……私はあの場にいたのですから、旦那様！」

「お前はその場にいた……」ヴェルディナージュは鸚鵡返しに言った。

「あの恐ろしい惨劇のことを私は絶対に忘れられないでしょう！……ムッシュー・デルーソーは私に、一か月の間を置いて届いた二通の手紙を見せ、私たちは大笑いしました。……その時、それが重大なことだとは思わなかったのです。……さらに一か月が経過しました。……第三の手紙が届き……そして……」

「分かっている！　分かっている！」社長は苛立たしげに話をさえぎった。

　いきなりヴェルディナージュは番人に尋ねた。

「デルーソーの死因は猟銃から発射された弾丸だったのかね？」

「ええ、旦那様！」

「お前は主人と一緒にいたのか？……その事故が起きた時に」

　城館の主はわざと〝事故〟という言葉を強調したが、そのことがベナールを動揺させたようだった。番人はしゃがれた、自信のなさそうな声で答えた。

「違います、旦那様！……違います！……私は……」

　ヴェルディナージュは容赦なく彼を問い詰めた。

「お前は何をしたんだ？……さあ！……答えてみろ！」

「私は……私は……エーグルの森を散歩しているところでした。……ここからずっと離れた場所で……」

「お前はその後の城館の購入者に、ここで起きる危険――あるいは危険と称するもの――を知らせたのか？」

「ラリドワール先生はそうしませんでした。私は公証人ほど熱心に城館を売る気にはなりませんでした。……それでも、最初の手紙が届いた時には、良心に従って行動しました。……何もかも打ち明けたのです」

「全員がお前の言葉に耳を傾けるほど気が弱い人間だったとは知らなかった」

「私は大いに満足しています、旦那様！　私のおかげで、ムッシュー・デルーソーが殺害された後は、城館で血塗られた犯罪は起きていません。毎回、雇い主が私の意見に従ってここを離れるのを見るたびに、心に課された重荷を取り払われた気分になります」

「お前はいい奴だ！」城館の主は茶化すように言った。「私に関して言えば、私をそっとしておいてほしい。さもなければ、まもなくわれわれ二人のうちの一人がマルシュノワール館を出て行くことになるだろう。……そして、それは私ではない！」

「かしこまりました、旦那様！……ですが、最後に一度、申し上げることを許していただきたいのですが……」

「私は許さないぞ！　私は自分にとって良いと思われることをするだけだ！……お前が私の不動産から私を立ち去らせようとするやり方には、かなり異常なところがあると思わないかね？」

ベナールの顔がわずかに青ざめた。ヴェルディナージュは激昂して、ベナールに背を向けた。

番人は低い声で言った。

「私は自分なりに手を尽くしました！……一か月後に旦那様がそのことを覚えていてくださることを願っています」

堪忍袋の緒が切れて、社長は体全体を門番の方に向けると、怒鳴るように言った。

「お前にはうんざりする、分かったか！……お前の話は聞いていると立ったままでも眠ってしまうほど退屈だ！……私を気後れさせたり、怖がらせたがりする人間もいないわけじゃない。〈モンルージュ食品会社〉の代表取締役である、このナポレオン・ヴェルディナージュをな！……だが、お前やお前の同類たちは、私が誰も恐れないことと、脅しが私のような性格の人間を怖がらせることはないことを肝に銘じておくことだ！……匿名の手紙はご親切にも私に一か月熟考する時間を与えてくれた。……一か月だ！……決断するのに一か月もかける必要のあることなど断じてなかった！……私はここから出て行かない。今度の十月二十八日にも私は意見を変えない。……分かったな！」

ベナールは、この怒りの突然の爆発に呆然（ぼうぜん）となって、急ぎ足で遠ざかっていく城館の主の後ろ姿を見送るしかなかった。

＊　＊　＊

恐怖が伝染するものであるならば、自信と自制心も同様である。少しずつ、マルシュノワール館に落ち着きが戻りつつあるように見えた。

主人の態度を好意的に受け入れて、今はもう使用人たちが一か月前に全員を襲っていたような恐怖を見せることはなかった。

確かに、彼らはまだ仲間内では時々、シャルルが酒蔵へ下りる階段の一段目で見つけた例の手紙についてしゃべることはあったが、それは執事が拾い上げた場所に手紙はどうやって置かれたのかという好奇心に駆られてのことだった。

それに、彼らは経験上、謎の手紙に関するほのめかしはヴェルディナージュを激怒させ、多かれ少なかれ周囲の人間が迷惑を被る(こうむ)ことを知っていた。

それゆえ、使用人たちは主人が留守にするのを待って、配膳室で声を抑えておしゃべりをした。

一週間前から小雨がやむことなく降り続いていた。

城館に閉じ込められた形になって、ヴェルディナージュは書斎の高い窓を通して、靄(もや)に煙った広大な庭園を眺めた。

「嫌な天気だ!」ヴェルディナージュが愚痴(ぐち)をこぼした。「日課の散歩にも出かけられないじゃないか!」

彼はベルを鳴らして運転手を呼び、自動車の準備をしておくように命じた。まもなく、強力なリムジンのエンジン音が正面の石段の前から聞こえた。

城館の主がまさに自動車に乗ろうとした時、雨滴をしたたらせた郵便配達が手紙の束を持って来た。

「郵便物を受け取ってくれ」ヴェルディナージュは後から来たデュポン‐レギュイエールに言った。「手紙は〝私の〟自動車の中で開封しよう。時間つぶしになる。……郵便配達さん、配膳室に行って、温めた葡萄酒を一杯飲んで、私の健康を祝してくれ」

「喜んで、ムッシュー・ヴェルディナージュ！」実直な男はケピ帽を上げながら答えた。「天から降ってくるこの嫌な雨で、体の芯から冷え切ってしまいますからね！」

そう言いながら、郵便配達はエドモン・タッソーが慎重に運転する、ぴかぴかのリムジンが音もなく発進するのを、感嘆の念とわずかばかりのねたみを感じながら眺めた。

＊＊＊

配膳室に腰を下ろした郵便配達は、急いで再び悪天候に身をさらすつもりはなさそうだった。彼は温めた葡萄酒をゆっくりとちびちび飲み、そのたびごとに満足したように声を上げた。

彼は雨に洗われた窓ガラスを見てため息をつき、コックのジャンヌ——彼女を手伝って召使いのギュスターヴが夕食に使うインゲン豆の莢（さや）を取っていた——と会話をした。

やがて、シャルルとテレーズが彼らに加わって、せわしないおしゃべりが続いた。二か月前から地元の噂の種になっている話題でないとしたら、どんな話ができると言うのだろう？　もちろん、旦那様に届いた脅迫状の話題だ。

「やはり何もかもが不思議ですよ！」郵便配達がうなずきながら言った。

「わしは」と執事が口を挟んだ。「ドアがしっかりと閉まっていたにもかかわらず、酒蔵への階段に二度目の手紙がどうやって置かれたのか、ずっと突き止めようとしていた」

「あんたは黙ってな、この老いぼれの酔っぱらい！」テレーズが夫を肘（ひじ）で小突きながら口を挟んだ。「あんたはあの夜はぐでんぐでんだったじゃないの、しようがない爺さんね。あんたは酒蔵の扉に鍵をかけなかったことさえ覚えていないのよ！」

「とんでもないことですわ、マダム・テレーズ」ジャンヌが言った。「というのも、翌日、ムッシュー・シャルルは差し錠を引いて、錠に鍵を差し込んで二回転させなければならなかったわけですから、扉に鍵をかけたことは確かなんです」

「ジャンヌの言う通りだぞ！」シャルルがもったいぶって同意した。「謎はまるっきり残っている！　ちょうど探偵小説で言うようにな」

「それじゃ、あんたは？　あんたの意見はどうなんだ？」他の人間が話すのを聞いていて、まだ会話に加わっていなかった召使いに、郵便配達が尋ねた。

「おや！　この私ですか！」いつもの穏和な態度を崩さずにギュスターヴ・コリネが答えた。「私には、何の意見もありません……」

雨が少しの間やんだ。郵便配達は最後の一滴までグラスを空にすると、〈殿方とご婦人方〉それぞれに名残惜しそうに暇乞いをした。

彼は雨にぬれてずっしりと重くなったレインコートを身にまとうと、ムッシュー・ヴェルディナージュの使用人たちは本当に〈良い職場〉を見つけたものだと思いながら出発した。

＊　＊　＊

社長の自動車はワックスをかけた床のように光を反射しながら、ほどほどの速度でコンピエーニュの道路を進んでいた。

広くてふかふかした座席に腰かけて、くつろぐことの大好きなヴェルディナージュは両足を補助席に乗せて、秘書と向き合う格好になった。

アデマール・デュポン‐レギュイエールが紋章入りの小さなナイフで封筒を切り、手紙にさっと目を通し、主人に文面を要約した。

主人が直ちに返信すべき要旨を口述すると、若い秘書は肌身離さず持っているメモ帳に素早くその指示を速記した。

城館の主はハヴァナ葉巻に火をつけ、大きな煙を美青年の鼻に吹きかけると、彼はくしゃみをして、咳き込み、目から涙が流れたが、不平はこぼさなかった。

「圧搾機会社からの注文です」アデマールが煙にむせながら言った。

「数量は?」

「〈パテ・ヴェルディナージュ〉を六千缶です」

「よし! 工場に伝えろ。それから?」

「ハンブルクのカーヴァイス&シュヴァルツ社からのオファーがあります」

「有利なのか?」

「カーヴァイス&シュヴァルツ社は大金を投資しています。品質については分かりません」

「セルヴィス・テクニーク社に連絡して、保証書を取るよう指示してくれ。他には？」

返事がないので、ヴェルディナージュは秘書の方に目を向けた。

アデマールの白い顔が青ざめていた。一言も発することができずに、青年は社長にタイプで打たれた手紙を差し出した。

ヴェルディナージュは手紙を取った。彼は手紙を読み、さらに読み返したが、オニオン・スキン紙の薄紙の上で一行一行が踊っているかのように見えた。

マルシュノワール館、十月二十八日

一か月が経過した。

お前は禁んじられた館を出て行く気がないのだな。

もはや意見を変える時間的猶予(ゆうよ)はない。

今夜、真夜中頃、私はマルシュノワール館に行き、お前を殺すだろう。

今度は社長の方が青ざめた。

このように、これまで二通の手紙を送った謎の差出人は述べていた。彼は指定した日付に、死刑判決を告げる最後の手紙を送りつけたのだ。

「城館へ戻れ！」伝声管に向かってヴェルディナージュが叫んだ。

リムジンは減速して方向を変え、マルシュノワール館の方向に全速力で向かった。

両手に顔をうずめて、城館の主は考え込んだ。

逃げ出すか？

脅迫に屈し、彼に命令を下そうとする見知らぬ人物の意のままになるのか？

そう考えると彼は腹が立った。

何たることだ！　こんにち、無抵抗のまま殺される人間などいない！

ヴェルディナージュはコンピエーニュに苦情を述べて、城館を警察に監視させることを考えた。敵がそのような事態を予想して、城館に異常な動きが見られた場合、用心して姿を現さないことも、充分に理に適ったことだと、彼は思った。

殺人者が計画の遂行をより好都合な時に延期すれば、危険は単に先延ばしされることになる。

謎の人物が臆面（おくめん）もなく来訪の時刻を予告している以上、敢然として待ち受けて、どうしてこの大胆不敵な犯罪者がマルシュノワール館から人を追い出したいのか、その理由を突き止めようとする方が良いだろう。

同様の理由で、ヴェルディナージュは使用人たちには第三の手紙の届いたことは知らせないことにした。

もしも使用人たちが警戒したら――訪問者はきっとこのことも予想しているはずだ

──真夜中の会見は行われることはない。好んで危険に身をさらすような心配はないだろうから、匿名の手紙の差出人は身を隠して、城館の主を遠くから、例えばデルーソーに対してやったように、銃撃によって射殺して満足するだろう。

差し向かいで相手と、密かに一対一で真っ向から立ち向かい、最終的に相手から横暴な妄想を取り除いてやる方がいい。

ヴェルディナージュは頑健で意志の強い男だった。彼は誰も恐れなかった。一層の安全のために、彼は手の届く範囲に装塡したリヴォルヴァーを用意しておけばいい。

さらに、声を上げれば城館に同居している五人が駆けつけるだろう。入口の小さな小屋に住んでいるベナールとクロドシュも、主人の力強い助けになるために駆けつけ、逃走者の退路を断つことだろう。

おまけに、これらすべてのことは、ひょっとしたら、たちの悪い冗談かもしれない……。

リムジンが庭園の鉄格子の扉を通り抜けると、社長は計画を練った。

彼はいまだ身震いの収まらない秘書に書斎までついてくるように言い、書斎のドアを用心深く閉めた。

「侯爵」彼は穏やかに言った。「今朝、私が新たに脅迫状を受け取ったことは、誰にも言わないでほしい。家の中が、またしても恐怖に騒然となってほしくないからだ。

使用人たちの誰も当てにできないのが最善の策なのだ。……しっかりするのだ！……自分に打ち克つのだ！……誰もが何かに対して疑いを抱かないようにするのだ。……君は今朝、地元のダンス・パーティーに行っていいか私に尋ねた。……私は許可した。……だから君は今夜、そこに行き、君自身は何の心配もする必要はない」

アデマール・デュポン‐レギュイエールは主人に要求された約束をして、自分の引きつった表情を使用人たちに見られないように、寝室に閉じこもった。

一人だけになると、ヴェルディナージュは石造りの暖炉に肘を突いて、当惑した時にやるように独り言を言った。

「これで決まりだ！……お前はここに留まり、真夜中に起きることを待つのだ。……とはいえ、夜中に庭園をさまよっていて銃弾に身をさらしたら、それはとんでもないことだ。……それよりもお前は人をやって——侯爵が言うように——敵をここまで連れてこさせる役目の人間をやるのだ。……お前が自ら、向こうで眠っている召使いたちを起こさないように、音もなくドアを開けるのだ。……これでよし！　さて、誰を鉄格子の扉まで迎えにやるか？……アデマールは留守だ。……エドモンは、命じられたら、そのことを妻のジャンヌに話し、全員に知れ渡ってしまう。……同じ理由から、シャルルもだめだ。……残るはギュスターヴだが、このような使命を果たすには力不足だ。……すると？……ベナールか？……

いや！　だめだ、あいつは！……その場合、クロドシュか？　だめだ、彼は愚鈍で体が不自由だ。……何という皮肉だろう！……ナポレオンよ、お前は多数の、よく仕込まれた使用人に囲まれているというのに！　それにもかかわらず、誰も当てにすることもできずに、自分の城館の中で孤立しているのだ。……とはいえ、今夜はお前に禁じられた館から出て行けと要求する人物を迎えなければならないのだ。

アデマール・デュポン‐レギュイエール、エドモン・タッソー、シャルル・シャポン、ギュスターヴ・コリネ、ベナール、クロドシュ……。愚か者ども！　役立たず！　臆病者ども！……哀れなナポレオンよ、お前は使用人に恵まれていないな！……裕福だからといって、それが何になるのだ？　ああ！　何もかも空虚に過ぎない。……秘書の侯爵が言うように……」

長いこと、この新興成金は自分の不運を嘆きながら独り言を続けた。

「決断するのだ、哀れなナポレオンよ！　まず、城館の鉄格子門でウサギのように射殺されたくなかったら、脅迫者を書斎で迎えるのだ。……お前には最新の改良型ブラウニング拳銃があり、少しでも敵が疑わしい動きを見せたら引き金を引くのだ！……もちろん！　もちろん！　しかし、そのためには、お前が自分では行かないと決めたのならば、誰かを鉄格子門にやって訪問者を出迎えなければならない。犯罪を実行しようとする者は、彼に付き添う者がいて、彼に対して平和的な意図を持っていると確信して、初めて来るだろう。……したがって、使用人の一人が格子扉のところで謎の男を出迎えることになる……しかし、誰に出迎えさせる？……やれやれ！　侯爵の言う通りだ。欠点のある多数の者の中からましな者を選ばなければならない……」

苦悩で額にしわを寄せて、ヴェルディナージュはいま一度、使用人の検討を行った。二人の名前が彼の注意を引いた。シャルル・シャポンとエドモン・タッソーだ。

「この二人だけが」と彼はつぶやいた。「このように微妙な使命を果たすことができる。さてと、シャルル・シャポンとエドモン・タッソーか？　執事か運転手かということか？……」

城館の主は苛立ちを見せて、独り言を続けた。

「この二人の愚か者の中のどちらかだなんて、それは失策だ！　そうとも！　老いぼれのナポレオンよ！　失策だ！　この二人の愚か者は妻にいいように操られてしまう！……シャポンとタッソーの妻の口の軽さによって、使用人全員が真夜中、眠らずに警戒することになるだろう。私に来訪を予告した人物は即座にそれに気づく。すべてを知り、すべてを見、すべてを聞き、来ないだろう！　さあ！　老いぼれのナポレオンよ、そうなったら今夜はまだ禁じられた館の謎はわからないぞ。さあ、決断するのだ。シャポンでもタッソーでもなく！」

使用人リストに目を通しながら、ナポレオン・ヴェルディナージュは言葉を続けた。

「クロドシュでもベナールでもシャポンでもタッソーでもない。……残るのはギュスターヴ・コリネ、お前の召使いだ」

新興成金はギュスターヴ・コリネのぱっとしない体型を思い出して、大笑いした。

「となると、あいつは最後の候補者だ！……自分の影にさえ怯え、庭園の木の葉のこすれあう音を聞くだけで恐怖のあまり気を失いそうになるのだから！」

彼の笑い声が突然止まった。というのも、森番のことを再考したからだ。

「ジャック・ベナールか！」と彼はつぶやいた。「確かにあの抜け目ない男は夜に巡回する習慣があり、密猟者――あるいはもっとたちの悪い人間！――でも、彼を尻込みさせることはできないが、匿名の手紙の正体不明の差出人に対して抱いた恐怖が彼からあらゆる手段を奪ってしまうだろう」

ヴェルディナージュはまたしてもしばしためらってから、いきなり決断を下した。

「それに、このような役割を任せることに反対する大きな理由がある。あの男は私にはいかがわしく思えて、彼を信頼することは、ああ！　まったくできないのだ！」

大男は幻滅した様子で黙って首を横に振った。彼はがっかりした大きな赤ん坊のような仏頂面をして、今にも泣き出しそうだった。

少し前から彼の頭につきまとっていた考えがはっきりとした形を取って現れて、彼はつぶやいていた。

「結局のところ、どうしていけないんだ？……そう、どうしてクロドシュでいけないんだ？　彼は一人だけで、その他の全員を合わせたよりも愚かだ。それは確かだ！　まさに私が必要としている人間ではないだろうか？……あの知恵の足りない男は何も理解しないし、何の説明も求めない。彼は動物のように従う――そうなのだ！……脚が変形しているにもかかわらず頑健で、必要とあれば助けに来てくれる。……必要なのは、理解せずとも一言一句せりふを教え込み、今夜、庭園の鉄格子門に姿を現した人物に復唱させることだ。……彼が訪問者をここまで案内する。後は私がやることだ。……私は彼に、番犬のように正面入口前の石段で待機するように言い、私の同意なしに城館から出て行く人間は誰であれ松葉杖で打ち倒すよう厳命しておくのだ。……老いぼれのナポレオンよ、お前はとうとう理想的な解決策を見いだしたな！……」

＊＊＊

社長は健啖ぶりを発揮して昼食を平らげ、ハヴァナ葉巻を吸うと、晴れ間を利用して、噴水盤まで散歩をした。

クロドシュが柄杓(ひしゃく)を使って腐った水を空にした噴水盤の底を磨いているところだった。

ヴェルディナージュは脚の不自由な男の肩に触れると、クロドシュは飛び上がって、主人を認めると笑顔を見せた。

「クロドシュや！」城館の主は言った。「お前と真面目な話をしたい。ちょっと仕事の手を離してくれ。また雨が降り出すし、また明日の朝にやればいいからな！」

クロドシュが追いつけるようにゆっくりと歩きながら、ヴェルディナージュは彼を広い並木道へ導き、そこで待っているようにと言った。

クロドシュは目を丸く見開いて、額にしわを寄せ、最後に重々しく首を縦に振った。

社長は何度も説明を繰り返して、彼に命じた。

「復唱するんだ！」

しゃがれ声でクロドシュはゆっくりと発声した。

「今夜……真夜中……クロドシュは鉄格子門のそばで身を隠す。……誰かが来たら……クロドシュは角灯を持って、〈その誰か〉を城館まで案内する。旦那様がドアを開き、クロドシュは階段のところで待つ。……城館の中から物音が聞こえたら、クロドシュは助けを呼びに行く。……もしもクロドシュに何も聞こえなかったら、そのままの場所に留まる。……〈その誰か〉が出てきたら、クロドシュは彼を鉄格子門まで連れて行く。……しかし、城館の中から物音が聞こえたり、旦那様が『あいつを捕まえろ！』と言った場合には、クロドシュは〈その誰か〉を出してはいけない」

＊＊＊

ヴェルディナージュは城館に戻った。

彼は夕食の時間を待ちながら新聞を何紙か読み、それから夕食を簡単に済ませたが、とりわけ今夜の献立に気を配っていたジャンヌはがっかりした。

十時に、彼はこれ見よがしに二階に休みに上がった。

真夜中になる少し前に、彼は静かに起き上がると服を着た。

全員が城館の中で静かに休んでいた。

外では風が吹き、突風で雨が叩きつけられた。

社長は夕食のテーブルの引き出しからブラウニング拳銃を取り出し、弾が込めてあることを確認して、ポケットに入れた。

用心して、彼は階段を下りたが、幸いにも階段に敷いてある厚い絨毯が足音を完全に消し去っていた。

彼はつま先立ちしながら玄関ホールを横切って、書斎に入った。

鎧戸の隙間から明かりが外に漏れないように、音を立てずにカーテンを引くと、城館の主は広い部屋の明かりをつけた。

腕時計は〇時十分前を指していた。

彼は待った。

ヴェルディナージュはその日の朝に受け取った手紙を引き出しから取り出した。彼はゆっくりと本文を読んだ。

マルシュノワール館、十月二十八日

一か月が経過した。

お前は**禁んじられた**館を出て行く気がないのだな。

もはや意見を変える時間的猶予はない。

今夜、真夜中頃、私はマルシュノワール館に行き、お前を殺すだろう。

社長は再び腕時計を見た。

〇時十五分……。

無意識に、彼は脅迫状の末尾に鉛筆で書いた。

《〇時十五分……何も起こらず……》

7

アデマール・デュポン‐レギュイエールは約束を守り、自分に託された重大な秘密を誰にも打ち明けなかった。

彼は偏頭痛を口実にして、寝室で軽い食事を給仕させると、九時半頃に誰にも見られることなく、こっそりとマルシュノワール館を後にした。

心の底から安堵（あんど）した彼は鉄格子門を飛び越えると、足取りも軽く村を目指した。

時々、足を止めては、こっそりと後ろを振り返って見た。

すれ違った通行人の目から見たら、彼はダンス・パーティーに参加する罪のない青年というよりも、犯行現場から逃走中の犯罪者に見えたことだろう。

実のところ、足早に進んでいる秘書は、自分の目的を達するために急いでいたわけではなく、憂慮すべき謎が暗雲のように立ちこめている城館から一刻も早く遠ざかりたかったのである。

いったん寝室に引き下がったヴェルディナージュが、匿名の手紙の差出人を待ち受けるために再び書斎に下りた時、マルシュノワール館に住む全員が床に就いていると彼は信じていた。

＊＊＊

城館の主は間違っていた。

二人の人物が寝ずの番をしていた。一階ではテレーズ・シャポンが、四階ではギュスターヴ・コリネが。

召使いは小塔の天辺（てっぺん）の寝室にいた。城館の前に広がる庭園の一部と入口の格子扉から正面入口の石段に至る中央の小道を、彼は天窓から一望することができた。

ギュスターヴ・コリネが眠らなかった理由は次の通りである。

何という偶然か、午後のうちに起きた短い雲の切れ間——覚えておいでだろうが——を利用して、この召使いは城館の周囲をちょっと散歩してみたのだった。

小道の砂利を松葉杖で乱しながら進んでくるクロドシュを伴って、こちらにヴェルディナージュが向かっているのを察知すると、ギュスターヴはこっそりと遠ざかろうとしたが、素早く耳に飛び込んできた言葉の断片に興味を惹かれた。

召使いの生来の好奇心が用心深さに勝（まさ）った。彼は石瓶（いしがめ）の背後に身を隠して、耳をそばだてた。

こうして彼は城館の主が脚の不自由な男に託した使命を知るに至ったのだった。

仕事が終わると、召使いは上階の自分の寝室に引き下がり、床に入らずに、庭園に向かって開いている天窓の前の椅子に陣取った。

そこはクロドシュが案内する謎の訪問者の到着を監視するのに絶好の場所だった。

彼は正面入口に通じる石段と、砂利が雨でぬれていたおかげで月明かりを浴びて輝く、中央の小道の始まりから丸い噴水盤を、はっきりと見ることができた。道の他の部分は闇に隠れて見えなかった。

執拗なこぬか雨が再び降り始めた。不意に風向きが変わって、風見鶏が軋むような音を立て、木々がざわめいた。

夜の凍てつくような雨粒がギュスターヴのなで肩に降りかかり、彼はぶるっと身震いした……。

召使いは寒がりだった。彼は天窓の持ち場から離れて、服のままベッドに横たわった。

目を大きく見開いて、これから脚の悪い男に案内されて、いったいどんな途方もない人物が来るのだろうとギュスターヴは思案した。

＊＊＊

一階ではテレーズが不安な気持ちで、夜の静寂を乱すほんの小さな物音にも震えていた。

夫が第二の脅迫状を見つけて以来、〈ボンヌ‐メメ〉は日を指折り数えるようになった。

彼女はマルシュノワール館に住んでいる他の人間同様に、第二の脅迫状が届いてから一か月後に、第三の、そして最後の警告状——そこには城館の主の死が宣告されている——が城館に届くことを知っていた。

この途方もない話に対するほんのわずかなほのめかしにも激昂するヴェルディナージュを苛立たせないために、何ごとも気取らせずにテレーズは日を指折り数えていたのである。

さらに、若い秘書は最善を尽くして使用人に気づかれないようにしていたが、彼女は秘書のやつれた顔に衝撃を受けた。

それ以来、家政婦は確信した。第三の手紙はすでに届いていて、十月二十八日の今夜、重大な事件が起きると。

主人がこの不気味な謎について考えることを誰にも望んでいないので、〈ボンヌ‐

メメ〉は彼の意向を尊重して無関心を装っていたが、彼に気づかれることなく〈坊ちゃん〉を守ろうとするのを誰にも阻止することはできなかった。

律儀者の女は夫に自分の決心を伝えた。少し酔っていたシャルルは、彼女のことを〈いかれた婆さん〉呼ばわりした。そうは言っても、みんなが寝静まっている間、二人とも順番に寝室で警戒することに決めた。

十一時まで、聞き耳を立てながら、テレーズは律儀に警戒を続けた。外から聞こえるのは、連続的な雨音と煙突に吹き込む風のうなり声だけだった。彼女の横でシャルルが口を開けていびきをかいていた。

起きていなければならないという願望にもかかわらず、彼女自身が睡魔に襲われるのを感じると、〈ボンヌ‐メメ〉は夫の腕を摑んで、いきなり目を覚まさせた。

酔っぱらいは急に起き直って不平の声を上げた。

「えっ？　何だって？　どうした？」

「何でもないよ、この老いぼれ！」無愛想な口調で連れ合いが答えた。「でも、あたしは眠くなってきたから、あんたに警戒をしてもらおうと思ってね。……服を着るんだよ、この図体の大きな怠け者！……だけど、一時間経ったら起こしておくれ！……すぐに起こすんだよ、もしも……何か起きたら」

シャルルは欠伸をしながら手足を大きく伸ばした。

＊＊＊

犬小屋で犬たちが吠えた。

即座にギュスターヴは立ち上がった。彼は天窓に駆け寄って、自分の真正面、入口の格子扉の方を見た。

闇は深かった。こぬか雨がずっと絶えることなく降っていた。

向こうの、小道の端に、赤味を帯びた光輪に囲まれた光の点が現れた。あれはクロドシュの角灯だ。

謎の訪問者が現れたのだ。

召使いは、少しずつ大きくなり、はっきりしてくる、小さな明かりから目が離せなかった。

小道の砂利の立てる音とともに、ギュスターヴ・コリネの耳には聞き慣れた音が聞こえてきた。クロドシュの松葉杖が砂利をかく音だった。

徐々に、暗闇の中から二つのシルエットが現れた。一つは——召使いには難なく認められたもので——角灯を提げ、自分の不器用でつまずきがちな足元の小道を照らしながら、ゆっくりと歩を進めるクロドシュのシルエットだった。もう一つのシルエットは、脚の不自由な男の後からついてきた。

コリネは目を大きく見開いた。クロドシュが道案内をしている男は、顔をうつむけにし、帽子を額にかかるようにかぶり、服の襟を耳まで立てていた。顔を見ることなど不可能だった。角灯の明かりは、小道の上に揺れる円として現れ、上半身は薄闇に隠れていた。

訪問者とその案内人が正面入口の石段の前に到着した。

召使いは――たとえ一瞬でも――謎の到着者の顔立ちを見られるものと期待したが、その期待は裏切られた。クロドシュは受けた指示に従って、石段の上に角灯を置いた。

すると、ギュスターヴ・コリネは夜の訪問者の顔立ちを見ることができないとしても、せめて別のやり方で好奇心を満たすことを考えた。彼は音を立てずに部屋から抜け出して、忍び足で階段を下り、一階の部屋の一つ、できるだけ城館の主と見知らぬ人物との会見が行われる書斎に近い部屋に身を潜めることに決めた。

ヴェルディナージュが訪問客を書斎の外まで見送る時に――ふたりの会話の結果がどうあれ――おそらく照明の充分に当たる玄関ホールであれば、男の顔を認める機会があるだろう。

彼が泥棒さながらの用心をして、ドアを開けようと決心した時、召使いの耳に石段に面しているドアがカチャッと鳴ったのが聞こえた。待ちかまえていたヴェルディナージュが、訪問客が姿を現す前に、ドアを開けたのだ。

ギュスターヴ・コリネが忍び足で踊り場に達しようとした時、彼は下の方から誰かが話している声を聞いた。城館の主と謎の訪問者が話し始めたのだった。

バンという乾いた銃声がして、召使いは飛び上がった。そして、悲痛な叫び声を耳にした。

ギュスターヴ・コリネは数秒間、口がきけないほど驚き、動揺のあまり麻痺したようになっていた。彼はかなり素早く落ち着きを取り戻すと、見知らぬ謎の人物は――ヴェルディナージュに対して引き金を引いたか、あるいはヴェルディナージュから発砲されたかして――できるだけ早く逃走しようとし、クロドシュはたぶん彼の逃走を阻止することはできないだろうと思った。

召使いにはもはや一つの考えしかなかった。犯人の顔を見届けるのだ！

ギュスターヴ・コリネは大急ぎで踵を返すと、天窓の方に戻った。

玄関ホールで銃声が鳴り響いた直後、彼は外から耳を聾するばかりの物音がとどろくのを耳にした。ギュスターヴ・コリネが天窓から身を乗り出すと、石段の最上段に立ったクロドシュが、ぞっとするようなうなり声を上げながら、全力で松葉杖を入口のドアに打ちつけていた。

脚の不自由なこの男は、右手でしっかりとドアノブを握って、あらゆる方向に回した。しかし、内部でノブと掛け金を結び付けているフックがはずれていた。脚の不自由な男がドアを開けようとした努力は報いられなかった。

結局、脚の不自由な男の押す力に屈する形でドアは内部の人間が開けた。

すぐにドアは再び閉まった。その時になって初めてギュスターヴは見張り場から離れて、階段を駆け下りた。

二階の踊り場に達した時、階段の手すりから身を乗り出すと、エドモン・タッソーが階段を大急ぎで駆け下りて、一階に達するところだった。

＊＊＊

召使いに警告を与えた犬の吠え声が、テレーズを眠りから目覚めさせた。

彼女は自分の周囲をきょろきょろと見回した。

シャルルが寝室にいない。

即座に彼女は、グレートデーン犬を激しく興奮させた理由を求めに、夫は外に出たのだと考えた。

彼女は待った、じっとして。

目覚まし時計を見ると、一時半だった。

耳をそばだてた〈ボンヌ・メメ〉には、雨がしとしと降る音と風の騒ぐ音しか聞こえなかった。

年齢の割に、家政婦は耳が良かった。彼女はすぐに新たな音を耳にした。最初は微(かす)かだったが、やがてはっきりした音になった。何者かが中央の小道の砂利を靴底で踏んでいる音だった。そいつは庭園を進んでいた。

足音が大きくなった。テレーズが判断する限り、近づいてくる足音は一人だけではなかった。

彼女は靴のこするような音と、それに付随するステッキが突く音に違いない衝撃音（後になって、それはクロドシュの松葉杖が石段を突く音であることが分かった）、そして金属的な音（クロドシュが角灯を石段に置いた時の音）をはっきりと区別することができた。

城館の入口のドアが開いた。

その瞬間、ヴェルディナージュと謎の人物は向かい合っていたに違いない。というのも、城館の主の声――テレーズが絶対に間違うことのない声――が苛立ちを示す声で言ったからだ。

「いいか！　お断りだ！……私はここから出て行かないぞ！」

轟音(ごうおん)が鳴り響いた。苦悶(くもん)の声が上がり、大きくなって、息切れの音となって消えた。

ベッドに釘付けにされたようになって、家政婦はなんとか気力を回復した。必死の努力で、勇敢なテレーズは起き上がると、直ちに玄関ホールに向かった。

まだ二人を隔てる距離が数メートルにもなる前から、クロドシュのうなり声と、この脚の悪い男が松葉杖を入口ドアに打ちつける音を彼女は耳にした。

上階ではいくつものドアが音を立てて開いた。使用人たちが心配そうに声をかけ、階段をどたばたと駆け下りた。

とうとう〈ボンヌ・メメ〉は玄関ホールに到着した。

彼女は即座に、地下の酒蔵への階段の一段目で夫が恐怖に立ちすくんでいるのに気づいた。

唐突に、シャルルが立ち直って、玄関ホールを駆け抜けて、いまだにうなりながら松葉杖を打ちつけていたクロドシュにドアを開けてやった。脚の不自由な男はもう少しでつんのめるところだった。執事は彼を片手で支え、残った手で素早くドアを閉めたが、これは安全を考えた本能的な行動だった。

あえぎながら、エドモン・タッソーが玄関ホールの向こうから姿を現した。

「どうしたんです？」シャルルの方に近づきながら、運転手が尋ねた。

示し合わせたわけでもないのに、エドモン、シャルル、そしてその後ろからクロドシュとテレーズが書斎のドアの隙間を押した。

今度はギュスターヴ・コリネが、エドモンとは反対の玄関ホールの端から姿を見せて、彼らが一様に驚きと恐怖で後ずさりするのを見た。

彼は駆け出すと、家政婦が気を失って倒れるのを、なんとか腕に抱き留めるのに間に合った。

召使いは目を剝いて見た。

書斎の床、彼から二歩離れたところに、ナポレオン・ヴェルディナージュの体が伸びていた。

一個の弾丸が左目を貫通し、脳頭蓋を破壊しながら後頭部を突き抜けていた。血だまりが広がって、絨毯に赤い染みとなっていた。

エドモン・タッソーが口ごもるように言った。

「犯人は？……犯人はどこです？」

書斎には人が隠れるような場所はなかった。運転手はガラス窓を覆っていたカーテンを引いた。ガラス窓はずっと鍵がかかったままだった。巨大な暖炉はどうかと言えば、社長がマルシュノワール館にセントラルヒーティングを備え付けて以来、使用されておらず、隠れ場所にはならなかった。

松葉杖を引きずるように歩くクロドシュを従えて、エドモンがてきぱきと一階の部屋を点検した。どこを見ても、窓は閉まっていたうえに、鉄の鎧戸が下りていた。

運転手が他の階を調べるために階段に向かった。コックのジャンヌが手すりをしっかりと摑みながら、おぼつかない足取りで階段を下りてきた。

「誰も上ってこなかったかい？」運転手が心配そうに訊いた。

運転手の妻は言葉を発することができず、首を横に振るだけだった。

「では、酒蔵は？」落ち着いた声が示唆（しさ）した。

全員が発言したばかりのギュスターヴ・コリネの方を向いた。彼は玄関ホールの床で死んだように横たわったままのテレーズのそばでひざまずいていた。

「犯人は酒蔵になどいない、いない！」執事がいまだに震えるような口調でつぶやいた。

「あんたにどうして分かる？」ギュスターヴが反駁（はんばく）した。「誰もまだ確かめに行っていないんだ」

シャルルは血の気の失せた額から手の甲で汗をぬぐった。彼は心ここにあらずといった様子でつぶやいた。

「本当のことだ！」

執事は開いたままになっている酒蔵のドアによろめきながら近づいて、地下に通じる階段に足を踏み入れた。

彼が階段を上ってきた時、全員の視線が彼に注がれた。

シャルルは苦心して言葉を口から絞り出した。

「酒蔵には人はいない！」

無意識に彼は背後のドアに差し錠をかけて、鍵を二回転させると、鍵をポケットに入れた。

使用人たちは全員が互いに顔を見合わせた。……不可解な出来事に直面していることが分かって、彼らの引きつった顔に驚愕の表情が表れた。

犯人は逃走していない。消え失せたのだ。

突然、何者かが外で呼ぶ声が聞こえた。

「開けてくれ！　開けてくれ！」

「誰だ？」シャルル・シャポンが怒鳴った。

「私です」という返事があった。「私です、ベナールです」

8

当惑して、トーピノワ警部は手で神経質そうに口髭をひねった。

彼はたくましい好漢で、血色が良く、その立派な風采(ふうさい)と体にぴったり合った制服によって、郡庁で催される舞踏会において、素朴なコンピエーニュ地方の女性たちに好意的な印象を与えていた。

トーピノワ警部は自分にシャーロック・ホームズの才能があると思っていた。この事件が彼に割り当てた二義的な役割をぼやいてばかりいた。

十年前から栄(は)えある憲兵隊で勤務していたが、最もめざましい功績と言えば、手柄とも言えない取るに足らない浮浪者や、けちなこそ泥、扱いにくい酔っぱらいの逮捕といった有様だった。

十月二十八日から二十九日にかけての夜、午前一時頃、一本の電話によってマルシュノワール館で犯罪が行われたという通報があった時、この警部の目にいかなる誇り高い情熱が垣間見えたかは想像に難くない。

犯罪！　彼の一生の夢が！　とうとう！　彼の名前が日刊紙に印刷され、彼の顔写真が、おそらく、雑誌にも転載されるだろう！　新聞記者たちは彼の談話を集めることだろう！

というのも、彼は制服の威信だけで真相を明らかにして、犯人にぐうの音も出せなくすることができると疑っていなかったからだ。

機動分遣隊の刑事たちはすぐに、憲兵隊が自分たち同様に重要な捜査を立派にやり遂げることができると知るだろう！

彼は憲兵隊の名誉のために行くのだ。

警部は決然として革ベルトを締め、エマール巡査長と憲兵のビネに同行を命じた。

口髭を生やした二人の憲兵隊員は、揃って敬礼すると、馬に鞍を置くために同じ速さで厩舎に向かって駆けていった。

巡査長のエマールは動きのぎこちない巨漢で、その顔には過度なまでに発達した長い鼻が付いていた。

憲兵のビネは、それとは対照的に、小柄で、ずんぐりして、陽気な男で、びっくりしたような不揃いの二つの目を絶えずきょろきょろと動かしていた。

まもなく、三人の秩序の代表者はコンピエーニュ街道に沿って馬をギャロップで走らせた。

彼らは暗い夜に道を見失わないよう注意しながら、雨の中を進んだ。ケピ帽の柔らかくなったひさしを雨水が流れた。細かな水滴が彼らの口髭に付いた。

「嫌な天気ですな！」エマール巡査長がぼやいた。

考えに没頭していて、警部の耳には聞こえていなかった。

憲兵ビネはうなずいたが、もう少しのところで「巡査長、おっしゃる通りです！」と答えかねなかった。

トーピノワはじれったそうに馬に拍車をかけた。二人の部下もそれをまねて、夜道に馬を走らせる一行は陰鬱でずっと口数が少なかった。

とうとう、蹄鉄がマルシュノワール館へ通じる中央の小道の砂利を蹴ると、開いたドアの前の石段に腰を下ろして待っていたベナールが館に入って声を張り上げた。

「憲兵たちです！　憲兵が到着しました！」

トーピノワ警部が、巡査長と憲兵を従えて、厳かな足取りで玄関ホールに入ると、集まった使用人たちに向かって探るような目で見た。

震える手で、シャルルが書斎の床に伸びている死体を指さした。

老執事は口ごもるように言った。

「実はこういうわけでして……」

「黙りたまえ！」警部は自分の権威を意識して、相手の言葉をさえぎった。「こちらが尋ねた時にだけ答えればよろしい」

彼は死者に近づいてしゃがみ込んだ。長い沈黙の後に、彼は言った。

「やけどの痕跡（こんせき）は見られない。したがって、至近距離から発砲されたものではない。この事実から自殺ではないことが明確に示される」

巡査長は上司の洞察力に感嘆して、自慢の見事な黒い口髭をひねりながら言った。

「疑問の余地はありませんな、警部、われわれが目にしているのは犯罪で、さらに言えば殺人なのです」

「そのうえ」と憲兵がおずおずした声で言った。「そのうえ、この人物が自殺したとすれば、手の届く範囲に何らかの凶器が見つかるはずですが、ここには凶器が見当たりません」

死体のそばでひざまずいたままだったトーピノワは肩をすくめると、死体のポケットからフルに装塡されたブラウニング拳銃を取り出した。

「警部……」エマール巡査長が口ごもるように言った。

「充分だ（スフイチツト）！」部下に捜査の主導権を渡すまいと決意した警部が命じた。

彼はギュスターヴ・コリネに呼びかけた。

「この城館には出入口はいくつもあるのか？」

「いいえ、ムッシュー」召使いは否定した。「まさにそこがこの建物の重要な欠陥なのです。この城館には外部に通じるドアは一つしかありません」

トーピノワはビネの方を向いた。

「直ちにこの建物の入口に行け」と彼は言った。「私の指示がない限り、誰も通してはいかん」

憲兵たちは踵（かかと）を合わせると、一礼して、くるりと向きを変えて立ち去った。

警部が言った。

「犯行のあった部屋をかき乱してはいないでしょうな？」

「ああ！　とんでもない！」エドモン・タッソーが声を上げた。「この種の事件では何一つ手を触れてはならないことは分かっています」

トーピノワは書斎から出ると、ドアに鍵をかけて、小客間（プチ・サロン）に置かれたテーブルに向かって腰を据えた。

彼は目の前に使用人一同を集め、巡査長に書記の役目を果たすよう命じた。

最も困難だったのはクロドシュから証言を得ることだった。

脚の不自由な不幸な男は、制服を着た人間を目にして恐れおののき、完全に冷静さを失っていた。

彼は喉（のど）が詰まったようになって、一言も発することができなかった。

相手の頭脳に問題があると見て取って、警部は忍耐力をすり減らした。彼は優しい言葉で話しかけて、脚の悪い男の心を少しずつほぐしていった。

やがてクロドシュは自分の知っていることを話し始めた。

「こうなんです！」早口で口ごもりながら彼は言った。「……旦那様が午後にクロドシュに言ったんです……夜になったら、クロドシュは庭園の格子扉のところに行って、〈誰か〉を待つようにって……」

「この話を裏付けることができる者はいるかね？」トーピノワは他の証言者に向かって目を向けながら言った。

「私が」と召使いのコリネが穏やかに応じた。「私はまさに昨日の午後、庭園の石瓶の影にいましたが、その時、旦那様がクロドシュに命じていました。私の聞いた会話の一言一句をお伝えすることができます——まったくの偶然でした！——というのも、他人の話を盗み聞きするようなことは……」

「けっこう！」警部は話を打ち切って、クロドシュの方を向いた。

「その夜のこと」脚の悪い男は話を続けた。「その夜のこと、クロドシュは静かに起きて……寝ていた番小屋の窓から出ました。……クロドシュが窓から出たのは、ムッシュー・ベナールを起こさないためです。……ムッシューは、クロドシュに物音を立てるなと〈命じていた〉のです。……クロドシュは長いこと待っていました、雨の降る中を。……火の灯った角灯をコートの裾で覆って。……クロドシュはまだ待ちました。……でも、〈誰か〉が到着したのに、クロドシュには近づいてくる足音も聞こえませんでした。……クロドシュは立ち上がって、旦那様が〈誰か〉に言うように言ったことを言いました。……『城館までついてきなさい！……あんたの到着を待っている人がいる！』すると、〈誰か〉はクロドシュと一緒に正面の石段のところまで来ました。……クロドシュは角灯を石段に置きました。すぐに中にいた旦那様が〈誰か〉にドアを開けました。……〈誰か〉と旦那様の背後でドアが閉まりました。……クロドシュは聞き耳を立てました。怒った旦那様が〈誰か〉に向かって大声で怒鳴っていました。……すると……すると……」

脚の悪い男は息を切らしていた。

トーピノワが供述を続けるよう助け船を出した。

「すると、銃声が聞こえたんだね？」

クロドシュは怯えた声でうなずいた。

「ええ、ええ！……クロドシュは〈バーン〉という音を聞きました！　そして、クロドシュを怖がらせた大きな悲鳴。……物音が聞こえたらクロドシュは行かなければならないと分かっていた。……クロドシュは中に入りたかった。……でも、〈誰か〉がドアを押していた。……クロドシュはドアを外から開けることができなかった。……クロドシュは大声を上げて、松葉杖でドアを何度も叩いた。とうとうムッシュー・シャルルがクロドシュにドアを開けてくれて……クロドシュが見ると、書斎の中で旦那様が……優しい旦那様が……死んでいたんです！」

脚の悪い男は悲しげに頭を上げた。

「庭園の格子扉から城館のドアまで案内してやった人物の顔は見たかね？」警部は尋ねた。

「クロドシュは角灯を上げたけど……〈誰か〉はコートの襟で顔を隠していた、こんな風に！……」

脚の悪い男は自分の上着の襟を立てて、顔の下半分を隠した。

「〈誰か〉の帽子がこんな風に下げてあったんです」自分のベレー帽を目まで下げながら、彼は言い添えた。

「小道を案内する間に、相手を見なかったのかね？」

「クロドシュは角灯で道を照らしていました……転ばないように。……クロドシュはずっと足元と松葉杖を見ていました」

警部は直ちにこの話の裏付けを取りたかった。家政婦が、自分の耳にした音によれば、確かにクロドシュの言う通りに事は運んだに違いないと断言した。

彼自身が惨劇の一部の目撃者でもあるギュスターヴ・コリネが言った。

「私にはマダム・テレーズ・シャポンの証言とクロドシュの口述を裏付けることしか

できません。警部、私は自分の寝室の窓の高さから、犯人が脚の悪い男に導かれて到着するのを見ていました。暗闇の中で、彼以上に犯人の顔を見分けることのできる人間はいません。

亡くなったわれわれの主人の殺人が明確に示していることは、犯人が消え失せる瞬間まで、われわれの誰もがいったいどうやって犯人が……」

「たくさんだ！」警部が乱暴にさえぎった。「われわれはお前に多くを求めてはいない！　警察に任せておけ！」

彼は勝ち誇ったように口髭をひねり、我こそは〈正義〉なのだとばかりに全員に見得を切った。

トーピノワはエマールに大きな声で脚の悪い男の証言を朗読させた。

「申し分ない！」巡査長が読み終えると、彼は言った。「この事件はたわいないほど単純だ！　クロドシュの証言によって――その証言は多くの点で、被害者の召使いギュスターヴ・コリネの確証が得られたものだが――われわれは、この城館までいかにして殺人犯が侵入したのか知っている。あとは、大罪を犯してから、いかにして犯人がこの場所から逃走したのか突き止めればいい。要するに、この事件は次の二つの文章に要約できることは疑問の余地がない。すなわち、一人の男が侵入した……その男はいかにして脱出したのか？」

警部は使用人たちに小客間にいるように命じ、城館の中を詳細に調べ始めた。彼は犯人が逃げ込んだに違いない隠れ場所を苦もなく見つけ出せると思っていた。彼の期待は完全に裏切られた。

確かに、どこかの隅か戸棚の中に隠れることは容易だろうが、唯一の出入口が憲兵の到着以来、絶えず見張られている以上、論理的に言って、犯人はそういった場所のどこかに隠れているはずだった。

さて、トーピノワは犯人の痕跡を何一つ見出(みいだ)すことができなかった。彼は窓を調べた。窓はすべて戸締まりされていて、鉄の鎧戸で保護され、内側から操作した形跡はなかった。

警部は次に、石造りの巨大な暖炉に近づき、全てを見通した様子で言った。

「犯人がドアから逃げたわけでも、窓から逃げたわけでもないことが示された以上、この暖炉が謎の答えだとしても驚くべきことではないな」

召使いが口を挟もうとした。

「ですが、警部……」

「お前は黙っていろ!」トーピノワがぶっきらぼうに命じた。

彼は人差し指で暖炉の火床を指した。

「あの暖炉の開閉板(暖炉前面にある金属板)を開けるんだ!」

憲兵のビネがひざまずいて、苦もなく金属板を動かした。暖炉本体と火床のある場所にはセントラル・ヒーティング装置が設置されていた。ラジエーターと通気管が全空間を占めていた。仔猫一匹入れやしなかった。

「もちろん！　もちろんだ！」警部は当惑と失望の入り混じった口調でつぶやくに留めた。「犯人は身を隠すことも、ここから脱出することもできなかった。他の場所を探そう……」

容易に勝利が得られるものと期待していたトーピノワは失望し始めていた。警官の仕事も思っていたほど簡単ではないことが分かった。

「どう考えるかね、エマール？」むく犬さながら一歩一歩忠実に後からついてきた部下に向かって、彼は神経質に尋ねた。

「まったく、警部」呼ばれた男は答えた。「この事件は説明困難な事件と考えます。〈そのうえ〉骨が折れるほど複雑であります！」

「言い換えれば、君には何の考えもないということだな！」トーピノワは不機嫌そうに毒づいた。

「確かに、その通りであります、警部！」上司の皮肉に気づくことなく、巡査長は答えた。

警部は使用人たちが心配そうに捜査の結果を待っている小客間に戻った。

彼は注意深くシャルルとテレーズのシャポン夫妻、エドモンとジャンヌのタッソー夫妻、ギュスターヴ・コリネ、ジャック・ベナール、そしてクロドシュの顔を見た。

「私は上司に報告に行きます」と彼は言った。「ドアのところで見張りをしている憲兵は検察官が到着するまで残しておきます。皆さんの誰一人として、新たな指示があるまで、城館から出ることも、書斎に入ることも禁じます」

朝の五時近くになっていた。トーピノワとエマールが出発の準備をしていたところにアデマール・デュポン・レギュイエールが城館に姿を現した。

彼は秩序の代表者が入口に立っている姿を見て、仰天して尻込みした。

「何の用だね？」憲兵が不審そうに尋ねた。

「いや……ぼくは……ぼくは戻ってきたのです！」美青年は狼狽して答えた。

ビネは上司を呼んだ。

「ぼくはアデマール・デュポン・レギュイエール侯爵で、ムッシュー・ヴェルディナージュの秘書です」近づいてきた警部に到着したばかりの男が言った。

「その通りです」とシャルルが口添えした。

青年は青ざめながら口ごもるように言った。

「ですが……いったい何が起きたのですか？……話してください！」

「私たちの気の毒な旦那様が！……」テレーズがすすり泣いて言った。

トーピノワは答える前に書斎のドアを開けた。アデマールは絨毯の上で伸びている死体を見て後じさった。

「ああっ！　なんてことだ！」恐るべき事実を知って、彼は声を上げた。

彼はよろめいて、もう少しで気を失うところだった。

警部は再びドアを閉めて悲劇的な光景をさえぎった。直ちに彼は秘書を尋問した。

「どこから来たのかね？」

「でも……ぼくは……」

「さあ！……答えるんだ！……君は城館には住んでいないのかね？」

「住んでいます！……ただ、今夜は、ぼくは……旦那様から許可を得て……気の毒なムッシュー・ヴェルディナージュから」

「君の言葉を裏付ける者は誰かいるかね？」

使用人は無言だった。

巡査長は不審そうに咳払いをした。

トーピノワは再び思い上がった態度になっていた。手で口髭をひねりながら、彼は傲岸（ごうがん）な口調で言った。

「つまり、君はこの城館に住んでいるが――控え目に言っても奇妙な偶然から！――惨劇の起きた夜には城館にはいなかったというわけだ。夜間外出の許可を得ることは頻繁にあったのかね？」

「いえ。……今回が初めてで……」

「素晴らしい！　夜をどこで過ごしたのか教えていただけますかな？」

「ぼくは……地元のダンス・パーティーで踊っていました……カフェ〈メナール・ジューヌ〉で」

「しかし、カフェ〈メナール・ジューヌ〉でのダンス・パーティーは午前一時に終わったのに、今は五時近いですぞ！」腕時計を見ながら、警部は反論した。

彼は巡査長に向かって合図をした。

「エマール！」

「何でしょうか、閣下！」軍隊式に敬礼しながら、呼ばれた人間は答えた。

「直ちにカフェ〈メナール・ジューヌ〉へ行って、主人を起こし、この紳士の証言を確認するんだ」

この言葉を聞いて、アデマールは顔面蒼白になり、膝から力が抜けたようになって、椅子にへたり込み、両手で頭を抱えた。

半時間後、エマールが駆け足で戻ってきた。

「警部閣下」と彼は勢いよく言った。「その紳士の人相書きと正確に一致する人物が」（と彼は、あえぎながら顔を引きつらせて聞いていたアデマールを指した）「昨夜十時頃、カフェ〈メナール・ジューヌ〉のダンス・パーティーに参加し、地元の若い女性たちと何度か踊っています」

「言った通りだろう……」美青年は言った。

「問題の人物は」巡査長は話を続けた。「午前〇時直前に会場を出ています」

「違う！　違う！」アデマールは弱々しく抗議した。

「真夜中から午前五時まで、どこにいたのかね？」トーピノワがぶっきらぼうに尋ねた。

「ぼくは……ぼくは知らない……ぼくは……」

警部はアデマールの血迷ったおしゃべりには一顧だにしなかった。彼はクロドシュに向かって言った。

「君が庭園の格子扉から城館のドアまで案内した謎の人物は、今そこの椅子に座っている人に似ているかね？……よく思い出してくれたまえ！」

美青年は脚の不自由な男を苦悩に満ちた目で見た。

「クロドシュには見えたはずがありません」彼がちょっと考えてから言った。「クロドシュは何も知りませんよ」

「君が案内する間に謎の人物は君に話しかけたかね？」トーピノワはなおも尋ねた。

「聞き覚えのある声をしていたかね？」

「その〈誰か〉はクロドシュに話しかけませんでした」罪のない男はためらうことなく断言した。

警部は勝ち誇ったように笑みを浮かべた。

彼はアデマールをドアのそばの小さな客間に入れて、憲兵ビネに見張りをさせ、検察と機動分遣隊が到着するまで若い秘書を見失わないよう命じた。

彼は揉(も)み手をしながら玄関ホールに戻った。

「疑問の余地はない！」親しみを込めながらエマール巡査長の肩を叩きながら、彼は断言した。「疑問の余地はない！　犯人を捕まえたぞ！……デュポン・レギュイエールはちょうど犯行が行われた時間帯の説明ができない。……私がまさにその点について尋問すると、彼は取り乱した。……私の考えでは、それこそが彼の有罪を立証するものだ！」

「明白ですな、警部閣下」部下が答えた。「この人物は議論の余地のなく、〈かてて加えて〉あからさまな気配を示していることは明らかです」

トーピノワが背の高い鏡の前を通りかかった時、彼は胸を張って、満足げに自分の全身像を眺めた。

彼は十年前から抱いていた夢を実現させたのだ。

つまり、犯罪事件を解明したのだ！

第二部　厄介な捜査

1

鑑識課が犯行現場の写真を撮影し、犯人を突き止める役に立ちそうな証拠を探して、城館の住人全員の指紋を採取している間、ポール・マリコルヌ（フランス共和国検事代理）、クロード・ローネ（予審判事）、そしてアンドレ・プリュヴォ（機動分遣隊警視）は大広間（グラン・サロン）に集まって、書記官エルネストが穏やかに見守る中、活発に議論していた。

ムッシュー・ローネは若くて活動的な司法官で、名を立てようという野心に燃えていた。

黄ばんだ顔色をして、角張った顔、分け目のはっきりしない髪型で、服装は野暮ったく、ズボンは靴の上でしわになっていた。人から虚弱と見られる彼の身体は、仕立ての悪いだぶだぶの上着に包まれていた。

予審判事は服装などという些末（さまつ）なことには頓着（とんちゃく）しなかった。

自分の仕事に熱中し、捜査官としての実質的な資質に恵まれた彼は、なにやら極端なまでに矛盾した精神に悩まされていなければ、とうの昔に昇進していて当然に思われた。

この風変わりな欠点のせいで、彼は何度も手ひどい失敗を繰り返した。一人の警察官が即座に或る仮説を組み上げるだけで、ムッシュー・ローネは充分時間をかけることなく、真っ向から対立する意見——たとえその意見が最も基本的な常識に反するものであっても——を抱くのだった。

このような先入観が一度ならず捜査の進行を妨げたことが分かった。

幸いにも、司法官と親しい人たちはこのような物の見方に対して、はっきりと意見を述べるのではなくて、必要な決断を示唆することによって緩和することを知っていた。時には、予審判事に正しい見方を共有させるために、自分たちの考えとは対立する命題を弁護するふりをすることさえあった。

マルシュノワール館に到着して、ムッシュー・ローネが最初にやったことは、トーピノワ警部によって容疑者とされたアデマール・デュポン - レギュイエールを解放することだった。

機動分遣隊警視アンドレ・プリュヴォは司法官に秘書の説明に関して集まった好ましからざる情報を差し出した。

「アデマール・デュポン - レギュイエールは多くの観点から私には容疑者に見えま

す」と彼は言った。「その過去はあまりぱっとせず、不渡り小切手を出したことで危うく軽罪裁判所に召喚されそうになった青年です。ナポレオン・ヴェルディナージュの個人秘書になる前は、この若い悪党はやりくり算段で人生を渡り、そのことは道徳観念よりも狡猾さの方を多く持ち合わせていることを示しています！　そして、すべてを一言で要約すれば、アデマール・デュポン-レギュイエール侯爵は道を踏み外した人間だということです！」

「道を踏み外した人間か！　それはまた性急な言い方だ！」ムッシュー・ローネが声を上げた。「確かに、あの青年はいかがわしい人物と交際し、軽罪裁判所に呼び出される危険を冒してきたが、それは貴族の子弟にありがちな微罪だ。さらに詳しい情報が入るまで、私としてはアデマール・デュポン-レギュイエールをヴェルディナージュ殺しに関して無罪と考えることにする」

彼はそう宣言すると、憲兵たちを当てこすって〈自分を警察官と思って、事件を間違った手がかりに向かわせ、最も単純なことを複雑にする役にしか立たない！〉という皮肉で不愉快な意見を述べた。

彼は最後に『靴屋は靴に専念せよ（ネ・スートル・ウルトラ・クレピダム）（プリニウス『博物誌』の言葉）』と言い添えて強調した。

自由の身になって、秘書は予審判事に彼の決定を心から感謝し、もしも予審判事が好都合と判断するならば、求める情報はすべて何なりと提出すると述べた。

ムッシュー・ローネは同意の印にうなずくと、ポケットからトーピノワ警部の報告書を取り出し、折りたたんでカーラーの形にねじってから、ライターで火をつけ、小さな葉巻に火をつけるのに使った。葉巻からはつんとする不快な煙が出た。

太って尊大な共和国検事代理は、金縁鼻眼鏡の曇ったレンズを拭いて、ブロンドの顎鬚を長いことなでて、同意とも抗議とも取れるようなうめき声を漏らした。

実のところ、ムッシュー・マリコルヌは心を決めかねて不満だった。彼は錯綜したことが大嫌いで、今回の事件は解明に時間がかかるのではないかと想像していた。

二年前、彼はすでにムッシュー・デルーソーの謎の殺人事件を担当していた。ムッシュー・デルーソーは（読者も覚えておられるだろうが）銀行家アブラム・ゴルデンベールの死後にマルシュノワール館を購入した不運な家主だ。或る晩のこと、一発の弾丸を受けて、庭園で死体となって発見された。地元コンピエーニュとパリの腕利きの刑事たちが捜査を行った。ムッシュー・デルーソーは禁じられた館から出て行くようにという脅迫状を三通受け取っていたことが判明した。匿名の手紙の差出人は見つからなかった。この事件は結局、迷宮入りとなった。

共和国検事代理はこの事件を不愉快な思い出として記憶し、同様な事件にまたしても巻き込まれることを喜んではいなかった。捜査は、最初の事件と同様に、失敗に終わるだろうと予想していた。

心ここにあらずといった様子で幻滅しながら、彼は情熱も希望も持たずに、型通りの事実説明に臨んでいた。

被害者の私的な秘書という地位はあらゆる使用人よりも上と見なしていたムッシュー・ローネは、アデマール・デュポン＝レギュイエールに自分の横に座るよう誘った。美青年は司法官から特別な配慮を受けていることを喜び、自信と屈託のなさを取り戻した。

判事は手書きの一覧表を眺めて、憲兵にベナールを招じ入れるよう命じた。当人は不安でおどおどした目をしながら、ためらいがちに入ってきた。

ムッシュー・ローネはぶっきらぼうに尋問を始めた。

「姓名は？」

「ベナール……ジャック・ベナールです」

「職業は？」

「番人……時には庭師もやります」

「いつからムッシュー・ヴェルディナージュに仕えているのかね？」

「あの方が城館を購入して以来です、判事様。三か月になります、ほぼ」

アデマールが口を挟んだ方がいいと思った。

「予審判事殿」と彼は言った。「ベナールはこの城館の最初の所有者の時から仕えています。アブラム・ゴルデンベールに仕えて以来、次々と所有者のもとで……」

「悪名高い詐欺師の？」

「その人です……次にムッシュー・デルーソーに仕え……」

「そうだった！」いきなり検事代理が額を叩いて言った。「思い出したぞ。実のところ、デルーソー事件の捜査の時には、あの男の尋問に立ち会っていたのだった」

ムッシュー・ローネが番人をまじまじと見ると、男は当惑して、指でハンチング帽をもてあそんだ。

「この犯罪について君はどう考えるかね？」判事が言った。

「何の考えもありません」

「さあさあ！　君には何か意見があるはずだ」

「それについては、ノンですとも！　私は何も知りません。私は九時頃まで寝ていて、眠りが深かったのでクロドシュの立てる物音も……」

「クロドシュというのは、ベナールが哀れに思って引き取っている不運な障害者です」と秘書が説明した。

「分かっている！」ムッシュー・ローネがさえぎった。「警部からこの事件における彼の役割は聞いた。後ほどクロドシュを呼び出すつもりだ。続けたまえ、ベナール」

「私が申し上げているのは、予審判事殿、熟睡していたので、ムッシュー・ヴェルデイナージュが待っていた謎の人物の到着を庭園の格子扉で迎えるために、クロドシュが起きる物音に気づかなかったということです」

「番人にしては、君はぐっすり眠る質なんだな！」マリコルヌ検事代理が念を押した。

ムッシュー・ローネは口を挟まれて、苛立ちの色を浮かべた目で検事代理を見てから、話を続けた。

「君は眠っていたんだね、ベナール。しかし、にもかかわらず、城館の入口に現れた時には、足の先から頭の天辺まで服を着込んでいた。ヴェルディナージュの使用人によって死体が発見されて十五分後のことだ」

「私は銃声によって目を覚ましました。私は急いで服を着て、駆けつけたのです……犯罪が実行され、犯人が逃亡したので、遅きに失していたわけですが」

検事代理がまたしても口を挟んで、ベナールを責め立てた。

「君は小屋から二十メートル離れた城館の内部で発砲された銃声に気づいたというのに、寝室のそばの犬小屋にいる犬の吠え声には気づかなかったというのかね？　ずいぶんと気まぐれな聴覚の持ち主じゃないか！」

「しかし……」

「というのも、犯人が庭園の格子扉に姿を現した時には犬たちが吠えたようだからだ」

ベナールは少しためらったような様子を示してから、口ごもるように言った。

「おっしゃる通りです、検事代理閣下」

「おやおや！　すると君には犬の吠え声が聞こえていたのかね？」

「聞こえました、検事代理閣下。ですが、あの畜生どもは〈何でもないこと〉でキャンキャン吠えるものですから、私は驚かなかったのです。私は単純に、夜遊びしたどこかの村人が格子扉の前を通りかかったのだと考えて、眠っていたのです」

ムッシュー・ローネは、ほとんど完全に吸い終わった最初の葉巻を使って、二本目の葉巻に火をつけたが、この葉巻も最初のと同様にひどい臭(にお)いだった。

「君は眠っていた。……爆音で目を覚ました。君は服を着た。城館に駆けつけた。……けっこう！……その時、入口のドアは開いていたかね、閉まっていたかね？」

「閉まっていて、石段の最終段に灯った角灯が置かれていました」

「城館に向かう時に、誰か逃げていく人物とすれ違わなかったかね？」

「いいえ、予審判事殿、というのも私は敷地内で出会った人間全員を呼び止めることになっているからです」

「けっこう！……つまり、誰かが君に城館のドアを開けてくれた。……君は中に入る。……その時、ドアは即座に閉められたのかね？」

「ええ、予審判事殿、即座に。われわれが殺人犯を見つけ出そうとして、屋内を捜索する間、ずっとドアは閉めたままでした。その次にドアを開けたのは私で、憲兵たちの到着を待つために、石段に腰かけていました」

「要するに、君の意見では、城館に侵入した殺人犯が、来た時に通った道を逆向きに通って逃げることは絶対に不可能というわけだね？」

「確かにそれが私の意見です、予審判事殿」

「君のご主人を抹殺することによって利益を得る人物を知っているかね？」

「ええ、予審判事殿」

ムッシュー・マリコルヌが飛び上がった。

「いったい誰だね？」高ぶって声を軽く震わせながら、差し迫った様子で尋ねた。

「匿名の手紙の差出人ですよ！」ベナールは答えた。

検事代理が立ち上がった。

「その手紙は読んだ。くだらない手紙だ！　あの手紙とヴェルディナージュ殺しの間に、わずかなりとも相互関係があることを示す証拠は何もない」

「そうはおっしゃられても、検事代理閣下……」

ムッシュー・ローネが口を挟んだ。

「たくさんだ！……君がここにいるのは証人としてであって、それ以上ではない！……私は君に私の質問だけに答えることを求める。私の代わりにこの事件について多少なりとも根拠のある仮定を述べることは求めていない。供述書に署名したら、出て行きたまえ！　再び尋問の必要が生じたら、改めて呼ぶことにする」

ムッシュー・マリコルヌは予審判事の方を向き、両腕を天に向けて声を上げた。

「連中はみんな同じだ！……まったく！　言いたい放題を許していたら、われわれはお手上げだ！……いったい連中にかくも謎めいた犯罪事件を解明できると思うかね？　われわれプロの捜査官が依然としてためらっているというのに？……少なくとも細部の幾つかの点については……」

2

ベナールに続いて、エドモン・タッソーが予審判事の前に来た。

「君の名前はエドモン・タッソー、だね？　君の被害者との関係は、運転手ということだね？」

「はい、予審判事殿」

「いつから？」

「四年前からです、予審判事殿」

「ご主人について、何か不満はあったかね？」

「いいえ、予審判事殿。ムッシュー・ヴェルディナージュは最高の主人でした。正直かつ誠実にお仕えしている限り」

「被害者が三番目の脅迫状を受け取ったことは知っていたかね？」

「いいえ、予審判事殿。われわれに対してすべてを隠すために、ムッシュー・ヴェルディナージュはわれわれの一人、例えば私に話すよりも、クロドシュに助けを求めたのです」

「十月二十八日の晩、何時に床に入ったのかね？」

「家内と一緒です。十時半でした」

「何で目が覚めたのかね？」

「銃声です。それと同時に、苦痛の悲鳴が聞こえました。私はズボンをはくと、〈大急ぎで〉階段を駆け下りました」

「玄関ホールに到着した時、誰がいましたか？」

「ムッシュー・シャルル、マダム・テレーズ、そしてクロドシュがいました。クロドシュは執事がドアを開けて入れてやったばかりでした。私は彼らの方に駆け寄りました。書斎では、お気の毒な旦那様が血の海の中に倒れていらっしゃるのが見えました」

「ありがとう」ムッシュー・ローネは言った。「奥さんに入るよう伝えてくれ」

　運転手が出て行くと、予審判事はデュポン-レギュイエールに言った。

「あの証人は誠実な人間らしく血色が良いな！」

「ぼくたちは全員が旦那様に献身的に仕えていましたよ！」秘書が答えた。

　現れたジャンヌの顔は気が動顛（どうてん）していることを示していた。

「楽にしてください、マダム！」予審判事は椅子を示しながら言った。

ジャンヌは崩れるように椅子に座った。彼女は怯えた様子で、予審判事が尋問するのを待っていた。

「どれくらい前から、ジャンヌ・タッソー、あなたはムッシュー・ヴェルディナージュのコックを務めていましたか？」ムッシュー・ローネは言った。

「主人とわたしが二人一緒に雇われたのは、四年前でした」コックは口ごもるように言った。

「何時にお休みになられましたか？」

「十時半でした……仕事が終わった後で。……一発の銃声で目を覚ましました。夫と同時でした。……ぎょっとするような悲鳴が聞こえて。……一生忘れられそうもない悲鳴です。……エドモンが寝室から飛び出していきました、薄着のままで。……わたしはひどく怯えていました。……犬の吠え声とドアを叩く音が聞こえました。……後になって、クロドシュがドアを開けてもらうまでしつこく叩いていたのだと知りました。……化粧着をはおると、手すりにつかまりながら、どうにかこうにか階段を下りました。……わたしは何度も何度も、途中で気分が悪くなって、絶対に下までたどり着けないと思いましたよ！」

「あなたが階段の下までたどり着いた時、他の使用人たちは何をしていましたか？」

「主人とクロドシュは一階の部屋部屋を調べ終えたところでした。ギュスターヴはムッシュー・シャルルと一緒にマダム・テレーズの世話をしていました。彼女は書斎のドアの前で死んだようになって伸びていました」

「よく分かりました。二階にであれ、三階にであれ、もしも犯人が逃亡したとすれば、あなたと階段ですれ違ったはずだということですね？」

「もちろんですわ、予審判事様。とりわけエドモンが階段を下りながら照明をつけていったので、わたしにはいっそう良く見えたはずです」

「あなたの供述は明快かつ正確ですな、マダム・タッソー！　どうか、ここに署名をお願いします。……ありがとう！……今度は召使いを呼ぼう！……さてと？　召使いは何という名前かな？」

予審判事は一覧表を眺めた。

「ギュスターヴ・コリネです、予審判事殿」アデマールが言った。

ジャンヌが出て行った。

召使いが入ってきて、無言で一礼すると、平然として待った。

ムッシュー・ローネはちらりと彼を窺ってから質問をした。

「被害者に仕えて長いのかね？」

「三年二か月になります、予審判事殿。コレージュを出て以来です。ここが私の初めての勤め先でした」

「コレージュで学んだのかね？」予審判事は驚いた。

「はい、予審判事殿。私は大学入学資格者です。法学の学士号で失敗しました」

「それが今は召使いをやっているのかね？」

「父が不運な投機で破産して亡くなりました。私は学業を続けることができなくなりました。生きていかなくてはなりません。そのうえ、ムッシュー・ヴェルディナージュは私にとって好ましい雇い主でした」

「犯行のあった夜のことに話を戻そう」ムッシュー・ローネがいきなり話をさえぎった。「君が寝室に入ったのは何時だったかね？」

「ジャンヌとエドモンと同じ時間でした。十時半頃です、予審判事殿」

「すぐに眠ったのかね？」

「いいえ、予審判事殿。すでに警部閣下にも申し上げたように、私は――たまたまですよ、予審判事殿！――亡くなられた旦那様がクロドシュに与えた奇妙な指示を聞いて驚いていました。妙に思うと同時に心配になって、私は窓から寝ずの番をすることにしたのです。その窓からは城館の前に広がっている庭園全体を見渡すことができます。寒さで私は監視をやめなければなりませんでした。私はベッドに横になりました」

「犬が吠えるのが聞こえたかね？」

「ええ、予審判事殿。即座に天窓に駆け寄りました。ほどなくして、クロドシュが角灯を手に提げて、見知らぬ男を連れて城館に近づいてくるのが見えましたが、男の顔は見えませんでした。二人は石段を上りました。自然な好奇心に駆られて、私は寝室のドアに駆け寄って、ドアを開けました。……玄関ホールから声が聞こえてきました。……すると一発の銃声が鳴り響き、続いて旦那様の悲痛な叫び声が聞こえました。……それで、私は天窓に戻りました」

「君の寝室の天窓から、城館の前に広がっている庭園全体を見渡すことができると君は言ったね？　つまり、何者かが城館のドアから逃げたとすれば、君に見えたはずだな？」

「その通りです、予審判事殿。夜で視界が悪かったにもかかわらず、噴水盤のところまで続いている中央道の砂利がはっきりと見えました。おまけに、クロドシュの角灯が石段全体を照らしていました。私に見えたのは、旦那様のところへ行こうとして、大声を張り上げながら松葉杖でドアを叩いている脚の不自由な男だけでした」

「最後に窓から離れたのはいつかね？」

「ドアが開いて、クロドシュが城館に入った時です」

「彼が入った後でドアは閉められたのかね？」

「彼が入ってすぐにです、予審判事殿」

「それから君は一階まで下りたのかね？」

「はい、予審判事殿。一階にたどり着くと、旦那様の死体を見て倒れそうになったマダム・テレーズを両腕で受け止めました」

「それから君は彼女の旦那の横、彼女のそばでひざまずき、その間にエドモン・タッソーがクロドシュを従えて一階の各部屋を捜索したのかね？」

「ええ、予審判事殿。ムッシュー・シャルルは地下の酒蔵に行った時を除いて私から離れませんでした。地下室は唯一、捜索していなかった場所でした」

「ほう！……すると地下室に行ったのはムッシュー・シャルルだったのかね？」

「執事ですからね、シャルル・シャポンは」アデマールが説明した。

予審判事は秘書に向かって苛立ちの仕草をして見せると、尋問を再開した。

「それで、シャルル・シャポンは地下室で何も怪しい点に気づかなかったのかね？」

「ええ、予審判事殿。誰もいませんでした」

「となると、エドモン・タッソーとクロドシュが一階を捜索している間、ずっと君は書斎のドアの前にいたわけだな？」

「はい、予審判事殿」

「したがって、犯行のあった城館からは誰一人として出た人間はいなかったということかな？」

「はい、予審判事殿、少なくとも城館の入口のドアを通っては。入口のドアは書斎のドアにとても近いところにありますが」

「憲兵たちの到着を待つ間、君たちは何をしていた？」

「エドモンはムッシュー・シャルルを手伝って、マダム・テレーズをベッドに運び、その間にベナールは配膳室で憲兵隊に電話をかけました。私はと言えば、旦那様の死体のそばにいて、憲兵たちの到着まで番をしていました」

「しかし、彼の奥さんをベッドに運んだ後、執事は何をやったのかね？」

「彼は気の毒な奥さんのそばについていました。エドモン、ジャンヌ、クロドシュの三人はちょっとホット・コーヒーを飲みに厨房に行っていました」

「ベナールは入口のドアを開けて、石段のところで見張りをしていたんだろう、違うかね？」

「ええ、予審判事殿、私が書斎の中にいた場所からはっきりと彼の姿が見えました。玄関ホールに面したドアは開いていて、私は番人からほんの数メートルのところにいました」

　ムッシュー・ローネは立ち上がると、大股で食堂の中を歩き回った。

　ギュスターヴ・コリネは書記の書いた供述書に署名をすると、目立たぬように出て行った。

「要するに」検事代理のマリコルヌが美しいブロンドの顎鬚をなでながら言った。「要するに、問題は明快だ。殺人犯は城館に侵入し、大罪を実行すると、跡形もなく消え失せたというわけだ」

予審判事は部屋の中を往ったり来たりするのをやめて同意した。

「そういうわけだ！……まったく、単純極まりない！　そう言い表してしまえば、われわれの担当しているこの事件は単純明快そのものだ！」

警視はその時までじっと黙り込んでいたが、頭を掻きながら言った。

「問題は、どうやって犯人が姿を消したのかわからないことです！」

「いかにもその通りだ！」ムッシュー・ローネが反駁するかのように言った。

そして、特にこれという考えがなかったので、検事代理は何も言えず、深い瞑想に耽っているふりをした。

予審判事は書記の手から、ベナール、エドモン、ジャンヌ、そしてギュスターヴの供述書の写しを取った。とりわけ興味深く思われる部分、文節を爪でアンダーラインを引くようにしながら、彼は注意深く読んだ。

「何もかもが驚くべき正確さだ！」と彼はつぶやいた。「尋問を受けたさまざまな証人の供述は、ここまで正確に一致している」

彼は満足した様子で揉み手をして、こう言い放った。

「はっきりと見えてきたぞ！」

検事代理がびっくりした様子で彼を見た。

警視が口を開こうとした。

「私にははっきりと見えてきた！」予審判事は力を込めて言った。

それから、ドアのところにいた見張りの憲兵に声をかけた。

「マダム・テレーズ・シャポンを呼んでくれ」

この命令の口調は意味深長なもので、なぜかその理由は理解できなかったものの、検事代理も警視も捜査が決定的な方向に進んだのだと思った。

3

〈ボンヌ・メメ〉が入ってきた。

彼女は衰弱した様子で、足を引きずるようにしながらゆっくりと進んだ。ついこの前までは夫を顎で使うようにしていた元気な女ではなく、もはや苦しみに負けて、悲しいやつれた顔をした老女だった。

予審判事は、おそらく哀れな老女の同情を誘う様子に心を動かされたのだろう、敬意を示して彼女を迎え、椅子に腰かけるように勧めた。テレーズは心ここにあらずといった茫然自失の様子で誘いに従った。いきなり、彼女はしゃくり上げ始めた。数分間というもの、しゃくり上げるように嗚咽を続けた。彼女は少しずつ落ち着いてきた。涙が静かに頬を伝わり、組んだ両手に流れ落ちた。

彼女は弱々しい声で泣いた。

「かわいそうなナポ。……坊ちゃん！」

「マダム・テレーズ・シャポンはムッシュー・ヴェルディナージュの乳母だったので

す」とアデマール・デュポン‐レギュイエールが説明した。「亡くなった主人は彼女のことをとても愛していました。マダム・シャポンはこの城館で家令のような役割を果たしていました」

ムッシュー・ローネは〈ボンヌ‐メメ〉が平静を取り戻すのを待ってから、いたわるように優しく尋問を開始した。

「十月二十八日の晩は何時に床に就かれましたか？」

「わ……私には分かり……わた……」

「十時半ではありませんか。他の使用人と同じ時間では？」

「それより少し遅かったと思います、予審判事様。他の使用人たちが寝室に下がった後で、私は屋内を一周して、ドアや窓にしっかり鍵がかかっているか確認するのを習慣にしています」

「それで、犯行のあった晩のことですが、あなたはいつものようにしっかりと日課の見回りを行ったのですね？」

「それはもう！　ええ、予審判事様」

「窓もドアもしっかりと戸締まりされていましたか？」

「はい、予審判事様。鉄の鎧戸がすっかり下ろされて、然るべく閉まっていました」

「何か異常なことに気づきませんでしたか？」

「何も、予審判事様」

「しかし、ドアは開いていたんですよね、地下室のドアは」

〈ボンヌ・メメ〉は明らかにためらっている様子だった。この気の毒な老女に充分な頭の働きが戻っていないことを考慮しながら、予審判事は尋問を再開し、優しく声をかけた。

「覚えていらっしゃいますか？……地下室のドアが開いていたか、それとも閉まっていたか？」

テレーズはやっとのことで自信のなさそうな声で答えた。

「あ……開いていたと思います」

「そのドアの鍵は誰が持っていますか？」

「夫のシャルルが」

ムッシュー・ローネはその点に固執せずに、尋問を先に進めた。

「もしも惨劇が起きる前に城館の一階の部屋の一つに見知らぬ人間が隠れていたとしたら、あなたが見回りをしている間に見つけ出したのではありませんか？」

「その点は、おっしゃる通りです！……見回りの時、私は部屋の隅々まで見て、戸棚を開け、家具の下はほうきで掃きました」

予審判事はなおも言った。

「つまり、あの晩、マルシュノワール館の中に見知らぬ人間は誰もいなかったのですね？」

「誰一人いませんでした！」

「それこそ私が知りたかったことです」

予審判事はしばし鉛筆をもてあそんでから、窓から外を眺めながら、ぞんざいに尋ねた。

「あなたが日課の見回りをした後、ご主人と同じ一階の寝室に戻られた時、ご主人は何をしていましたか？」

「シャルルはすでにぐっすり眠っていました。私は自分が見張りをすることにして、主人を眠ったままにしておきました」

予審判事はいきなりくるりと半回転して彼女の方を向いた。

「何の見張りですか？」

「すでに申し上げたはずですが、予審判事殿」アデマール・デュポン‐レギュイエールが口を挟んだ。「マダム・テレーズと夫は交代で徹夜の見張りをすることにしていたのです」

「つまり、あなたは何かを恐れていたのですね？」ムッシュー・ローネはテレーズに向かって問いかけた。

「ああっ、予審判事様！　誰もが〈あれ〉がどのようにして、いつ起きるのか知っていました！……最後の手紙が届いたのは、二番目の手紙が届いてから一か月後のはずです。……シャルルが地下室への階段の上で第二の手紙を拾った時、私は日記帳に日付を記録しました。……九月二十八日です。……期限は十月二十八日に到来するはずです。……当日、私はムッシュー・デュポン－レギュイエールの動顛した表情を見て、自分が間違っていなかったこと、旦那様が不吉な通告を受け取ったことを知ったのです」

「白状しますと、予審判事殿」アデマールが言った。「ムッシュー・ヴェルディナージュと一緒に乗っていた車の中で死の手紙を開封した時、ぼくはかなり動揺しました」

「いったいどうして警察に通報しなかったのです、ムッシュー！」予審判事は非難した。「不幸は避けられたのに！」

「ムッシュー・ヴェルディナージュが許さなかったのです」と秘書が抗弁した。「ご主人様は使用人たちに第三の手紙が届いたことも知られたくなかったのです。彼はその脅迫状のことを趣味の悪い人物による悪戯と考えていました。使用人たちを怖がらせまいとして、彼はぼくに沈黙を約束させました。それにもかかわらず、ぼくの不安はマダム・テレーズに見破られてしまいました」

主人は眠っていたというわけですね。その後は？」

「尋問を再開しましょう、マダム！」ムッシュー・ローネがテレーズの方を向いてぴしゃりと言った。「見回りの際に異常な点には気づかず、あなたが寝室に戻ると、ご主人は眠っていたというわけですね。その後は？」

「私は眠くなってきたのでシャルルを起こし、主人は服を着ました。私は主人にしっかり見張りをするように、そして少しでも警戒すべきことが起きたら私に知らせるように言いました。それから私は横になりました。……私は犬が吠えた声で目を覚ましました、あそこで」

「すると」と予審判事が言った。「あなたが目覚めたのはご主人が起こしたからではないのですね？」

〈ボンヌ・メメ〉は口ごもり、顔を赤くして、せき立てられるようにはっきり説明しようとしたが、結局、次のように言った。

「グレートデーンの吠え声で目を覚ました時には、シャルルはすでに寝室にはおりませんでした」

ムッシュー・ローネの顔に笑みが浮かび、彼は部下にこっそり目配せした。

予審判事は新しい葉巻に火をつけると、尋問を続けた。

「ご主人の姿が見えなかったことで、あなたは驚きましたか？」

「主人は外で何が起きたのか見に行ったのだと思いました」

「それは何時でしたか?」

「私には……。そうだったわ!……つまり、目覚まし時計を見たことを思い出したんです。時刻は一時半でした」

「犯行の時刻に近づいてきましたね。続けましょう。……あなたは、もちろん、起きたのですね?」

「即座にではありません。何が起きたのかシャルルが私に知らせにくるのをずっと待っていました。何も物音が聞こえない時間が数分間続きましたが、やがて砂利道を踏む足音が聞こえました。……誰かが城館に近づいてきました」

「ほう。それから?」

「誰かが石段を上る足音がしました。……杖が石を突く音がはっきりと聞き分けられました」

「クロドシュの松葉杖だな」ムッシュー・ローネが自分の洞察力に満足して言った。

「それから、鉄の軽い音がしました……」

「石段の上にクロドシュが角灯を置いた音だ」予審判事が偉そうな口調で言い添えた。

「入口のドアが開く音がしました。……殿方の話す声が聞こえました。怒っておいでのようでした。『お断りだ! 私はここから出て行かないぞ!』とおっしゃっていました」

「話したのは誰なのか分かりましたか？」

「ええ。確かにナポ……ムッシュー・ヴェルディナージュでした」

「それから？」

「すぐに、恐ろしい銃声が鳴り響きました……それから……それから叫び声が……私の愛するあの子が死に襲われた、胸を引き裂くような大きな叫び声が！」

〈ボンヌ・メメ〉はまたしても絶望の発作に襲われてがっくりとくずおれた。

予審判事は苛立った様子で肩をすくめると、ぞんざいに尋問を再開した。

「そのことが起きた時、ご主人はまだ寝室に戻っていなかったのですか？」

「はい、ムッシュー！」テレーズはためらいがちに答えたが、予審判事も検事代理も警視も、そのためらいに気づかなかった者はいなかった。

「あなたが聞いた『お断りだ！　私はここから出て行かないぞ！』という言葉は、ムッシュー・ヴェルディナージュがあなたのご主人に向かって言ったとは思わなかったのですか？」

「私は……私も最初はそう思いましたが、リヴォルヴァーの銃声から書斎で旦那様と一緒だったのはシャルルではないことが分かりました」

ムッシュー・ローネは居心地良さそうに安楽椅子にゆったりと体を預けると、両脚を組んで厳粛な口調で言った。

「マダム・シャポン、私はあなたにこれから非常に重大な質問をします。その質問にはっきり答えていただくようお願いします」

「どうぞおっしゃってください、ムッシュー」

予審判事は一呼吸置いて、〈ボンヌ‐メメ〉の目をまっすぐに見据えながら、いきなりこう尋ねた。

「あなたの夫のシャルル・シャポンは服を着終えて、あなたが寝室を出て玄関ホールに到着した時、どこにいたのですか？」

テレーズは取り乱した様子で、何やら言葉にならない言葉をもごもごと口ごもるように言った。

ムッシュー・ローネは容赦せずに、相手の女から目を離すことなく質問を繰り返した。

気圧（けお）されて、ぶるぶる身を震わせながら、女は息を切らすようにして言った。

「シャルルは地下室から出て来ました。……主人は降りていた階段の一段目に立っていました」

「嘘をつくな！」予審判事が言った。

「そんな！　ムッシュー！」と声を上げた〈ボンヌ‐メメ〉の顔は憤慨のあまり真っ赤になっていた。

予審判事がはっきりと言った。

「私は真実を要求する、包み隠さぬ真実を！」

「でも……」

「あなたの後から玄関ホールに到着した証人エドモン・タッソーは、あなたの夫が書斎のドアのそばにいたと証言している」

「ええ、ムッシュー、その通りです。というのも、主人はクロドシュがドアを打ちつけて叫び声を上げている入口まで駆け寄ったからです。鍵なしでは内側からしか回すことができない錠を開けることができなくて、あの脚の悪い男はドアを開けるように要求していました」

「あなたが到着した時、シャルル・シャポンは地下室への階段の一段目にいて、つまり玄関ホールの反対側にある書斎から遠かったと、まだ言い張るつもりかね？」

「誓ってその通りです、ムッシュー！」

「それはどうも！」とうとうムッシュー・ローネは言った。「供述書に署名をして、私が待っているとご主人に伝えてください」

テレーズが部屋から出ると、白衣を着た男が入ってきた。有名な法医学者のピエール医師だった。顔には横一文字に口髭を蓄え、にこやかで愉快そうだった。

彼は捜査側の三名の代表者と握手をしてから言った。

「ヴェルディナージュの検死解剖をたった今行ったところです。……疑問の余地はありません。……ヴェルディナージュは直径八ミリメートルの弾丸で射殺され、制式リヴォルヴァーが使用されたことを示しています。……弾丸は鼻と左目を貫通し、後頭部から抜けています。……その弾丸は壁に半分埋まっていました。……被害者は犯人に対してどうやら半身になっていたようです。……犯行は午前一時半頃に行われました。……弾丸は被害者からおよそ五メートルの距離から発砲されています。……したがって犯人は、犯行を実行するに当たって、書斎と玄関ホールの間のドアのおよそ戸口の辺りに立っていたことになります」

「お見事です、先生！」予審判事は言った。「これ以上正確な説明は期待できないでしょう」

法医学者は一礼して別れを告げると、警視に伴われて立ち去った。

ムッシュー・ローネは揉み手をして、検事代理に言った。

「どう思いますか、ムッシュー・マリコルヌ？」

予審判事は遠くに火の消えた葉巻の吸い殻を投げると、こう宣言した。

「もはや、われわれはこの問題のすべてのデータを手にしている。……解決は遠くないと思う。……それどころか……もう解決だ！」

4

執事が進み出て、予審判事から数歩のところで立ち止まった。顔に血の気がなかった。全身の震えが止まらなかった。むらのある声で、彼は最初に問われた質問に答えた。

「わしがムッシュー・ヴェルディナージュにお仕えしているのは、テレーズと結婚して以来ですから、かれこれ十二年になります」

「ということは、あなたはムッシュー・ヴェルディナージュが全幅の信頼を寄せていた使用人なのですね」

「ムッシュー・ヴェルディナージュはお屋敷の中に信頼を寄せていない使用人は入れません！」アデマール・デュポン・レギュイエールが口を挟んだ。

「で、シャルル・シャポンは旦那様から全幅の信頼を寄せられていたのかね？」ムッシュー・ローネが執拗に尋ねた。

「絶対の信頼です」秘書がきっぱりと断言した。

予審判事は執事に向かって言った。

「もしも旦那様に対してあなたが愛着を抱いていないようだったら、シャルル・シャポン、私はあなたに尋ねたりはしませんよ」

「そうでなかったら、わしは恩知らずの怪物ですとも！」問いかけられた男は答えた。

アデマール・デュポン - レギュイエールがまたしても発言した。

「職務上」彼はもったいぶった口調で言った。「私設秘書としての職務上、故人の遺贈条項についてぼくは知らないことがないことになっています。ぼくの知るところでは、シャルル・シャポンは妻とともに、われらが雇用主の主要な遺産相続人です。ムッシュー・ヴェルディナージュはほとんど遺族がおらず、血縁としては遠縁のいとこがいるだけです」

若い秘書からのこの発言はムッシュー・ローネの興味を大いにかき立て、彼は執事に向かって次のように質問した。

「あなたはムッシュー・ヴェルディナージュの遺贈条項の自分に関することについてはご存じでしたか？」

「いやその、予審判事殿……」使用人は言葉を濁した。「わしは……わしは……。わしには断言できませんが……。わしは少しも気づきませんでしたが……しかし……」

「何だって？」秘書が驚いて言った。「あなたはムッシュー・ヴェルディナージュの遺言状に名前が挙げられて、相当な金額を遺贈されていることをご存じでしょう。この惨劇の起きる数日前に起きたことを思い出させる必要がありますか？」

美青年は自分の介入が執事の立場を危険にさらすことに気づいて黙り込んだ。

当惑した予審判事ははっきり説明するよう秘書に求めた。

「単なる些細なことに過ぎません」秘書はつぶやくように言った。「たいして重要ではないことです。たまたまシャルルに関係した出来事を思い出したのです。彼が示した……」

「誰が何を示したって？」ムッシュー・ローネが尋ねた。

「こういうことです、予審判事殿。不摂生が原因で、最近、執事はご主人様から厳しく叱責され、その際にムッシュー・ヴェルディナージュはシャルルに行いを改めなければ遺言状から削除すると言われたのです」

予審判事はシャルルの方を向いた。

「ということは、あなたは自分がムッシュー・ヴェルディナージュの主たる遺産相続人であることを確実に知っていたのですね？」

執事は口を開こうとした。ムッシュー・ローネはその暇を与えなかった。

「先に進もう！」予審判事は冷笑するように言った。「先に！……それでは、犯罪が行われた時、あなたはどこにいたのか、教えていただけませんか？　奥さんの証言によれば、あなたは寝室から出て行ったそうですが」

「わしがいた場所……ですか？」

執事は上着の袖で額をぬぐった。

彼は懸命に努力して、やっとのことで口を開いた。

「わしは……わしは見……見回りをして……」

「見回り？……それはどこを？……城館の中かね？……それとも庭園の中？」

「て……庭園の中を」

「ということは、あなたは犬が吠えるのを聞いたはずだな。あなたは不安にならなかったかね？」

「わしは何も聞こえませんでした」

「砂利を踏む足音も？」

「ええ、予審判事殿」

「何だって！　四階の寝室にいたギュスターヴ・コリネと一階にいたあなたの奥さんは、いろいろな物音をはっきりと聞いていますよ。あなた一人が何も聞いていないなんて容認できませんね」

シャルル・シャポンは押し黙っていた。

「お分かりですか？」予審判事はなおも続けた。「あなたが黙り込んでいることが私に何を考えさせるのか。……二番目の脅迫状を地下室への階段の石段から〝拾い上げた〟のはあなただったことを私は忘れていません。その地下室の鍵を持っていたのはあなただけだということも……」

「予審判事殿……」

「私は忘れませんよ、あなたが被害者のほぼ全財産の受遺者であること……そして、あなたが最近、莫大な遺産の相続権を奪われると脅されたことを……」

「予審判事殿……」

シャルルは恐るべき疑惑が徐々に自分にのしかかってくるのを感じた。彼は抗議した。

「そんな不名誉なことをあなたは想像されているのですか、予審判事殿？」

「私は想像などしておらん！」ムッシュー・ローネは即座に言い返した。

「しかし、あなたはわしを告発して……」

「あなたを告発などしていない。私はただ、あなたの態度が少なくとも風変わりだったことを示し、どうしてあなたの奥さん——正直な女性だ！——が供述の中であれほどのためらいを見せたのか理解している」

執事は意を決したようだった。

「予審判事殿、あなたの目から見てわしの無実を証明するには、白状するしか方法がありません。わしには非常につらいことですが……」

「聞こうじゃありませんか」

「わしは約束に背いて……卑劣にも旦那様を犯人に殺させてしまったのです！」

アデマール・デュポン・レギュイエールは仰天して執事を見て、執事がいきなり狂気に陥ったのではないかと自問した。

シャルルが自分は共犯だと認めたのだ！

予審判事の目に勝利の輝きがきらめいた。

「説明したまえ！」彼は言った。「司法警察もあなたの率直さに感謝するだろう」

「わしは旦那様にもう酒は飲まないと約束しました」と老使用人はうなだれながら言った。「わしはその約束を……しばらくの間は守っていました。……わしは努力したんですよ、誓って申し上げます、予審判事殿！……とうとう、欲望がわしには抑えきれなくなって、以前の悪徳に戻ってしまいました！……わしは、わし一人だけが職務上の理由から、地下室の鍵を持っていました。……数日前の夜から、わしはみんなが眠っている間に地下室に下りたのです。……犯行の夜も……」

「犯行の夜も？」ムッシュー・ローネは執事の言葉を一言も聞き漏らすまいとして鸚鵡返しに言った。

「犯行の夜も、テレーズに起こされた時、わしは飲みには行かずに成り行きを待つと決意していました。……誘惑があまりにも強くなりました。……わしは上着のポケットをふくらませている地下室の鍵を手探りしました。……静かでした。……わしはテレーズの心配は杞憂だと思っていました。……聖女のような家内はぐっすり眠っていました。……わしはつま先立ちして寝室から出ました。……わしは音を立てずに大階段を迂回しました。地下室のドアをそっと開けて、階段を下り……」

「どれくらいの時間、地下室にいたんですか？」予審判事が尋ねた。

「分かりません、予審判事殿。……いきなり入口のドアの前で人が歩く足音が聞こえました。……ドアが開く音が聞こえました。……わしが階段を上ろうとした時、旦那様の声がこう言うのが聞こえました。『お断りだ！　私はここから出て行かないぞ！』そんな時にわしは自分が地下室にいることを知らせるわけにはいきません。……こんな時間にわしが地下室から出てくるのを見たら、旦那様は何とおっしゃるでしょう？……わしは旦那様を激昂させるのを恐れていました。すでにもう御立腹の様子だったので。……だから……」

シャルル・シャポンは感極まって黙り込んだ。

「すると」と執事は口ごもるように言った。「すると、一発の銃声が聞こえました。……わしは肝の太いほうではありません。……わしは体全体で震えていました。……もしもまだ他の使用人がいたら！……旦那様があえぐ声が聞こえました。……

わしは恐怖でその場に釘付けになっていました。……クロドシュが外で大声を上げているのを聞いて、初めてわしは地下室から出ると、力の抜けた脚の許す限りの速さで階段を上ったのです」

「あなたが奥さんと出会ったのはその時かね？」

「はい、予審判事殿。……家内が寝室から出たのは、わしが地下室を出るのと同時でした。……わしは自分の行為が恥ずかしかった。……テレーズが失神した後で意識を取り戻すと、わしらだけになった時を利用して、わしは何もかも家内に打ち明け、わしがどこから出てきたか話さないように頼みました。……だから、予審判事殿、家内は話をする前にためらったのです」

シャルル・シャポンはハンカチを引っ張り出して、玉の汗の浮いた顔を拭いた。

「続けたまえ！」ムッシュー・ローネが言った。

「予審判事殿、クロドシュの呼び声を聞いたところまで話しましたな。わしは勇気を取り戻しました。……クロドシュは強力な男です。……彼ならわしに協力して犯人に対抗してくれると思ったのです。……わしは走って玄関ホールを横切りました。……脚の悪い男にドアを開けてやり、彼を中に入れると、ドアを閉めました。……エドモンとギュスターヴが来たのはその少し後です。……エドモンとクロドシュは一階のすべての部屋を捜索しましたが、誰も見つかりませんでした。ジャンヌが最後に下りてきました……」

「あなたの供述は同僚の証言と一致している」予審判事はそのように認めたが、懐疑的な笑みを浮かべながら言い添えた。「非常に一致している……一致しすぎているくらいだ！」

「そうおっしゃられても……」

「だが、どうして私に地下室のことを話すのを忘れたのかね？」ムッシュー・ローネはぴしゃりと言った。「何と言っても、地下室に下りたのはあなたでしょう？」

「わしが自分から行くと申し出て、一人で行きました。なぜなら……」

「なぜなら？」

「なぜなら、下には誰もいないことが分かっていたからです、予審判事殿。それに加えて、ドアが開いていたことに使用人の注意を引きつけたくなかったからです。彼らは前夜、夕食の給仕が終わった後で、わしがドアを閉めるのを見ていました。……そんなことになったら、彼らにわしの罪深い行いを白状しなければならなかったでしょう……」

「召使いのギュスターヴが地下室に行くのを申し出た時、あなたは即座に『犯人は地下室にはいない！』と答えましたね」

「あれは大失敗でした。わしはそのことにすぐ気づきました」

「でも、あなたは地下室に下りていった」

「ええ、予審判事殿、あくまでもおざなりにです。というのも、犯罪の起きた時から、その後まで、わし自身が地下室にいたし、玄関ホールには常に誰かがいたので、誰も地下室に隠れることはできなかったからです。わしは階段を上ると、ドアを閉めて鍵をして、差し錠をかけましたが、なぜかよく考えることなく反射的にやったことです」

執事はわっと泣き出した。

「わしは見下げ果てた男です、予審判事殿！……わしが悪徳に舞い戻らなければ、自分の持ち場の寝室に留まっていたことでしょう。……ですが、本当なら地下室から直ちに出てくるべきところ、わしはとりわけ見下げ果てた臆病者だったのです！　そうしていたら、気の毒な旦那様を殺した犯人を見ることができたのに！　わしは自分の命を賭けて犯人を捕まえるべきだったのです、犯人が姿を消す前に……犯人がどうやって姿を消したのかは分かりませんが」

「司法警察が近いうちに解明するさ、シャポン」予審判事が答えた。「供述書に署名をしてくれたまえ。近いうちにきっとまたあなたたちを呼び出すことが必要になるだろう。細かい点がいくつか明らかになり次第」

執事が退出しようとした。

「そっちじゃない！」ムッシュー・ローネが言った。「私はあなたたち使用人同士が互いに連絡を取り合うことを望んでいないので、小さな客間（プティ・サロン）に入ってくれたまえ。刑事があなたのお相手をする」

シャルルは息を詰まらせた。

「わしを逮捕するのですか！」彼は口ごもるように言った。

「いやいや！　とんでもない！」予審判事は否定した。

そして、小声で言い添えた。

「今のところはまだ！」

5

ムッシュー・ローネは顔を輝かせた。葉巻ケースを検事代理に差し出す。検事代理は固辞した。

「そうだった！」予審判事は言った。「忘れていました。あなたは高級品しか吸いませんでしたね！　いかがです、ムッシュー・マリコルヌ、私の好みはひどいものでしょう。ええ、ええ！……大勢の悪党どもと交わっているせいですよ！……仕事柄仕方がないことです！」

彼は立ち上がって、伸びをしてから言った。

「さて！　われわれの捜査の出だしはそう悪くない！　あのシャルル・シャポンは私の予想以上に抜け目がなかった。彼が自己弁護のためにどれほど時間を費やしたか見てみよう」

「えっ！」検事代理が驚いて言った。「あなたのお考えではシャルル・シャポンが……？」

「私は何とも考えていません。……私には想像力がないのです。……捜査を行う場合、想像力があってはならんのです！　或ることがあなたに強い印象を与えたことでしょう、ちょうど私にも与えたように。それは、あの執事の態度です。……実際のところ、非常に怪しい！　怪しいにもほどがある！」

「罪のない様子をした、律儀な人物ですよ。それに、ヴェルディナージュに仕えて十二年にもなる」

かっとなりやすい予審判事をこれ以上怒らせる言葉はなかった。

「それが何の証明になるというのです！」と彼は声を張り上げた。「もっと忠実で献身的な人間が、もっとひどい悪事を行うことはよくあることです。……過去は考慮に入れられません。……家族と輝かしい共同生活を送っていた善良な父親が、いかがわしい娘を追いかけるために、妻と子供を置き去りにする事件を毎日のように見ていませんか？……半世紀にわたって真面目に勤めていた銀行の出納係が、大金を持って逃亡することだってあります！……人間というものは一つの意見を強化するために、過去にあったことを持ち出す傾向があります。……前科者も時には非常に実直な人間になることもある。……別の人たちは立派で献身的な生涯を送りながら、突然、足を踏み外してしまう。……明日になったら、検事代理殿、われわれが犯罪を犯さないと誰に言えるでしょうか？　われわれ自身が？　抗弁の必要はありません！……あなたは何も分かっちゃいない。……私だってそうです！……こういうことは状況に依るのです……」

ドアをノックする音がした。

「どうぞ！」予審判事が言った。

ドアが開いた。警視が現れた。

「予審判事殿」と警視は言った。「松葉杖の男があなたと個人的にお話がしたいと申し出ています」

「入ってもらえ！　やれやれ！……いかに些細な証言でも興味深いものがある。……あの頭の足りない男が言うことにだって、もしかしたら何か記憶に留めるべきことがあるかもしれない。鵞鳥（がちょう）がローマをガリア人の襲撃から救った故事（ガリア兵の襲撃を鵞鳥が鳴いてローマ兵が気づいたこと）だってあるからな！」

古典的な話を持ち出していい気になったムッシュー・ローネは満足したように大笑いした。

クロドシュが松葉杖を引きずりながら入ってきた。

予審判事は彼を好奇心丸だしの目で見てから、優しく問いかけた。

「何の用ですか、あなた？」

脚の悪い男は答えた。

「クロドシュは〈予審判事殿に〉話したいことがあるのです。……というのも、クロドシュは噴水盤で見つけた物があるからです」

脚の悪い男は庭師用の青いスモックの大きなポケットに手を突っ込んで、リヴォルヴァーを取り出すと、テーブルの上に置いた。

ムッシュー・ローネは凶器を手に取って、よく調べた。

「制式リヴォルヴァーだな……八ミリ口径だ。……犯行に使用された凶器であることは疑問の余地がない！」と彼はつぶやいた。

警視がつぶやいた。

「この証拠物件を拾ったのがあの障害者だったとは、何たる損失！……指紋が台無しだ！」

ムッシュー・ローネが叱責した。

「君の部下の刑事たちの不手際だぞ、プリュヴォ！　とうにこの凶器を発見していなければならなかったのに。……クロドシュが何の用心もせずに拾い上げたのは自然なことだし……犯人が残した痕跡を見つけるのは難しくなりそうだ」

警視は口ごもるように言った。

「部下としては刑事が二人しか同行していないのです。一人は小さな客間で執事を監視しています。もう一人はまだ、この敷地全体を回る時間がないのです」

「いつだって同じことだ！」予審判事が毒づいた。「あなたたちは何も見ていないのです！　役にも立たない細部にこだわって、すぐ目の前にある真相に気づかない！……がさつ者に第一級の重要性を持つ証拠物件を発見される。……それはどこにあったか？……噴水盤の中に！……庭園の中、中央道のど真ん中だ！……たぶん、二十回も通り過ぎたことのある場所だろう！……もしも最初にあなたたちがこのリヴォルヴァーを発見していたら、私のもとに慎重に運んできただろう。私は犯人の指紋を手に入れたはずだ。……私は犯人に対して決定的な証拠を手にしていたことだろう……」

「しかし、予審判事殿……」

「しかしもですがもない！　あなたは自分が解決を担当している事件の告発を遅らせているのですぞ！　仮に、あなたの不手際によって、リヴォルヴァーに付着しているはずの指紋がかき消されていたとしたら、私はこのことを大臣に報告します！　あなたは免職されるでしょうな、ムッシュー・プリユヴォ！」

ムッシュー・ローネは脅しの言葉を丸テーブルに激しく打ち下ろした拳の音で結んだ。

自分が予審判事の怒りの間接的な原因であることを漠然と理解していた気の毒なクロドシュは、怯えて目をきょろきょろさせながら、不安そうな顔で予審判事を見た。

予審判事の怒りは激しかったが長続きはしなかった。予審判事はすぐに冷静になって、下を向いて嵐の通り過ぎるのを待っていた警視に対して言った。

「プリュヴォ、とりあえず何の成果も得られていない捜査は中断するんだ。この建物のドアには二人目の刑事を配置し、私の自筆のあるいは署名入りの許可状を所持している人物以外は通さないように命じておくんだ。いいな！」

警視は、この思いがけない対応に面食らったクロドシュを連れて、出て行った。

検事代理は無言のまま、鼻眼鏡の奥の目をとろんとさせて、美しいブロンドの顎鬚をなでていた。

彼はムッシュー・ローネに物言うために沈黙を破った。

「またしても事態は複雑になった！　確かにこの事件ではスムーズに事は運ばないようだ。これはまるで出口のない袋小路のようなものだ！」

「私はあなたと悲観主義を共有するつもりはありませんよ」予審判事は答えた。「確かに、われわれにはまだ明らかにしなければならない小さな点がいくつか残っていますが、全体として悪くはない。まったく悪くないし、トーピノワ警部のへまを挽回するのに間に合って良かったと思っています。あなたはいかがですか、ムッシュー・デュポン-レギュイエール？」

憲兵隊の警部による不愉快な時を思い出して、秘書は何もかも見通しているような官吏に愛想良く微笑(ほほえ)みかけたが、実のところムッシュー・ローネの到着以来、いかなる点で捜査が進展したのか彼には明確には分からなかった。

自分自身は事件とは無関係だったことで幸運だったが、アデマールは今のところそれ以上は何も求めなかった。

彼は予審判事が検事代理に向かって行っている説明を満ち足りた気持ちで聞いていた。

「私は幾つかの基本原理をなおざりにするつもりはない」とムッシュー・ローネは思い上がった様子で言った。「私には不満はない。というのも、今日は一度ならずこの原理が真相に導いてくれたからだ」

彼は葉巻に火をつけて、話を続けた。

「私の採用している基本原理の一つは、何よりも最初にこの犯罪で誰が利益を得るのか探すことです。ラテン語で言うところの、犯人は利益を得る者(イス・フェチト・クイ・プロデスト)ですよ」

ムッシュー・マリコルヌはうなずいて、引用の正確さに賛意を示した。

予審判事は続けて言った。

「被害者の取り巻きたちを吟味(ぎんみ)してみましょう。誰がいますか?……古くからの使用人たちはいずれも主人に献身的に働いている。……浅薄な頭脳の持ち主はそこで思考停止してしまい、他を探すことになる。……私の場合はそうではない!……物事をさらにその先まで押し進め、たとえそうであっても、逆に捜査を使用人たちに限定してはいけないのではないかと自問するのです」

ムッシュー・ローネは秘書の方に顔を向けた。

「もちろん、ムッシュー・デュポン・レギュイエール、あなたは別ですよ。憲兵たちの——微塵の根拠もない！——疑惑などはあなたに打撃を与えることも、私の意見に影響を与えることもありません」

アデマールは一礼した。予審判事は続けて言った。

「私の仕事は、ムッシュー・デュポン・レギュイエール、あなたの指摘によって、執事のシャルル・シャポンが故人の特権的受遺者であることを知って容易になりました。もはやその事実を確認する仕事しか残っていなかった。私はそれをやったのです」

「この場合、そのことはあまり明白ではなかったのです！」と検事代理が苦々しげに認めた。

「それは私の意見ではないよ、ムッシュー・マリコルヌ！　君も立ち会ったさまざまな尋問から最初に導かれたのはこういうことです。証人は全員が互いの証言を確認している。現時点で、私は自分自身が犯行現場に居合わせたかのように犯罪を物語ることができる」

予審判事は彼の話を聞いている人間を玄関ホールへと導いた。

「われわれが立っているのは」と彼は言った。「犯行現場だ。われわれが十月二十八日の晩にいると想像してみよう。ギュスターヴ・コリネ、エドモンとジャンヌ・タッソーはそれぞれ三階の寝室にいる。ヴェルディナージュは二階、シャルルは一階だ。テレーズは毎晩の見回りをして、城館の中に悪漢が隠れていないか、ドアも窓もしっかりと錠がかかっているか確認している。彼女は床に入り、彼女も少し寝ずの番をして、夫に指示を与えてから眠る」

「異議ありません」ムッシュー・マリコルヌが同意した。

「ここまで、つまり十月二十八日の夜までは、特に何ごともなく過ぎて、ほとんどそれまでの夜と同様だった。やがて惨劇の幕が切って落とされる。第一幕では、ヴェルディナージュが真夜中頃にこっそりと寝室を出て、物音を立てることなく書斎に入る。マルシュノワール館の主がいかなる注意を払って死刑宣告の入った手紙を受け取ったことを使用人たちから隠していたかを考えれば、このような用心をしたことが説明できる。……〇時十五分、ヴェルディナージュはずっと待っていた、謎の手紙の差出人の到着を。そのことは、ここにある例の第三の手紙の最後に彼の筆跡で書かれた一行によって証明される」

ムッシュー・ローネは検事代理と秘書の前にタイプで打たれた手紙を置いた。その一番下には次のような文が鉛筆で書かれていた。

〈〇時十五分……何ごとも起こらず〉

「確かにご主人様の筆跡です！」アデマールが認めた。

予審判事は話を続けた。

「第二幕。ヴェルディナージュは書斎に残して、隣室、シャポン夫妻の寝室に移ろう。執事は眠っている妻を残して地下室に向かう――少なくとも、シャルルはそのように行動したと主張している！――今となっては、彼の証言を確かめることは不可能だ。ついでに言えば、庶民が言うように『まったくついてない』というわけだ。別の証拠によって補強されることで本当に役立つ唯一の証言が、まさにそれを裏打ちする証言のない唯一の証言なのだ。その点にはこだわらずに、犯行が行われようとした時、シャルル・シャポンは玄関ホールのどこかにいたと記録して満足しておこう」

検事代理がブロンドの顎鬚をなでながら言った。

「お言葉ですが、予審判事、シャルルは地下室の奥にいたと主張していますよ」

ムッシュー・ローネは微妙な笑みを浮かべて、鷹揚（おうよう）に答えた。

「あなたはお忘れのようですね、ムッシュー・マリコルヌ。ヴェルディナージュが電灯をつけた書斎で寝ずの番をしていたことを。城館の主は、おそらく、待ち人が到着した時の物音がよく聞こえるように、玄関ホールに面した書斎のドアを開け放していたことでしょう」

「確かにそれはありそうなことだ」

予審判事の顔がみるみる赤くなった。

「何ですと！　ありそうなことですと？」彼は大声で言った。「あなたはこうおっしゃりたいのですな。『確かに論理的で、議論の余地はない』と」

「まあ、いいでしょう！」議論を好まない検事代理は気色ばんで言った。それに彼は犯人の人格について別の意見を持っていた。

「私の仮説を受け入れるとして」とムッシュー・ローネは続けた。「酒を飲むために隠れていたシャルルが、彼のご主人がほんの二歩先で起きているのを知りながら、飲酒の現行犯の現場を取り押さえられる危険を冒して、いったいどうして無謀にも地下室に下りていったと考えればいいのだろう？」

「シャルルはムッシュー・ヴェルディナージュが書斎に入る前に地下室に下りていった可能性がありますよ」アデマールが口を挟んだ。

「いずれにせよ、執事は城館の主が再び自室に戻る物音を聞いたらすぐに地下室を出る準備をして機会を窺っていたのだろう」

「明白ですな、予審判事」

「第三幕」とムッシュー・ローネは告げた。

予審判事は両手をポケットに突っ込んだ体勢で言った。

「われわれは今やこの惨劇の核心部分にいる。クロドシュが謎の人物を建物の入口まで連れてきて、石段の上に角灯を置いて待っている。ヴェルディナージュは夜の訪問者を中に入れるためにドアを開けてから、再びドアを閉める。城館の主が最初に発したのは、匿名の手紙の差出人に対する激しい拒否の言葉だった。『お断りだ！　私はここから出て行かないぞ！』」

「実際、テレーズがその言葉を聞いている！」検事代理が口ごもるように言った。

アデマールが自信のなさそうな声で尋ねた。

「犯人はこの城館に馴染みのある人物と考えていいのでしょうか？　例えば……」

「先を続けよう！」予審判事が口を挟んだ。「犯人は先に書斎に入った主人に対して引き金を引く。主は致命傷を受け、倒れて絶命する。犯罪が実行されたのだ」

検事代理と秘書はこれまで以上に注意を払った。

予審判事は書斎と玄関ホールを連絡するドアを指し示した。

「犯人はあそこにいた」と彼は言った。「逃走するのに出口は一つしかない。彼が城館に入った時に使ったドアだ。さて、その逃走路はふさがれていた。というのも、ドアの向こうではクロドシュが見張りをしていて、松葉杖でドアを叩き、大声でわめいていたからだ！」

「となると？」思わずアデマールが口走った。

「犯人は入口の石段を下りて逃げることはできなかった。クロドシュが道をブロックしていたし、ギュスターヴが寝室の窓から身を乗り出して、庭園を見張っていた。

犯人は、いずれも二度——最初は運転手のタッソーがクロドシュを同伴して、二度目は憲兵によって——捜索された一階の部屋に身を隠すことはできなかった。要するに、犯人はどの階に行くこともできなかった。なぜならば、そんなことをしたら階段で三人の使用人、すなわちエドモン・タッソー、ギュスターヴ・コリネ、ジャンヌ・タッソーに次々と鉢合わせする羽目になったことだろうから」

「残るのは地下室だ」検事代理が自分の炯眼を示したくて言った。

「あなたは今おっしゃいましたね、ムッシュー・マリコルヌ！　残るのは地下室だと！　地下室は唯一残った隠れ場所です。もしもシャルル・シャポンの主張するように、彼が地下室にいたとしたら、彼は犯人が階段を下りて地下室に隠れるのを目撃したことは否定できません」

「否定できないとも！」検事代理が鸚鵡返しに言った。

「他方」ムッシュー・ローネが言った。「エドモン・タッソーとクロドシュが一階を捜索したとしても、執事が——執事〈だけ〉が——地下室を捜索し、あたかも他の使用人が地下室に下りるのを恐れていたかのように、彼〈だけ〉が持っている鍵で地下室のドアを閉めたのです」

「つまり、シャルル・シャポンが共犯だとおっしゃるのですか？」秘書が怯えたような顔をして尋ねた。

「それ以外に説明する方法が私には分からない」予審判事が結論を下した。

「しかし」とムッシュー・マリコルヌが指摘した。「殺人犯が地下室に隠れていたとして、ドアは憲兵の立ち会いの下で開けられた。その時、きちんとした捜索がトーピノワ警部によってじきじきに行われている」

「それが」ムッシュー・ローネがもったいぶって言った。「それが説明の残っている唯一の点なのですよ。いかにして、そしてどの時点で、シャルル・シャポンは犯人を逃がすことができたのか？」

6

親指をヴェストの袖ぐりに通し、頭を後ろに反らし、目を天井に向けて、予審判事は自信のある様子で長広舌をふるった。

「私の考えでは、誰が犯罪を実行したのかを知ることよりも、いかにして犯罪が行われたのかを知ることの方が重要だ。クロドシュが庭園の格子扉からマルシュノワール館まで謎の人物を案内したことは疑いようがない。それは改めて立ち戻る必要のない、きちんと確立された点だ。その点に関して何か疑問点が残っているとすれば、その疑問を晴らすためには、十月二十八日の晩、犯行のあった城館にいたすべての人物の証言を援用するしかない。全員が犯人とその案内役が到着したのを目撃するか、到着した物音を聞いている」

ムッシュー・ローネは自分の観点を異論の余地なく開陳できることに喜びを感じながら論証を続けた。

「クロドシュはヴェルディナージュの待っていた訪問客を案内してしまうと、自分の受けた命令に厳密に従ってドアの前で番をしていた。証人のギュスターヴ・コリネがクロドシュが石段のところに一人でいるのを目撃している。故に、謎の人物は確かに城館の中に入ったのだ。これが第二のしっかりと確立された事実だ。これから私の推理についてきたまえ……」

予審判事は聴衆に向かって視線を落としたが、そこには理性を持っていることに対する絶対的な確信が読み取れた。しかし、警視が自分の固定観念に従って口を挟んだ。

「クロドシュに案内された犯人が城館に入ったにもかかわらず、犯行後にその姿が発見されない以上、犯人は脱出したと認めなければなりません。そのためには、一つしか方法はありません。入ったところから出たのです！　出るのを誰が目撃したでしょう？……クロドシュです」

ムッシュー・ローネは文字通り椅子の上で跳び上がって、声を上げた。

「何だって、プリュヴォ！　君はあの気の毒な男が犯人の共犯になったとまで言うのかね？」

警視は相手の声の激しさにまるで気づかない様子で、あっさりと答えた。

「いけませんか？」

挑戦を受けて立つような調子で、予審判事は相手の言葉を繰り返すように言った。

「そう、いけないことがあるだろうか？……私はあの知恵足らず(ミニュサベーンス)にはこのような殺人は細部にわたって計画することなどできないと言うわけではないが、強制されれば彼が殺人犯の共犯になることもあり得ないことではない。

どうか、ヴェルディナージュが鉛筆で書いた一行、〈〇時十五分……何ごとも起こらず〉のことを忘れないでほしい。論理的に考えて、訪問者が待たされたとしたら、それはクロドシュと話し合っていたからだということにならないだろうか？

しかし、当のクロドシュは憲兵たちに、彼はその謎の男を格子扉から玄関の石段まで話しかけることなく案内し、到着して初めて、ヴェルディナージュに指示された言葉だけを伝えたと言っている」

ムッシュー・プリユヴォは、彼にそのように言った予審判事に向かって皮肉な笑みを浮かべながら答えた。

「クロドシュは憲兵たちにそう言って、彼らもそのことを信じました。私の印象では、クロドシュが炯眼な司法官に尋問されたら、そう簡単には騙せませんよ。その名に値する警視と憲兵隊の警部との間には、わずかな違いしかありませんが、たぶん憲兵隊に有利ではないでしょう！」

ムッシュー・ローネは冷静さを保っていたが、ムッシュー・マリコルヌは軽くうなずいて賛意を示した。ムッシュー・プリユヴォが強調して結論づけた。

「はっきりした事実にだけ限れば謎などはない。マルシュノワール館に侵入した殺人者は謎の消失を遂げたわけではなく、クロドシュの明らかな共犯によって、ごく自然に脱出したのです！」

傲岸な態度のまま予審判事は警視の理屈に譲歩したらしく、彼に向かって言った。

「いずれ分かるよ、親愛なるプリュヴォ君！　いずれ分かるとも……」

彼は見張りに立っていた憲兵を呼んで、即座に脚の悪い男を中に入れるように言った。

その顔にほぼ完全に知性の欠けていることの分かる、気の毒な男が進み出るのを見て、予審判事は憐憫（れんびん）から顔をしかめた。クロドシュの外見は、犯罪の実行犯あるいは単なる共犯者のそれにまったく見えなかった。この知恵足らずの男は主人の与えた指示書に従って逐一実行したのだ。仮に、結局のところ彼が何らかの意味で共犯者になったとしたら、彼の頭があまりにも単純なので返答に迷うことがなかったからだろう。

ムッシュー・ローネは自信を持ってプリュヴォ警視がクロドシュに受けさせようとしている尋問を待ちながら、警視が誤った道を辿（たど）るのをあらかじめ楽しみにしていた。

アンドレ・プリュヴォは休むことなく脚の悪い男を質問で責め立てるようにして苦しめた。

「十月二十八日の真夜中頃、庭園の格子扉に到着して待っていると、主人のもとに案内するよう指示を受けていた人物から、お前は何か言葉をかけられたのではないかね？」

「言葉……？」

「そうだ、その人物はお前に話しかけたのだろう？」

「いいえ、警視殿（ムッシュー・コミッセール）……」

「長い言葉は話さなかったかもしれないが、せめて『こんばんは！』くらいは言っただろう」

「いいえ、警視殿、『こんばんは！』も言いませんでした」

「しかし、お前はどうなんだ、クロドシュ、その人物が到着した時に挨拶くらいはしただろう」

「ええ、警視殿。こんな風に！」

クロドシュは大きな麦わら帽子をかぶると、人から言葉をかけられた時に習慣的にしていたように、それをぎこちなく取って見せた。

「すると、その見知らぬ人物はお前に『こんばんは！』と答えただろう」ムッシュー・プリュヴォはなおも言った。

「いいえ、警視殿」

「よろしい。歩きながら、お前が案内していた人物は何か話さなかったのか？……ひどい雨だとか？」

「いいえ、警視殿……」

「しかし、お前自身は、お前は会話をしようとはしなかったのか？」

「旦那様はクロドシュに、〈誰か〉を案内するようおっしゃいましたが、〈誰か〉に話しかけるようにとはクロドシュにおっしゃいませんでしたので……」

「それはそうだ！　しかし、ムッシュー・ヴェルディナージュは答えるのを禁止したわけではないだろう。訪問者が話した時、お前はその人物に何と答えたのだ？」

「〈誰か〉はクロドシュに話しかけませんでした……」

「お前の話では、お前は話しかけられなかったが、訪問者が到着した時にお前は言っただろう……」

「『城館まで私についてきてください！……お待ちかねです！』と言いました」

「そして、お前の言う〈その誰か〉は、『ああ！』と答えたんだ」

「〈その誰か〉は何も言わずに、クロドシュについてきました」

傍目（はため）にも明らかに失望した様子で、ムッシュー・プリュヴォは黙り込んだ。この脚の悪い男の誠実さは明らかだった。どのように質問のやり方を変えようと、彼の返答には何の矛盾もなかった。

警視は自分が負けたとは思わずに、いよいよ執拗に責め立てた。

「訪問者が入った後で、すぐにドアが閉められたというのは確かなのかね？」

「ええ、警視殿。クロドシュは、旦那様が〈誰か〉にドアを開けて、旦那様本人がまたそれを閉めるのを見ました。クロドシュに〈こんな風に〉合図をしながら……」

そう言うと、脚の悪い男は手で身振りをした——いかにもヴェルディナージュがクロドシュに向かって外で待っているように指示したように見え、彼はそれに従ったのだった。

警視は再びたたみかけるように言った。

「銃声の後、城館のドアがいきなり開いて、お前がムッシュー・ヴェルディナージュのところへ案内した人物が出てきて、お前を突き飛ばして逃亡したんだな」

「いいえ、警視殿、違います！」

「すると、その人物が中から脱出したのは、お前のためにドアを開けてくれた時なのか？」

「そんな！　違います！　警視殿！……だったらクロドシュに見えたことでしょうし、〈その誰か〉が逃げ出すのをじゃましたことでしょう……旦那様がクロドシュにそうするようにおっしゃいました」

「誰だって恐怖を感じるものだよ、クロドシュ。……お前はリヴォルヴァーを発砲したばかりの殺人犯に対して恐怖を抱き、お前の主人と同じ運命をたどるのを恐れて、そいつを逃がしたのではないのか？　もしかすると武器で脅かされて」

「違う！　違う！　違います！　警視殿……そうなったらクロドシュは〈その誰か〉を打ち倒したことでしょう！……」

片手を机に突いて、脚の不自由な男は残った手で威嚇するように松葉杖を振り回した。

捜査官たちは——全員がもう一押ししたらこの身体障害者は簡単に転倒してしまうと思っていたが——この気の毒な男は、大型の番犬が飼い主に愛情を抱くように、少なくとも主人を守ろうとするのは確かだという確信を得た。

その外見にもかかわらず、ムッシュー・アンドレ・プリュヴォは、自分が間違っていると納得しない限り、手がかりを投げ出してしまうような人間ではなかった。クロドシュが——事前に計画したかどうかは別として——共犯者であるという考えが示唆されてから、彼は意見を変えたがらなかった。クロドシュが返答するごとに、予審判事の皮肉な笑みが広がった。

苛立ちを示す仕草で警視は松葉杖の男を解放し、クロドシュが姿を消すと、ムッシュー・プリュヴォはからかうような調子で口笛を吹いていたムッシュー・ローネの方を向いた。

「あなたから許可をいただいて、予審判事殿」彼は怒気を孕んだ口調で言った。「クロドシュはまた後で尋問します！……必要なら二十回でも！……そして結局、彼が告白するかどうか分かるでしょう——共犯のことではないとしても——少なくとも自分が臆病風に吹かれたことを！……」

「しかし、いったいどういうことかね！」呼びかけられた予審判事が言った。「つまり君は、あの知恵足らずの男の共犯を証明するつもりなのかね？」

「何ですって、私が何を証明しようとするつもりなのかですって？」警視は驚いた様子だった。「クロドシュが自分が殺人者を逃亡させたと認めるならば、侵入した人物が禁じられた家からいかにして脱出したのかが分かって、もはや謎は残りません！」

ムッシュー・ローネは憐憫を含んだ笑みを浮かべて答えた。

「他の人間ならば、この犯罪に関して別の意見を持つでしょう。それはあなたの仮定には反しますが、よりもっともらしいものです。謎に見えることを説明するために、犯人は侵入したところから脱出したと認めることが、必要不可欠でしょうか？」

「しかし……」

「少しもそんなことはありません！……親愛なるプリュヴォ君、あなたは犯人が城館のどこかに潜んでいて、犯罪を実行した直後にはおそらく逃げようとしなかったことを忘れています」

「ですが、城館は下から上まで徹底的に捜索されたのですよ！」

予審判事は信じられないほど微かな口笛の音をさせながら、タバコの煙を天井に吹き上げた。

「ねえ君」しばし考え込んでから彼は言った。「地下室があるじゃないですか！……あの地下室は、シャルル・シャポン一人しか調べていない。君がどう考えようと、それは君の勝手だが、殺人犯の共犯者はクロドシュではないと考えたっていいだろう。共犯者はシャルル・シャポンだと！」

ムッシュー・ローネはもったいぶった調子で話し、結びの言葉を話しながら同意を求めるかのように検事代理の方に目をやった。

ムッシュー・マリコルヌはたいして自信がなさそうにうなずくだけだった。というのも、彼もまたマルシュノワール館の惨劇に関する独自の意見を持っていて、彼にしてみれば犯人はクロドシュでもシャポンでもなく、ジャック・ベナールだったからだ！

7

その日曜日の午後、オクターヴ・バリュタンは姉のアデライードが倹約して淹れた冴えないコーヒーをちびちびと味わっていた。

アデライードは黄ばんでかさかさした肌の、気むずかしそうな顔をした老嬢で、食堂の中をちょこちょこと歩き回り、蠟引きのテーブルクロスからパンくずをきれいにして、スピーカーから出てくるシャルパンティエ作曲のオペラ『ルイーズ』のアリアの鼻にかかったような声をじゃましないように、物音を立てないで、皿、グラス、瓶を片づけていた。

この部屋では何もかもが冴えなかった。額に入った着色石版画、劣悪な蓄音機のような音を出すラジオ。

呼び鈴が鳴ると、バリュタンはびくっとして驚いたような顔をした。日曜日の午後に、いったい誰が彼らの家を訪ねてきたのだろう？　二人には友人はいなかった。二流の輸出会社で将来性のない会計係をしているオクターヴの薄給では客をもてなすことなどできなかった。ところが、二人の頭に同じ考えがよぎって、彼らの目がぱっと輝いた。

「もしかして遺産では！」

アデライードが慎重にドアを少し開けると、少し腹の突き出た小男と鼻を突き合わせることになった。男は髭をきれいに剃り、襟のところでカールさせた長い髪を後ろに回していた。眉弓(びきゅう)の下には片眼鏡(モノクル)がはめ込まれていた。

丁寧に手で持った帽子で大きな円を描くような身振りをして、心地良い音楽的な抑揚のある小声で挨拶しながら、訪問者は深々とお辞儀をした。

「私立探偵社のトム・モロウと申します。何なりとご用命を」

感極まって喉が詰まったような気になり、老嬢は答えた。

「お入りください、ムッシュー」

小男は笑みを浮かべて再びお辞儀をすると、マドモワゼル・バリュタンが客間も兼ねている食堂へ案内してくれるのを待った。

オクターヴがいることに気づくと、探偵はまたしても自己紹介をして、いささか気取った優雅な動作で、勧められた椅子に腰かけた。

肉付きの良い分厚い唇には感じの良い笑みが湛(たた)えられていたが、彼は慌てることなく新鮮なバター色の手袋を脱いで、爪を丁寧に磨いた白い手を出した。

「マドモワゼル、ムッシュー」と彼は口を開いた。「たぶんもう、私がどうしてみなさんの日曜日の憩いの時をおじゃましに伺ったのか、見当をつけていらっしゃるのではありませんか？……」

こう言って、小男は自信のある態度でラジオを人差し指で指した。

「弊社の家具をお買い求めくださ い……」

オクターヴはスイッチを切って、スピーカーからの声を遮断すると、口ごもるように言った。

「いや……その、つまり、ムッシュー……」

「トム・モロウです」探偵は親切に補ってやった。

上機嫌で彼はさらに言葉を続けた。

「われわれがお互いに完全に理解し合っていることは実に喜ばしいことです。確かに私は、あなたに大いに利害関係のある相続財産のことをお話しに来ました。マルシュノワール館で不思議な殺され方をしたナポレオン・ヴェルディナージュの遺産です」

「気の毒な従弟！」老嬢は悲しむふりをした声でため息をつくように言った。

「あれほど立派な親戚だったのに！」オクターヴ・バリュタンもこだまするように言った。

トム・モロウはさっと一瞥して自分の招かれた部屋の質素な装飾を見て取り、その

〈あれほど立派な親戚〉であるはずの人物がバリュタン姉弟を財政的に少しも援助しようと気にかけなかったことに気づいたことは黙っていた。遺産相続人の見せかけの悲しみを前にして、慎み深い悔やみの気持ちを表すかのように厳かに体を傾けて、彼は続けて言った。

「お二人はきっとご存じないでしょうが、マドモワゼル、ムッシュー、亡くなられたナポレオン・ヴェルディナージュは、あらゆる新聞が書き立てた殺人事件の被害者となる前に、複数の遺贈条項を残しています。最後の日付の、唯一有効なものが、コンピエーニュの公証人ラリドワール先生の手で保管されています」

老嬢はもはや恨みの言葉を抑えることができなくなった。

「私たちにあんな仕打ちを、私たちに！……私たちが唯一の親戚だというのに！」かっとなって彼女は叫んだ。

「あなたたちは確かに親戚なのでしょうね……遠縁とはいえ？」探偵はおずおずと尋ねた。

オクターヴがいささか不機嫌さをにじませて、答える役目を引き受けた。

「確かに遠い親戚です！　しかしそれでも親戚であることに変わりはありません！　姉が今述べたように、ヴェルディナージュにはわれわれの他に血縁はありませんでした。……彼が少しでも同族意識——心ある人間であれば誰もが持っている感情ですよ、ムッシュー！――を抱いていたら、彼はあんなことは……」

「あんな恥さらしを！」アデライードが筋張ったかさかさの手でテーブルを叩きながら、激しい口調でさえぎった。

トム・モロウは完璧に冷静さを保ちながら、優しい声で言った。

「お二人は新聞で、予審判事ムッシュー・クロード・ローネが警視ムッシュー・アンドレ・プリュヴォ、フランス共和国検事代理ムッシュー・ポール・マリコルヌ、およびトーピノワ警部の指揮する地元の憲兵隊の協力を得て、マルシュノワール館で行った捜査については詳しい話をご存じでしょう。したがって、あなたの従弟が遺産の大半を忠実な召使いに遺贈したことも」

あらためて老嬢の顔が怒りで赤く染まり、彼女は神経質に冷笑した。

「まるで使用人たちは〈存命中に〉彼から何もだまし取らなかったみたい！……あの遺言状は非常識と不名誉の骨頂というものですよ！……口に出すのも汚らわしい使用人たちのために、律儀者、親戚の利益が奪われたのです」

オクターヴ・バリュタンはそれを上回る言い方をした。

「三十年間、われわれ、私と姉は、私の給料だけでつましい生活に苦しんできたのですよ！……運は或る人たちには不必要なお金をもたらすが、われわれにはしばしば必要なものさえもたらしてくれない！……ああ、やっと！　僥倖（ぎょうこう）がわれわれの世に知られない苦労に報いてくれようとした時、道徳に反する遺言状によって――道徳に反するとしか言いようがないでしょう、ムッシュー！――われわれに充分権利のある裕福な生活が奪われてしまったのです！」

トム・モロウがほのめかした。

「あなたの関係、亡くなられた従弟との関係は相当……相当に離れていたのですか？」

アデライードが辛辣に言った。

「そうですとも！　私たちはもはや〈同じ世界〉の人間ではありませんでした！……何年も前から消息不明でしたが、従弟が〈モンルージュ食品会社〉を設立すると、親戚付き合いを再開したいと思うようになりました。ヴェルディナージュはかなり乗り気になった、と私は思いましたが、彼が享受していた並はずれた贅沢を、私たちに与えてやろうという親切心はありませんでした」

「単なる成金に過ぎなかったのですよ！」オクターヴが軽蔑するように言った。

「彼がどうであったとしても」探偵は笑みを浮かべて、手で髪をすきながら言った。「一つ確かなことがあります。故ヴェルディナージュの使用人はいずれも相当な金額を受け取るということです！」

マドモワゼル・バリュタンは黄ばんだ長い歯の歯茎まで見えるほど憎悪に満ちた冷

笑を浮かべた。すると、トム・モロウは機は熟したと見たのか、唐突に今回の訪問の目的である生々しいテーマに入ることにした。

「私には不可能とは思えません」と彼は言った。「故ナポレオン・ヴェルディナージュの遺産を使用人たちには渡さないで、その結果、全財産あるいはほとんど全財産を取り戻すことは」

電気ショックを受けたかのように、バリュタン姉弟は跳び上がった。度はずれな希望を再び与えた小男に向かって、二人は欲望にぎらぎらした目を向けた。

「何ですと？……」弟は顔を真っ青にして息を詰まらせた。

「私が言うのは」探偵は手で物憂げに髪をなでながら、落ち着き払って答えた。「私が言うのは、被害者の使用人は法律上、あなたの従弟の遺産相続を主張することはできず、その場合、あなたたちだけが莫大な遺産の相続人になるということです」

「しかし、どうやって？……どうやって？」苦悶の焦燥にさいなまれて、老嬢は声を上げた。

「簡単至極ですとも！」問われた男が答えた。「例えば、ヴェルディナージュが使用人に殺害されたか、あるいは使用人の共犯によって殺害されたか証明できれば、そうなったらその犯罪の利益を享受することは問題外です」

「その通りだ！」会計係が勝ち誇ったように声を上げた。

アデライードは探偵に駆け寄って、彼の両手を取って滔々と話し始めた。

「ありがとうございます、ムッシュー！」彼女は言った。「そのことを私たちに教えて、希望を持たせてくださって！……私たち、オクターヴと私はよく話していたんですよ。神様は正直者がお金を奪われるようなことをお認めにならないって……」

「現時点で」とバリュタンが言葉を継いだ。「捜査官たちはあの連中の罪を証明した！　私たちは救われたんだ！」

ヴェルディナージュの親戚が大いに驚愕したことに、トム・モロウが言った。

「捜査官たちはまったく何も証明していませんよ！」

オクターヴは跳び上がった。

「何ですって！……予審判事は共犯者としてシャルル・シャポンの罪を証明し、共和国検事代理はジャック・ベナールを告発し、地元の警視はクロドシュを犯人と指名しましたよ」

愛想の良い笑みを浮かべて、私立探偵社の社長は言った。

「それこそまさに彼らがまったく何も証明していないということなんです」

かっとなった相手二人から反論が出るのを予想して、トム・モロウが付け加えて言った。

「いいですか、あの三人の紳士の矛盾する結論をまとめてみましょう。その後で、今度は私が、彼ら三人の最上の仮説であっても何一つ説明していないことを証明しましょう」

小男はしばらくの間、無言のまま髪をなでてから、話を始めた。

「予審判事クロード・ローネ氏は執事シャルル・シャポンの有罪を信じ、妻のテレーズの証言と同じく、その証言の矛盾とためらいを根拠としています。これはすべて、予審判事が犯行後に執事がいかにして犯人の脱出を手助けしたかを明らかにしない限り、法律上、まったく取るに足らないものです」

この〈いかにして〉に思い至らなかったバリュタン姉弟の顔に茫然自失の表情が表れた。探偵は話を続けた。

「共和国検事代理ポール・マリコルヌ氏は森番ジャック・ベナールの有罪を確信しています。ここでもまた、何一つ証明されていません。彼はヴェルディナージュをマルシュノワール館から遠ざけようとしたことで責められています。予審判事と同様に、検事代理もまた殺人犯が犯行現場からいかにして脱出できたのか明らかにしていません」

話を聞いている人間が茫然自失していることなど気づかない様子で、トム・モロウは話を続けた。

「憲兵隊のトーピノワ警部は故人の秘書アデマール・デュポン－レギュイエール侯爵

に目をつけました。彼にしても、犯人がいかにして脱出することができたのか分かっていないのです……」

探偵は次のように述べて話を結んだ。

「このいかにしてに決定的に答えることができなければ、何一つ証明されたことにはなりません！」

感情を抑えきれずに身を震わしていたオクターヴ・バリュタンが、暖炉の上から新聞を取ってきて、それを探偵の目の前に広げた。

「お忘れですよ、ムッシュー」と彼は言った。「最も厄介な仮説は、今からすでに絶対的な確実性を示している仮説は、警視アンドレ・プリュヴォ氏のものだということです」

トム・モロウは一瞥もせずに新聞を静かに折りたたんで、笑みを浮かべながら答えた。

「少しでも腰を据えて、真剣に考えてみれば、この仮説は以前の仮説同様に無価値であることが分かります。警視殿はクロドシュを告発しています。ちょっと考えてみましょう……」

小男は息を切らして、食い入るように自分を見つめている相手の方に身を乗り出した。彼は言った。

「第一の仮説。利益あるいは愚かさによって、クロドシュが——私があらゆる可能性を吟味したことにご注意ください！——それ以前に館の主人まで案内してやった犯人を逃がしたというものです。召使いのギュスターヴ・コリネが窓から目撃していたので、犯人が逃走するのが見えたはずです」

アデライードが激しい勢いで話を中断した。

「警視さんだけがクロドシュが共犯だと言っているわけではありませんわ。事実上、犯人だとおっしゃっているんです」

「いいでしょうとも！」トム・モロウが頭を下げて譲歩した。「それではクロドシュがヴェルディナージュを殺害したと認めましょう。それでもやはり、あの頭の足りない男、そのうえ脚も悪い男が、このような犯罪を計画することができたとは信じられません」

老嬢はなおも言い張った。

「でも、ムッシュー・プリュヴォは……」

「それでは」探偵は愛想良く譲歩した。「それでは、クロドシュが石段のところからヴェルディナージュに向かって発砲して殺害したとしましょう。検死医の証言——被害者はそれほど遠くからは発砲されていないと証言しています——に加えて、忘れないでいただきたいのですが、クロドシュは謎の訪問客を案内してきました。クロドシュは庭園の格子扉のところで訪問客を待ち、故ヴェルディナージュがじきじきに城館の入口のドアを開けたのです。そのドアの錠は外から開けることはできませんでした」

「いいでしょう。それから？……」姉の言葉を得て強気になっていた会計係は驚いた。

「それから」私立探偵は落ち着き払って言った。「謎の訪問者はいかにして禁じられた館から脱出できたのか、警視アンドレ・プリュヴォ殿にご説明いただきたいものです。クロドシュが武器を持っていたとしたら、出てくることの不可能な館に入る必要はあったでしょうか？ 忘れないでいただきたいのですが、入った人間については多数の証言があるにもかかわらず、出て行くのを目撃した証人は誰一人いないのです。望むと望まないとにかかわらず、この問題は次の言葉に要約されます。

〈一人の人間が入った……いかにして脱出したのか？〉」

「というと」アデライード・バリュタンは唇を真っ青にして口ごもるように言った。

「というと、あなたのお考えではクロドシュは？」

「犯人でも共犯でもありません！」探偵は断定した。

オクターヴもまた、私立探偵の反駁不可能な論証に狼狽してつぶやいた。

「捜査官たちのいずれの仮説も間違っている以上、いかなる解決も不可能ではありませんか？」

これまで以上に満面に笑みを湛えながら、トム・モロウが断言した。

「それどころか、私は一つの解決があると信じています。あり得る解決は一つしかありません」

「使用人全員が共犯なんだ！」オクターヴが思いついた。

「違います！」小男が言下に否定した。「違います……それとは別のことです」

懇願するような様子で老嬢が両手を合わせて言った。

「それで……その別のこととおっしゃるのは？」

トム・モロウは答える前に礼儀正しく会釈した。

「それは私が証明できると自負していることです、もしも……もしも或る問題に関して、われわれが合意に達することができれば……純粋に物質的な問題ですが」

目に険悪な色を浮かべ、かすれた声でアデライードが言った。

「恐喝ですか？」

探偵の顔から笑みが消えて、彼は声を抑えて言った。

「とんでもない！　マドモワゼル、とんでもないことです！……せいぜい私の努力に対する正当な報酬です」

今度はオクターヴが立ち上がった。

「ムッシュー、重罪院に移される前に、審理が持ち込まれたら、捜査官の指示にしたがって、陪審が多数の使用人の一人の有罪を確定するでしょう……」

「もしも」探偵が落ち着き払って反論した。「もしも、先ほどあなたたちに証明してみせたばかりのように、これらの推論は間違っていて、捜査官たちの仮説は何一つ証明するものではないことを、私が陪審員たちに話さなかったら。そうしたら、誰も犯人にできずに、遺産は……」

「そんなのはだめ！」老嬢は激昂して狂ったようになって怒鳴るように言った。「あなたは陪審員たちに使用人たちを犯人にするよう訴えなければ！……」

「無理ですよ、マドモワゼル！」トム・モロウは声を高めることなく断言した。「私の良心は常に罪のない人間を有罪にすることを禁じていますから！」

彼は話し終えると、手を心臓の上に置いて天を仰いだ。

かなり長いこと沈黙が続き、その間に青ざめた顔を引きつらせながら、バリュタン姉弟は目配せしながら相談した後で、オクターヴは腰を下ろして、ためらい、神経質に咳払いしてから探偵に頼んだ。

「いいでしょう、ムッシュー！　分かりました。われわれはあなたの助力を受けます。……料金はいかほどですか？」

私立探偵社の社長トム・モロウが勝負に勝ったのである。

8

検死医が埋葬許可証を交付して、ヴェルディナージュの葬式が挙行されることになった。

パリのペール・ラシェーズ墓地まで死体を運ぶために霊柩車が到着した。数年前から、ペール・ラシェーズ墓地では新興成金が贅沢な地下納骨所を造営させていた。故人のいとこであるバリュタン姉弟は黒い喪服に身を包んで、しわだらけで、骨張って、みすぼらしかった。公証人のラリドワール先生は職業的な重々しさが強い印象を与え、モンルージュ食品会社の重役たちはヴェルディナージュの遺体に敬意を表していた。

やがて、庭園の格子扉が開いて、村の住民たちがホールに据えられた棺台の前を並んで歩いた。

幾つかの人のグループができて、村の共同洗濯場のおしゃべり女たちとカフェ〈メナール・ジューヌ〉の常連たちが合流した。

みんなは金色のラメの入った高い壁掛けの前で、林立するロウソクのきらめく明かりと食品会社社長当人によって遺言状の第一節で指定された葬式の豪華さに、うっとりとなった。

人々はまた、禁じられた館についてもおしゃべりをした。村人の大半は、殺人の共犯者として執事と脚の悪い男をあしざまに言った。

二人だけだが、シャルルとクロドシュをかばう発言をする者がいた。おしゃべり女〈ラ・ペレット〉とラフィネット爺さんだった。

二人によれば、予審判事が十月二十八日の謎の事件を単純な犯罪事件と見なしたことが間違いだと言うのだった。

「あの事件の底には悪魔が潜んでいるんだ！」と〈ラ・ペレット〉は十字を切りながら言った。

自由思想家を自認するラフィネット爺さんは、用心して地獄を非難したりはしなかった。彼はもっと漠然とこう言った。

「こんなことができたなんて人間じゃないよ！」

自分たちの主人の柩（ひつぎ）の周りに集まって、使用人たちは涙を流した。椅子にくずおれるように座っていたテレーズは、苦痛でないものに対してはすべて無感覚になっていて、あらゆる慰めの言葉を拒否してすすり泣いた。

アデマール・デュポン－レギュイエールは城館の本当の主人の代わりを務め、ギュスターヴ、エドモンとジャンヌに指示を出し、葬式の執行係たちと長々と握手をし、励ますように公証人の肩を軽く叩き、高齢のいとこであるアデライードのやせこけた指にキスをした。

ヴェルディナージュの死体を載せた霊柩車がパリに出発し、その後に、いとこたち、葬儀の執行係たち、ラリドワール先生、アデマール、人の抜け殻のようになった哀れを誘うテレーズが詰め込まれたマイクロバスが続いた。

どうやら〈ボンヌ－メメ〉は二重の不幸に襲われていたようだ。彼女の心は卑劣にも殺害された〈ナポ〉と、不名誉な告発を受けて逮捕された夫の間で引き裂かれていた。

〈ボンヌ－メメ〉によれば、クロドシュ一人が殺人犯だった。というのも、彼女はシャルルが犯人だとは信じられなかったからだ。

確かに、飲酒癖の影響で執事は時に理性を失うことがあったものの、いくら逆上したとはいえ殺人を犯すなどとは考えられない――それも、何という殺人であろう！自分の恩人を殺すなんて。

とはいえ、事件の起きた夜の、自分の配偶者のはっきりしない態度にはテレーズも不満だった。

或る疑問が執拗に彼女をさいなんだ。

「あの夜、どうしてシャルルは地下室に下りていったのかしら？……」

古い熟成した酒を何本か空けるという誘惑に屈した可能性もあるが、彼が地下室にいた理由は本当に他にないのだろうか？

彼女は自分をひどく苦しめているこの疑問に答える勇気がなく、もはや何も考えることなく、また悪夢を見ることもないように、今すぐにでも死にたいと願っていた。

＊＊＊

ムッシュー・ローネもまた、この事件にさっさと片を付けたいと思っていた。

しかし、さらに二度尋問を重ねたにもかかわらず、シャルルは黙秘を続け、焦燥し、ぼうっとした状態で、ひたすら繰り返すばかりだった。

「わしじゃない！　わしじゃない！」

クロドシュはといえば、あくまでこの脚の悪い男を犯人と考える警視の尋問に対して、理解できない擬声語（オノマトペ）で答えた。

二人の被疑者にはそれぞれ国選弁護人が付けられた。ルブリュマン先生は大司教を思わせる大きな顎鬚を蓄え、感情を覗（のぞ）かせない目をして、びくともしない受動性と下顎を絶えず動かしている様子が反芻動物を連想させた。ショーメル先生の方は、大学を出たての若い法学士で、情熱と善意に満ちあふれていたが、どうしようもなく臆病風に吹かれて、予審判事が激昂すると恐慌に駆られることもあった。

予審判事はシャルル・シャポンに自白させ、どのようにして犯人が城館から脱出したのかばかりでなく、執事が有害な手助けをしてやった謎の訪問客が何者なのか聞き出すこともあきらめていなかった。

この司法官は、あっという間に決定的な成功を収めて、新聞記事が彼のことを盛大に書き立てるのを、すでに夢の中で見ていた。第一面に載った彼の顔写真の下には、かくも難しい事件を幸いにも解決に導くのに発揮した彼の炯眼を称える言葉が並んでいるのだ。それは『コンピエーニュの若く精力的な予審判事ムッシュー・クロード・ローネ、『禁じられた館』事件の解決の功は彼に帰される』というものだろう。

名声、栄誉、あっという間の昇進は目の前だ。

胸をふくらませて、司法官の顔から笑みがこぼれた。

彼は執務室でゆっくりと大股で歩き、小さなテーブルを前に腰かけていた書記官のエルネストは分厚い書類を数え、検事代理ポール・マリコルヌはブロンドの顎鬚をぼんやりとなでていた。

いきなり、ドアが開いて、プリュヴォ警視が姿を現した。

当の警察官は予審判事の机に、クロドシュが城館の噴水盤の中から拾った制式ピストルを置いた。

「私はマルシュノワール館から戻ったところです」彼は言った。「この武器を使用人たちに見せたところ、全員がそのピストルは番人ジャック・ベナールのものだと断言しました」

「番人のジャック・ベナールか！」ムッシュー・マリコルヌが鸚鵡返しに言った。

検事代理は平然とした調子で尋ねた。

「ジャック・ベナールのものだという、そのピストルは殺人の凶器なのかね？」

「凶器の専門家デュランが断言しています。ヴェルディナージュを死に至らしめた弾丸から発見された施条痕（しじょうこん）と銃身の傷が正確に一致するそうです」

ムッシュー・ローネが書記の方を向いた。

「鑑識課からの報告書は届いているな？」と彼が尋ねた。

エルネストは前にある開いた文書を何ページもめくって言った。

「今朝、届きました。武器から採取した指紋の四倍拡大写真と犯罪者人体測定カード二枚が添えられています。乳頭状突起は非常にきれいなものです。最初のカードに押された指紋には武器から発見された指紋との類似点が七十六あります。第二のカードとの類似点は五十六あって、他に発見された指紋と一致しています」

「もう充分じゃないか！」予審判事がぴしゃりと言った。「二枚のカードを渡してくれ。そのカードに記載してある名前の人物がピストルに触れた人物ということは議論の余地がない」

ムッシュー・ローネは手に取った二枚のカードをじっくり見てから言った。

「最初のカードはクロドシュのものだ」

「あいつが犯人ですよ！　この指紋が証拠です！」自分の予想が正当化されそうになったプリュヴォが声を上げた。

「私はそうは思わない！」ムッシュー・ローネが言った。「君はお忘れのようだが、あの脚の悪い男は噴水盤で拳銃を発見すると、何の配慮もせずに手で持って捜査官に渡したのだ。したがって、彼の指紋が凶器から発見されたのは至極当然なのだ」

警視は返答することもできなかった。

「二枚目のカードは誰のものでしたか？」ムッシュー・マリコルヌがぞんざいに言った。

「二、二枚目のか、か、カードはべ、ベナールのものだ、だった！」予審判事が答えた。

検事代理ははっとなってつぶやいた。

「それはどうかな！」

葉巻に火をつけて、ムッシュー・ローネがプリュヴォに尋ねた。

「それで、君が犯行の凶器をヴェルディナージュの使用人に見せると、全員が凶器がベナールのものだと認めたんだな？」

「ベナール当人も認めています。認めないわけにはいかなかったでしょう」

「私の想像だが、その確証を得てから、君は番人について何らかの情報を集めたのだろう？」

「もちろんです。私はパリに戻って主人の葬儀を手伝っていたムッシュー・デュポン・レギュイエールを尋問しました。ムッシュー・デュポン・レギュイエールはベナールのことはあまり知っておらず、ベナールがヴェルディナージュの使用人の一人となったのは、ヴェルディナージュがマルシュノワール館に住むようになってからのことだと、最初に述べたことを繰り返すばかりでした。ヴェルディナージュはベナールとほとんど話をしたことがなく、ベナールは城館の主に対してあまり好意的ではなかったと、私に断言しました」

「これは興味深いな！」ムッシュー・マリコルヌが言った。「それで、ムッシュー・デュポン・レギュイエールは何を根拠にそんなことを言っているのかな？」

「第一に、ヴェルディナージュが何度か彼に打ち明けた話です。また、城館の主は彼に向かって何度もベナールを馘にする意向を伝えていました」

「ヴェルディナージュは番人の何が気に食わなかったのかな？」

「特にこれといったところはありませんでしたが、ベナールは札付きの怠け者ですし、彼が気の毒な脚の悪いクロドシュを引き取ったのも、慈善的な心からというよりも、仕事の大部分を彼にやらせるためです。脚の悪い男に対する扱い方がヴェルディナージュを憤慨させ、彼はベナールを馘にする機会を待っていたのです」

「ヴェルディナージュはベナールに対して感情的な嫌悪感しか抱いていなかったのか？」

「ムッシュー・デュポン－レギュイエールも、城館の主は番人が脅迫状のことを重要視しすぎているというので、彼のことを批判的な目で見ていたと信じています。そのことに関しては、使用人全員の耳に届くほどの激しい口論にさえなりました」

検事代理は急いで何かの覚書を書いた。彼は顔を上げて、警視に言った。

「ヴェルディナージュとベナールとの間の激しい口論というのは？」

「ベナールが城館の主に対して、匿名の手紙の命令に従って、禁じられた館から出て行くよう懇願したのです」

「つまり、ベナールはヴェルディナージュがマルシュノワール館から出て行くよう言い張ったんだな」

「彼は何度も繰り返してそう主張し、ベナールが口を出すたびにヴェルディナージュは激怒しました。おそらくそれでいよいよ意固地になって、城館の主に出て行くものかと思わせてしまったのでしょう」

「けっこう！　けっこう！」ムッシュー・マリコルヌは快哉（かいさい）を叫んだ。「極めて厄介な推測ばかりだ」

「厄介？……厄介ですか？……」予審判事は納得できない様子でぼやいた。

「とりわけ」検事代理が言った。「とりわけ、ヴェルディナージュの使用人全員、ムッシュー・アデマール・デュポン・レギュイエール、シャルルとテレーズのシャポン夫妻、エドモンとジャンヌのタッソー夫妻、ギュスターヴ・コリネ、クロドシュなどの中で、ジャック・ベナールただ一人が最初の惨劇の時とデルーソーが殺害された時に城館に住んでいて、彼もまた、匿名の要請には従わなかったという点でヴェルディナージュと同様だったからな」

「ヴェルディナージュと同様か！」プリュヴォがつぶやいた。

「それは明らかですが……」ムッシュー・ローネがため息をつくように認めた。

検事代理が声を大きくして言った。

「ベナールが共犯なんだ！　彼一人がデルーソーを殺害することができた！　同様の理由から、彼一人がヴェルディナージュを殺したんだ。彼はデルーソーを一発の弾丸で殺害したが、ヴェルディナージュは多数の使用人に囲まれていて、前の事件よりも彼を抹殺するのは難しかった。番人はシャルル・シャポンにお人好しな協力者を見いだした。シャルルは失う危険のある遺産を手に入れるために何でもする気になっていた」

「シャルル・シャポンが共犯者だ！　疑問の余地はない！」予審判事は自分の観点を裏付けるものであれば、可能性のある仮説は何でも受け入れる気になっていた。

管区の警視は議論に負ける気はなかった。

「どうしてベナールは再びクロドシュに共犯を依頼しなかったのでしょう？」

「なぜなら、クロドシュは主人の死に何の関心もなかったからだ！」ムッシュー・マリコルヌが反論した。

「クロドシュは閉じ込めてあります。彼については近いうちにじっくり調べてみるつもりです」ムッシュー・ローネがぴしゃりと言った。

司法官は召喚状を手にすると、そこに番人の名前を書いて署名した。

一言も言い添えることなく、彼はそれをプリュヴォに差し出した。

刑事が名刺を手にして入ってきた。

「〈トム・モロウ、私立探偵社社長〉」長方形の名刺を眺めながらムッシュー・ローネが声に出して読んだ。「〈素人探偵〉が私に何の用があるのだろう？」

トム・モロウは体を左右に揺すり、白い繊細な手でアブサロン大司教風の髪をなでながら忍び足で進み出ると、深々とお辞儀をして尋ねた。

「予審判事殿でいらっしゃいますな?」

「そうだ、ムッシュー!」ムッシュー・ローネは無愛想に答えた。

「皆様方の前でお話ししてよろしいでしょうか?」到着したばかりの男は、ムッシュー・マリコルヌとエルネストを指しながら尋ねた。

「それはかまわないが……。しかし、手短にしてくれ。……何のご用件かな?」

私立探偵は改めてお辞儀をした。

「私の聞くところでは」探偵は音楽的な声で尋ねた。「私の聞くところでは、予審判事殿、あなたはいかなる手際を発揮したのか、禁じられた館の謎を解明されたそうですね」

「主要な点は」ムッシュー・ローネは謙虚に修正した。

「予審判事殿」トム・モロウは流暢に話を続けた。「私はあなたをこの国の司法の名誉となる十人から十二人の司法官の一人として誇りを持って敬意を表するものです。こう申し上げるのはお世辞ではなく、あなたが見事にやってのけている微妙な職務の難しさを知っているからであります」

ムッシュー・ローネはこの称賛の言葉に対して漠然とした遠慮の言葉で応じようと思った――ここでもまた彼は率直なところ虚栄心をくすぐる言葉を受けるに充分値すると思っていた――が、私立探偵はその時間を与えなかった。

「ご遠慮しないでください！　予審判事殿！」私立探偵は言った。「謙譲が罪になる場合もあります。ご自分の価値をしっかり認識することが重要なのです」

「まあまあ、ムッシュー！」今度は司法官はお辞儀をして答えた。「私は最善を尽くしているのですよ！　私は物事を明快に見ることができますし、秩序だった方法を使って仕事を進めることができると自負しています。それだけです。私があなたの訪問の栄を浴すに至ったのはどうしてでしょうか？」

「それはごく単純なことです、予審判事殿！　ムッシュー・ヴェルディナージュの遺産相続人が損害賠償請求をするつもりでいます。遺産相続人たちは私に、単なる傍観者として、あなたの担当なさっている事件を見守るように私に依頼したのです」

「しかし、ヴェルディナージュの主な遺産相続人といえば、殺人の共犯容疑者シャルル・シャポンですよ」

「いかにも、予審判事殿！　だから故人（デ・クジュス）の法的な相続人は遺言状に疑義を申し出て、無効にしたいと考えているのです」

「確かに、犯罪者は被害者の遺産を相続することはできないな」ムッシュー・ローネが認めた。

　彼は私立探偵に葉巻ケースを差し出した。相手は愛想の良い笑みを浮かべながらケースを押し戻した。

「私はタバコは吸わないのです」と探偵は言った。「自然は私にかなり美しいテノールの声を与え、ニコチン以上に声帯に有害なものはないと聞いておりますので……」

ムッシュー・ローネは一瞬、トム・モロウがピアノに肘を突きながら、恋歌を歌う光景を見た気がした。〈素人探偵〉というのはこれだから！　私立探偵の抜け目なさに軽い皮肉な笑みを浮かべてから、予審判事は恩着せがましく言った。

「私の捜査に関する限り、得られた結果をあなたにお知らせするのは嬉しいくらいで、明朝予定されている検証にあなたに同席していただき、あなたの前で検証を終えることができたら幸運だと思います」

「あなたがこのような礼儀正しい方とは予想していませんでした！」トム・モロウが言った。

「現状はこういうことなのです」と予審判事は葉巻に火をつけながら言った。

彼は天井に向かってえがらっぽい葉巻の煙を吐き出すために話を中断した。

「個人的には、私は執事のシャルル・シャポンの有罪を信じていて、彼を逮捕させました。管区のプリュヴォ警視のために言っておきますと、彼はクロドシュが犯人だと信じているのです！――同様に、私は脚の悪い男も勾留しております。結局、共和国検事代理ムッシュー・マリコルヌ――彼はヴェルディナージュ殺しの犯人を森番に見ています――を満足させるために、私はジャック・ベナールに司法の権限で外出を禁じました。各人がこの犯罪について意見を持つのは自由ですが、明らかに私の意見では……」

9

九時の鐘が鳴った。

コンピエーニュ裁判所内では異例の動きがあった。司法官たちは忙しく働いていた。三台の自動車には、トーピノワ警部、共和国検事代理ポール・マリコルヌ、予審判事クロード・ローネ、書記エルネスト、アンドレ・プリュヴォ警視、私立探偵トム・モロウ、弁護人ルブリュマン先生とショーメル先生、そして四名の刑事と容疑者シャルル・シャポン、クロドシュ、前夜から〈司法の権限で〉拘束されていた〈証人〉ジャック・ベナールが席を占めていた。

でこぼこ道を思いがけず猛スピードで粛々とマルシュノワール館めざして進む車の列。

庭園の格子扉に押し寄せた村人たちは、シャルル・シャポン、クロドシュ、ジャック・ベナールが車から降りると、野次を飛ばした。被疑者と〈証人〉が襲われないためには、トーピノワ警部の権威が必要だった。

到着した者たちは城館の中に呑み込まれていった。

〈ボンヌ・メメ〉が泣きながらシャルルを抱きしめた。

「かわいそうに！　あんたは犯人じゃない、そうだろ？……あんたは無実さ！……自分は無実だって、連中に言っておやりよ！」

彼女は夫の手に手錠がかかっているのを見て悲痛な声を漏らした。この痛ましい光景に終止符を打つためには、彼を引き立てていくしかなかった。

ギュスターヴ、エドモン、ジャンヌは玄関ホールの奥にひとかたまりになり、げっそりと衰弱して老けてしまった執事と番人を気の毒そうな目で見ていた。それとは逆に、脚の悪い男はふぬけたようになって薄笑いを浮かべ、自分に降りかかった告発の重大さにまるで気づいてない様子だった。

アデマール・デュポン・レギュイエールは最後に駆けつけてきた。優雅に香水の香りを漂わせ、彼は司法官たちと警官たちに向かって鷹揚に会釈した。

「何かお役に立てることがありますか？」彼は尋ねた。

「われわれはこれから犯罪の再構成に取りかかる！」予審判事ムッシュー・ローネはぞっとするような葉巻に火をつけながら答えた。「ここに出席している諸々の方々は、被害者の最期の言葉が聞こえた時にいた場所に行くんだ。君たちは各人が十月二十八日の夜と正確に同じように行動するんだ。……正確にだぞ！　ここではベナールが犯人役を演じる」

番人は自分の無実を訴えたかったが、司法官は彼の言葉をさえぎった。

「誰も何についてであれ、お前を告発しようなどとは思っていないぞ、ベナール！　捜査のために、誰かが犯人役を演じるのが重要なんだ。私はその役を君に割り当てたのだ」

当の証人はうんざりした気持ちを身振りで示した。何度も尋問で睡眠時間をずたずたにされて、ろくに眠れなかったために、抵抗する気力は残っていなかった。

不気味な芝居が用意されたシナリオにしたがって展開する。ベナールは書斎の入口で発砲する。クロドシュは声を上げながら城館のドアを叩く。地下室に下りていたシャルルは階段を上ってくる。テレーズが寝室のドアに姿を現し、夫と言葉を交わす。執事は脚の悪い男にドアを開けてやる。エドモンとギュスターヴ、そしてジャンヌが次々と階段を下りてくる。

「今のところはこれで充分だ！」捜査に当たっている司法官と警察官たちは言った。「必要になったらわれわれはこの再構成をすぐに参考にしよう」

ルブリュマン先生が言った。

「われわれが拝見した犯罪の再構成には、私の依頼人の有罪を一見して（ア・プリオリ）証明するものは何もありません。したがって、気の毒な脚の悪い人の釈放を要求させていただきます。しかも精神薄弱でこんな悪いことができるはずがありません」
「まだおしまいではありません、先生！」プリュヴォが口を挟んだ。自分の疑ってい
る人間が放免されることが少しずつ分かってきて、かっとなっていた。
トム・モロウが甘い抑揚をつけた声で言った。
「予審判事殿、あなたがたった今、われわれに見せてくれた光景から、犯人はシャル
ル・シャポンの明白な共犯を得れば、地下室に逃げるしかないことが証明されました。
しかも彼は、発砲とテレーズ・シャポンの到着との間に、玄関ホールを横切る時間的
余裕があったのです」
「確かに、そのことは確認できたな！」ムッシュー・ローネが偉そうな口調で断言し
た。
ショーメル先生が穏やかな声で口を出した。
「発言をお許しください、予審判事殿！　もしも私の依頼人が地下室に犯人をかくま
ったとしても、彼にはその後で犯人を逃がすことはできませんよ。なぜなら……」
予審判事は雲のような煙を吐き出して不満の声を漏らし、臆病な弁護人はびっくり
した。
「ショーメル先生の言うことはもっともだ」検事代理があえて言った。「証人の証言
ははっきりしている。地下室に行った後、あるいは地下室に行ったふりをした後、被

疑者シャルル・シャポンは地下室のドアに施錠して、憲兵隊が到着するまでドアはそのままの状態だった」

「私が地下室を捜索し、中には誰もいなかったことは確認しました！」トーピノワがそのことを確認した。

ムッシュー・ローネが鋭い口調でとがめた。

「誰がそうではないと言ったかね、警部？」

狼狽した警部は反論しなかった。

少し前からモノクルのリボンをもてあそんでいたトム・モロウが司法官に尋ねた。

「予審判事殿、私があなたと一緒に、犯人が憲兵隊の用心深い目を不思議にも逃れたという、奇妙な地下室に行ってみてよろしいでしょうか？」

「喜んで！」

「このことは、予審判事殿、単に確認のために行うものです。というのも、あなたの炯眼はすでにあそこで発見できる物はすべて発見したはずですから」

捜査側の司法官とトム・モロウ、続いて検事代理、ルブリュマン先生、ショーメル先生、アデマール・デュポン - レギュイエールが地下室のドアに向かった。

ムッシュー・ローネが階段の一段目を指して言った。

「ここが被疑者シャルル・シャポンが二番目の脅迫状を見つけたと称している場所で

す。私の意見では、彼はここで何を発見したわけでもありません。というのも、封筒をここに置くためには、シャポンだけが所持している鍵を使ってドアを開ける必要があるからです」

「それは明らかですな！」私立探偵が同意した。「シャルル・シャポン自身が置いたのでない限り、彼が手紙を階段で発見するはずがない」

「その場合、私の依頼人が自分で手紙を拾う代わりに、他人に発見させなかったのは実に不思議ですな」とショーメル先生が言った。

ムッシュー・ローネはそれに対して返答しようとさえしなかった。

六人の男たちは暗くてじめじめした階段を下りていった。

トム・モロウは地下室を隅から隅まで歩き回り、天井から吊された拡散笠からの明かりが届かない暗い隅は懐中電灯で照らした。

このような立派な体格の人間にしては驚くほどの敏捷さを発揮して、この〈素人探偵〉はあちらこちらを探り回り、樽の間を縫うように移動し、藁でくるまれた瓶の入ったケースの前でひざまずいた。

まるで地下室に収められている物の目録でも作ろうとしているかのようだった。

彼の注意は瓶の収められた仕切り棚に向かい、私立探偵は頑丈さを試そうとするかのように、それを揺すった。

突然、片側を壁にはめ込まれていた仕切り棚が、外力に屈し、蝶番(ちょうつがい)を軸にして回転するドア同様のやり方で、私立探偵は仕切り棚を回転させることができた。トム・モロウが奥に入り込んだ。

「あそこに低いドアがあります！」無言で調査を行った末に彼が声を上げた。

「低いドアだって？」あっけにとられた検事代理が鸚鵡返しに言った。

私立探偵が尋ねた。

「あの隠しドアを捜査官は開けましたか？」

「いや……開けていない……」仰天したムッシュー・ローネは口ごもるように言った。

「こんなドアがあるだなんて初めて……」

「こんなドアがあるだなんて思ってもいませんでした」アデマールが言った。「城館にいる全員が、私同様に知らなかったことは、断言してもいいです」

「それには私は完全には同意致しかねますな」埃で白くなった姿で再び現れたトム・モロウが応じた。

「ドアをこじ開けるんだ！」そこに謎を解く鍵があるという漠然とした予感を抱いて予審判事が命じた。

彼はエドモン・タッソーを呼んだ。工具箱の助けを借りて、屈強な運転手は分厚い扉を、それも一気に開けることに成功した。

滝のように水が流れる音がした。エドモンがすっかりびしょぬれになって戻ってきた。

ドアの奥に泥だらけの水たまりができていて、それが彼に向かって流れてきたのだった。流れはすぐに止まった。

それ以上待つことなく、開いたドアの奥の暗い穴蔵にトム・モロウが入った。彼は体を曲げ、それから腹這い(はらば)になって潜り込み、とうとう姿が見えなくなった。

数分間が経過した。無言のまま身動きもせず、ムッシュー・ローネ、ムッシュー・マリコルヌ、ショーメル先生、ルブリュマン先生、アデマール・デュポン・レギュイエールはひたすら待った。

私立探偵の運命について心配になり始めた時、陽気な声がして彼らは跳び上がった。

「おーい！　私はここにいますよ！」

泥まみれになった服を着たトム・モロウが彼らの背後にいた。

「いったい、どうしたことだ！」戻ってきた男を見ながら検事代理が声を上げた。「いったいどこから来たんだね？」

「こういうことです」訊かれた男は飾り気なく説明した。「昔の石切場の一部になっていた坑道の一種を見つけたんです。それ以外の部分は崩落していました。残っているのは一区画だけです。庭園の、灌木(かんぼく)のど真ん中の高いところに達していました。城館の右手に立っている石瓶（いしがめ）のそば、苔（こけ）むした台座の上でした」

ショーメル先生は当惑して顎を掻いた。この出来事は予審判事の主張を支持するもので、依頼人の不利になる。おそらく、ヴェルディナージュの殺人犯はその知られざる通路を通って逃走し、シャルルが共犯であることは議論の余地ないものと見なされるだろう。

ムッシュー・ローネは〈素人探偵〉の発見にいささか憮然（ぶぜん）とした様子だった。明らかに何も見逃すことのないトム・モロウが予審判事の悔しさに気づかないはずがなかった。

司法官の傷ついた心を鎮めるために、彼はこう付け加えた。

「幸運というのはまったく大したものですな！　自分よりも炯眼な探索者が見逃していたことに、時には誰でも気づけるのですから」

「しかし、ムッシュー」アデマール・デュポン - レギュイエールが反論した。「ドアを隠していた瓶の仕切り棚を特に調べたことは幸運なんてものじゃありませんよ」

「幸運と言っていいですよ、ムッシュー、ほとんど幸運ですとも！」私立探偵は愛想良く抗弁した。「まったく根拠もなしに、私は真っ先に仮定したのですよ。地下室への階段の一段目でシャルル・シャポンが見つけた手紙は、ドアを通らずに侵入した人物によって置かれたものだと。ここには人間が入り込むには狭すぎる換気口しかありません。したがって、別の通路を見つける必要がありました。……その通路を見つける過程で私はごくささいな発見をしたのです」

「というと？」ムッシュー・マリコルヌが尋ねた。

「金属製の仕切り棚の上に、ご覧のように、古い、年代物の瓶が並んでいます。さて、左側の瓶は他のと比べて明らかに汚れが少ない。幾つかは栓の封蠟の一部がなくなっているものさえあります」

「その通りだ」ムッシュー・ローネが肩をすくめながら言った。「しかし、それで何が証明できる？」

「たいしたことではありません、予審判事殿！　たいしたことでは。瓶が載ったそちら側の仕切り棚が〈揺さぶられた（シャイテ）〉――パリ風の言い方をすればですが――反対側よりもずっと〈揺さぶられた〉ということだけです。そのことで私は、例えば、それが動かせないかどうか知るために、頑丈さを試してみようという考えを思いついたのです……なぜなら、普段は壁に固定してある瓶の載った仕切り棚を動かしたら、何かの……あるいは他にも理由があるのではないでしょうか？」

「悪くない推理だ！」予審判事が気取って認めた。

　彼はすでに火の消えた葉巻を遠くに放って、もう一本に火をつけた。

　ムッシュー・ローネの好意を無にしまいとして、トム・モロウは如才なく答えた。

「このささやかな発見は――予審判事殿、あなただって私と同様に発見したはずなんですよ！――あなたが驚くべきスピードで首尾よく成し遂げた捜査の最も困難な部分に比べれば何でもないことです。あなたのおかげで、二人の共犯者が逮捕され、主犯は遠からず捕まることでしょう。これらは重要な成果です！」

予審判事は無言だった。

秘密のドアは閉じられ、仕切り棚は再びドアの前に戻されると、六人は階段を上って玄関ホールに戻った。

トム・モロウは泥で汚れた服を見て、重々しく言った。

「予審判事殿、このような服であなたの前に立っているのは恥ずかしい気がします。顔と手を洗って、服をきれいにしたいのですが」

ギュスターヴ・コリネが進み出た。

礼儀正しい召使いは響きのない声で言った。

「旦那様が私についてきていただければ、二階のムッシュー・ヴェルディナージュの化粧室にご案内しましょう。私がお召し物にブラシをかけている間、旦那様は顔と手を洗うことができます」

「それはかたじけない！」私立探偵は答えた。

彼はムッシュー・ローネに一礼した。

「少々席を外すことをお許しください」と彼は言った。「あなたが見事な捜査の結論を述べる場に同席するのに間に合えばいいのですが！」

トム・モロウは上半身を起こすと、泥だらけの踵を軸にして体をくるりと回転させて、ギュスターヴ・コリネと一緒に立ち去った。

予審判事は彼が身軽に階段を上るのを見て、〈素人探偵〉は彼をあざ笑っているのではないかと不安な気持ちで自問した。

第三部　素人探偵登場

1

私立探偵が立ち去ると、ムッシュー・ローネは検事代理、アデマール、ショーメル先生、ルブリュマン先生、そして書記エルネストを書斎に通した。

大きな茶色い染みが絨毯についていて、またしてもここで展開した惨劇を思い出させられた。

激しい苛立ちの気持ちが身内に湧き起こるのを感じて、予審判事はげっぷをした。

「とうとう！　何と言っても事件の捜査を指示したのは私だし、あの紳士が成し遂げたばかりの発見は奇跡でも何でもない！　あの発見は単に私の推測を裏付けるものだ。手がかりによって発見する代わりに、私だったら推理によって秘密のドアを発見しただろう。それだけのことだ。以前、私はシャルル・シャポンが犯人の逃亡を手助けしたことを明らかにしたのだ！　目下、残っているのは犯人がぐうの音も出ないようにすることだ。その犯人も、新聞の連載小説で頭がいっぱいで、最も単純な犯罪を複雑にするしか能のない〈素人探偵〉の助けを借りずに私が独力で見つけたのだ！」

「殺人犯は最後には自白するでしょうな」ムッシュー・マリコルヌが言った。「その点については、あなたは私の意見をご存じのはずで……」

「よろしい！」ムッシュー・ローネが疲れたような様子で譲歩した。「もう一度、あなたにジャック・ベナールを尋問する機会を与えよう」

彼はデスクの奥に腰かけて、書記をそばに座らせた。検事代理、アデマール、二人の弁護側弁護士は立ったままだった。

予審判事の命令を受けて、プリュヴォに案内されてベナールが入ってきた。

「いったいまた何のご用ですか？」番人は激しく抗議した。「私は告訴されたのですか、それとも違うのですか？　私を放っておいてくれないのですか？　私は不法な逮捕に抗議します！」

「ベナール」ムッシュー・マリコルヌが穏やかな口調で答えた。「犯行のあった夜、君はどのように時間を使ったのかね？」

「もう二十回も繰り返していますよ！　入口の小さな番小屋で眠っていました。城館から銃声が聞こえました。私は着替えを済ませてから、旦那様を助けに駆けつけました。以上です」

「ベナール」司法官が言った。「クロドシュが噴水盤で発見したリヴォルヴァーがお前の物であることは認めたな。あれが犯行に使用された凶器であることは議論の余地がない。あれにはお前の指紋が付着していた」

「だから何なんです?」

「お前がムッシュー・ヴェルディナージュ殺しの犯人だ!」

「嘘だ! あんたは私を証拠なしに告発している! 私は返答を拒否する! 弁護士を要求する」

検事代理がデスクを拳で叩いた。

「否定するんじゃない!」検事代理が声を上げた。「お前が犯人だ。……十月二十八日の夜に庭園の格子扉のところに現れた謎の人物はお前だ! お前なんだ! お前以外にはあり得ないんだ! お前は念入りに痕跡を消し、お前のことを知っている人間に悟られるのを恐れて、クロドシュに答えるのを避けたんだ」

「とんでもない! よくもそんなことが!」

「他にも証拠がある。証言によれば、あの夜、犬は最初は吠えたが、すぐにおとなしくなった。犬がおとなしくなったのは、臭いを嗅ぎつけたからだ。お前に慣れていたから犬は黙り込んだんだ」

「何という策略だ! 何もかもが推測で、それ以上のものじゃない!」

「発砲したのはお前だ! お前は自分のリヴォルヴァーでヴェルディナージュを殺したんだ。共犯のシャルルがお前を逃したんだ」

「シャルルだって？……」番人は狼狽して口ごもった。

「そうだ！　シャルルだ！　シャルル・シャポンだよ！　彼が酒瓶の仕切り棚を動かす時間を与えるために地下室のドアを鍵で閉め、地下道から逃亡させたんだ」

「地下道とは何のことです？」

「知らないふりをするんじゃない！　お前は私が言っていることを充分理解している。何もかもが説明がつくと言っているんだ！　お前の到着が遅れた理由もだ。なぜならば、お前は城館に姿を現す前に、泥で汚れた服を着替えるために小屋に戻らなければならなかったからだ」

「私は服を着替えたりなんかしていません！」

「番小屋に戻る途中で、お前はリヴォルヴァーを噴水盤に放り込んだんだ」

「それから？」

「ベナール、何もかもがお前を指し示している！　これ以上否定しても無駄だ。今では裁判所の心証を悪くして最高刑に処せられるだけだぞ。お前は〈万事休す〉なんだ！　お前の滑稽な自己弁護のやり方で抵抗して何になる？　白状すれば、ギロチンにかけられないぞ」

「私は犯人じゃないって言ってるだろう！」

予審判事は苛立ちをあらわにした。

「もういい」彼はこぼした。「連れて行け」

警視が番人の腕を摑んで、部屋の外に連れ出した。

ムッシュー・ローネは怒りで顔を真っ赤に染めて、葉巻を灰皿でもみ消すと、立ち上がって声を上げた。

「あの愚か者はあくまで証拠を否定しようとする！」

「私はずっとそう思っていましたよ！」検事代理が勝ち誇るように言った。

「要するに、われわれには奴に対する重大な推測しかないということです」プリュヴォが言った。「決定的な証拠が欠けている」

検事代理が天に向かって両手を上げた。

「証拠！　証拠だ！」

「それ以上簡単なことはありませんよ！」と言う声がした。

つま先立ちして部屋に入ってきたトム・モロウだった。彼は次のように付け加えた。

「ベナールが犯行時刻に、偽って番小屋では寝ていなかったことを証明する方法が、実際、一つあります」

「ほう！　そうなのかね？」ムッシュー・ローネが鼻で嗤いながら言った。

「もしもお許しいただけるならば、これからすぐにちょっとした実験をしましょう。予審判事殿、あなたはベナールのリヴォルヴァーをお持ちですね？」

った。

「ここにあります」凶器を書類鞄から取り出しながら、書記が言った。

「それをムッシュー・デュポン・レギュイエールに手渡していただけませんか？　けっこうです！……予審判事殿、不都合でなければ今からベナールを番小屋に連れて行って、われわれが番小屋に入るのをムッシュー・デュポン・レギュイエールが見届けたら、彼に城館の入口のドアを閉めて、書斎のドアの前まで行って、天井に向かって弾丸を発射してもらうのです」

ムッシュー・ローネは私立探偵をじっと見つめた。彼が大真面目で話しているのを見て取ると、司法官はヴェルディナージュの秘書に向かって言った。

「ムッシュー・デュポン・レギュイエール、よろしければあなたはムッシュー・モロウの要望した通りにやっていただけませんか？」

予審判事、検事代理、トム・モロウ、ルブリュマン先生、ショーメル先生、ベナール、そしてプリュヴォ警視は、番小屋の方に向かった。

彼らは十五分後に戻ってくると、ムッシュー・ローネは新しい葉巻を口にくわえながら、苛立ちのこもった口調でアデマールに言った。

「どうして君は私の指示に従わなかったのかね、ムッシュー？」

「とんでもない、予審判事殿」声をかけられた男はびっくりした様子で答えた。「私はあなたがやるようにおっしゃった通りのことを正確にやりました」

「君はリヴォルヴァーの引き金を引いたのかね？」

若い秘書は天井を指さしながら、石膏板に空いた弾丸の痕（あと）を示した。

「われわれには何も聞こえなかった！」司法官はまだ信じられないといった様子で言った。

私立探偵が口を挟んだ。

「われわれには何も聞こえなかったのは、予審判事殿、私の推測するところ、これだけ離れていると――城館の入口のドアは閉まっていましたし――書斎の前の玄関ホールで発砲されたリヴォルヴァーの銃声は聞こえないということです」

トム・モロウが番人の方を向いた。

「そうじゃないかな、ベナール？」

ベナールは真っ青になって、顔を背けた。

「もしも、犯行の行われた夜、あなたがリヴォルヴァーの銃声を聞いたというのであれば、それはあなたが城館の近くにいたからです」私立探偵は番人をひたと見据えながら言った。

「その通りです！」ベナールが低い声で白状した。

ムッシュー・ローネはさいさきの良い尋問を続けなければならないと思った。

「どうしてお前は、殺人の起きた時刻に、自分の番小屋で寝ていたなんて嘘をついたのかね？」と予審判事は尋ねた。

「なぜなら、すでに憲兵にそう言ってしまったからです。その後は取り消すには手遅れになっていました」

「しかし、どうして憲兵に嘘をついたのかね？」

「私が外にいたことを彼らに白状しなければならなかったからです」

「そうなると？」

「そうなると、憲兵が私に何をしていたのか尋ねることになり、私は憲兵に言いたくなかったのです、番人の私が……」

「さあ！　話すんだ！　お前は何をやっていたんだ？」

「私は……私は庭園で罠を仕掛けていました」

予審判事は信じられないといった様子で咳払いをしてから言った。

「お前は犯行のあった時刻に、正確にどこにいたんだ？」

「城館の裏手にいました。犬が吠えるのを聞いて、私は罠を放置して、城館の右側に回り込みました」

「右側か。よし！　続けたまえ！」

「格子扉に明かりが見えました……」

「クロドシュの角灯だな」

「私は足音を聞いて、中央道を明かりが近づいてくるのが見えました。私は石瓶の後ろに隠れました」

「石瓶の後ろか。いよいよ良くなってきたな！」

「私は歩き方から足を引きずっているクロドシュを認め、その横には暗くて顔が誰と判別できない男がいました。さらに、二人が城館のそばまで来ると、私は用心して身を隠しました。再び私が危険を冒して見てみると、二人は正面玄関への石段の上にいましたが、私がいた場所からは見えませんでした。私に見えたのは、クロドシュが最終段に置いた角灯の明かりだけでした」

「なるほど。その時、何か聞こえたか？」

「爆発音がして、私には城館の中から聞こえたように思えました。それから、ドアを開けようとするクロドシュの怒鳴り声が」

「もしも何者かがドアから逃げたら、お前に見えたか？」

「見えたはずです。というのも、ドアが開いて脚の悪い男が中に入って、それからドアが閉まった時も、私はその場に留まって監視していましたから」

「ここまでは」と司法官は言った。「お前の供述は他の証人全員の供述と一致している」

「あまりにも一致しすぎている！」検事代理が不満を述べた。

番人は声を大にして言った。

「私は本当のことを話したんだ！」

「嘘をつくな！」ムッシュー・マリコルヌが乱暴に否定した。「お前は最初の尋問の時からずっと嘘をついてきた。これからも嘘をつき続けるんだろう！」

「ムッシュー……」

「黙れ！」

ムッシュー・ローネ、アデマール・デュポン－レギュイエール、トム・モロウ、ルブリュマン先生、ショーメル先生、プリュヴォ警視、そして書記のエルネストは、どうして検事代理が誠実な供述をしているように見える男の嘘をこれほど責めるのだろうかといぶかしんだ。彼らにはこのような厳しさは理解できず、その厳しさを正当化する理由は何もなかった。

手の内を見せて、ムッシュー・マリコルヌはベナールに向かって威嚇するように人差し指を突き出した。

「お前は嘘をついていると言っているのだ！」彼は怒鳴った。「私がそのことを証明する。ヴェルディナージュが殺されている間、お前は城館の右側の石瓶の後ろにいたふりをしている。さて、そこから二歩のところにわれわれが……その、予審判事殿が発見した地下道の出口があるんだ」

「地下道って、何の話です？」

「驚いたふりをするんじゃない！　地下室と外部を連絡している通路の一種である地下道が存在することを、お前は充分承知していたんだ」

「地下道が？　何という作り話だ！」

「この地下道は酒瓶の仕切り棚の後ろから始まって石瓶の後ろまで達している。まさにお前がいたと供述した場所だ。さて、私は犯人が共犯者シャルル・シャポンにかくまわれていた地下室から地下道を通って逃げたと断言できる。つまり、お前が確かに石瓶の背後に隠れていたのならば、お前はヴェルディナージュ殺害犯が茂みから出てくるのを目撃したはずなのだ」

「私は自分が見たと言った以上のことは見ていませんし、地下道の存在など知りませんでした」

「覚えているだろう、ベナール、犯行の凶器がお前のリヴォルヴァーであったことと、鑑識課が銃床から採取した指紋はお前のものだけだったことを！」

「それとクロドシュの指紋だ！」プリュヴォ警視が付け加えた。

「その通りだ！」検事代理が同意した。「しかし、脚の悪い男の指紋がリヴォルヴァーから見つかったのは、彼が拾ったから当然のことだが、ベナールの指紋があったことは説明が難しい」

「嘘だ！　嘘だ！」番人は否定した。「私は密猟者だが、人殺しではない！」

「思い出すんだ、ベナール」ムッシュー・マリコルヌが言った。「城館で現在暮らしている人間全員の中で、お前一人だけがデルーソーが殺された時にいたことを思い出すんだ。さらに思い出してほしいことがある。お前一人だけが——心配するまでもないムッシュー・デュポン・レギュイエールについては例外だが——お前一人だけが、ヴェルディナージュの他の使用人と同時に犯行現場には来なかった。最後にもう一つ思い出してほしいが、お前ほど執拗なまでに被害者に禁じられた館から出て行くよう忠告した人間は他にいないということだ」

「気ままに密猟ができるように、私はマルシュノワール館に住人が住んでいない方が好都合だったし……それに、実際に私は脅迫状のことが心配になって、ムッシュー・ヴェルディナージュに対して深く同情したんだ」

「その同情は何の役にも立たなかったな。彼はお前を解雇しようとしていたのだから。お前がクロドシュの頭の悪さと悲惨な境遇を利用するやり方が、ムッシュー・ヴェルディナージュの怒りを買ったんだ」

「よくもそんなことを！」

「ベナール」ムッシュー・ローネが口を挟んだ。「ベナール、ムッシュー・ヴェルディナージュに対する謀殺容疑でお前を告発する。……プリュヴォ、彼に手錠をはめろ。……われわれは直ちに番小屋の家宅捜索を行う」

ベナールは入口のところにある番小屋まで引っ張られていった。

彼の目の前で、プリュヴォ警視と二人の刑事が二つの部屋の隅々まで捜索した。

家具類はベナールのベッド、クロドシュの藁布団、一竿(ひとさお)の洋服ダンスに、ぐらぐらするテーブルだけだった。刑事たちが差し押さえるような物は何も発見できずに立ち去ろうとした時、トム・モロウが番小屋に接して建っている薪(まき)小屋を調べてはどうかと提案した。

警察官たちはその提案に同意した。薪の山の下から古いタイプライターを発見してプリュヴォは満足した。

「このタイプライターでお前は例の脅迫状を〈タイプした〉のだろう?」予審判事は被疑者に向かって質問をした。

ベナールは内にこもった声で答えた。

「その機械は私の物じゃない。……そんな機械は使い方も知らない!」

ムッシュー・ローネは冷笑した。

「お前はあのタイプライターがクロドシュの物で、あの機械で彼が女友だちに熱のこもったラヴレターを書いたなんて供述しようって言うのか?」

予審判事はふざけるのをやめて、無愛想に言った。

「ベナール、私の忍耐力にも限界があるんだぞ！　証拠を前にして、せめて自白する勇気を出すんだな！」

番人は次のように答えただけだった。

「私はムッシュー・ヴェルディナージュ殺しについては無実だ！」

予審判事は苛立ちを見せて、刑事たちに合図をして言った。

「連行しろ！」

ベナールは四つの屈強な手に摑まれて姿を消した。

「さて」ムッシュー・ローネは腕をトム・モロウの腕に通しながら言った。「あなたは私がどうやって捜査を完了するのか知りたがっていましたね。充分に満足したはずですよ」

「大喜びです！　満足しました！」私立探偵はそう答えつつ、次のように言った。「しかし、私としては最後にささいな反論をしなければなりません、予審判事殿」

「どうぞ！」司法官は自信を持って言った。

「こういうことです、予審判事殿！……仮にベナールが、あなたが見事に証明してみせたように殺人犯だとすると、厄介なことになります！……非常に厄介なことに……」

「彼にとってでしょう？」ムッシュー・ローネは笑った。

「いいえ！……予審判事殿、あなたにとってです」

「それはどういうわけで、ムッシュー？」司法官は驚いて尋ねた。

「何ということでしょう！　予審判事殿、ベナールが犯罪を実行したら、城館の入口のドアの前に姿を現して、玄関ホールに集まっている使用人たちに開けてもらうために、彼は城館からまた出なければならないのです」

「しかし……もちろんですよ、ムッシュー。それは澄んだ岩清水を見るように明快です！　被害者を射殺した後、番人は城館から出たのですから」

「あなたにとって非常に厄介だというのはまさにそこです、予審判事殿、非常に厄介なのです！……というのも、ベナールは城館から出られるはずがないのです」

「ご冗談を！　われわれは殺人犯が地下室と地下道を通って脱出したことを知っているじゃないですか」

「予審判事殿、私としてはあなたに反論するのは心苦しいことです。しかし、論理的に言って、殺人犯は城館から出られたはずがないのです。それは不可能です！　まったく不可能なのです！」

2

ムッシュー・ローネは一瞬、目を丸くして、口をぽかんと開けて、言葉が出なかった。

二つの互いに矛盾する考えが司法官の頭の中で対立していた。トム・モロウが発狂したのか、はたまた——さらに重大だが！——この〈素人探偵〉が警察機構を代表する彼をからかっているのか。

しかしながら、ヴェルディナージュの殺人犯は地下道を通って脱出することはできなかったと断言した時、私立探偵は精神錯乱者だとも悪ふざけをしているとも見えなかった。

トム・モロウは予審判事から離れていった。今では夢見るような様子で、円形の噴水盤の前に立っていた。

予審判事は彼のところに行って、謎めいた言葉の意味を説明するよう強く求めた。

私立探偵はうなずいたが、その間ずっと愛想良く笑みを浮かべていた。

「謹んで申し上げますが」トム・モロウは言った。「犯人は、それが何者であれ、地下室に開いている狭い通路を通ってはいません。予審判事殿、あなたが事実を調べようとして労を取った時、私と一緒にいてご存じでしょう。心の中で思い出してください。あなたの命令を実行しようとして運転手のタッソーが、私が……いや、われわれが酒瓶の仕切り棚の奥に発見した低いドアを開けた、まさにその瞬間のことを」

「私が覚えているのは一つだけだ」司法官が答えた。「運転手はその隠し扉を押し開けるのに大変な苦労をしていたことだ」

「大変な苦労とは！　あなたはまさに適切な表現をなさいました、予審判事殿！」私立探偵は声を上げた。

「あの扉の蝶番が錆びていたからだ！」ムッシュー・ローネは答えた。

トム・モロウが上機嫌で言った。

「そうでしょう！　そうでしょう！　しかし、予審判事殿、もう一つの理由があるとはお思いになりませんか？」

「というと？」

「例えば、扉を開けるのが難しかったのは向こう側から相当な荷重が加わっていたことによるということです」

「私にはあなたが何をおっしゃりたいのか分からないのだが」司法官は無愛想に言っ

た。

「私の説明が非常に悪かったですね」弁解するように私立探偵は言った。「予審判事殿、私に明確に説明させてください」

「どうぞ説明してくれたまえ。だが、簡潔に頼むよ、まったく！」

ムッシュー・ローネは辛辣にこう付け加えた方がいいと思った。

「あなたの言葉は段々と漠然としたものになっている」

「それについては私には分かりません、予審判事殿」私立探偵は話し相手に向かって顔を上げてまったく他意のない二つの目で見た。

「いやいや、そうだとも！　或る時は、ありそうにないことだが、あなたは殺人犯は地下道を通って逃亡することはできなかったと断言するかと思えば……」

「確かに、それは私の意見です！」

「或る時は、秘密の扉の向こう側で何者かが扉を開けるのを妨げているとほのめかしているように思える」

「予審判事殿、私はまったくそんなことを申し上げた覚えはありません」トム・モロウが丁寧に異を唱えた。「私は何者かが扉を押さえていたと主張などしていません。なぜならば、その場合、私は這うようにしてかなり苦労しながら、したがって非常にゆっくりと進んでいくしかない地下道の中で、その何者かといやおうなく遭遇したことでしょう。私はただ、何かが扉の開くのをじゃましていたと言ったのです」

「何か？……何だね？」

「それこそ、予審判事殿、あなたが確かに見抜いた、通路にたまっていて扉をブロックしていた地下水の重さです」

「確かにその通りだ」ムッシュー・ローネは認めた。「というのも、度重なる努力で扉がとうとう開いた時、エドモン・タッソーは相当な水を浴びた。しかし、私にはそれがどうして説明になるのか……」

「もう少しですよ、予審判事殿！」私立探偵は請け合った。「もう少しです。……その前に、あなたに思い出していただきたいのですが、犯罪の起きた夜は雨が降っていて、その前の一週間ずっと同様に雨が降り続いていました」

「その通りだ！」司法官は答えた。「しかし、私にはあなたが何を言いたいのか……？」

「つまりですねえ、予審判事殿」トム・モロウは平然として話し続けた。「つまり、八日前から途切れることなく降り続いた雨は、少しずつ地下道を大量の水で満たし、それによって隠し扉に水圧がかかったのです。運転手が扉を開けた時に、その溜まった水が一気に流れ込んだのです。地下室は浸水して、その結果は長いこと残ったでしょう。なぜなら、コンクリートの床を泥水は浸水した時ほどは容易には、また素早く流れなかったでしょうから」

「そのことは議論の余地がない……しかし、殺人犯は……？」

「予審判事殿、あなたはすでに分かっておいでなのだと私は確信しています。……それどころか……あなたはずっと前から理解しておられたはずです……」

「うーむ！……要するに……」

「もしもムッシュー・ヴェルディナージュの殺人犯が地下道を通って逃げたとしたら、彼は扉を開けなければならないことは、すっかりお分かりでしょう。その場合、土砂降りの雨が地下室に溢れていたはずです。……みなさんが最初に調べた時、水を通さない床は完全に乾いていました。その事実からあなたはその炯眼をもって、少なくとも犯罪の起きた日の八日前から始まる一定期間、隠し扉は開けられていなかったということを確信されたのです」

「否定できないことだ」

「したがって、予審判事殿、ヴェルディナージュの殺人犯はそれが誰であれ、禁じられた館から脱出するのに地下道を使わなかったと認めざるを得ないのです」

この反論できない論証に圧倒されて、ムッシュー・ローネはすっかり参ってしまった。彼の予審の根拠が一撃で崩壊してしまったのだ。

シャルル・シャポンの共犯があったとしても、もしもベナールが地下道を通って地下室から抜け出すことができなかったなら、大罪を犯した後で、どうやって城館から脱出したのだろうか？

トム・モロウは慎ましくまぶたを伏せて、いまだに地下道のねっとりした泥がへばりついている、胴の部分がラシャ製の高級なエナメル靴を見ながら瞑想に耽っているかのようだった。

取るに足らない外見を一皮剝けば、この〈素人探偵〉は一流の犯罪学者で、その協力を退けてきたのは誤りだったことを、司法官はやっと理解した。

彼はまた、後で個人的に共同の発見物の利益を要求されるのは覚悟の上で、私立探偵を協力者とするのが彼にとって望ましいことであると思った。

このような不粋な解決法は彼の自尊心にとっては辛いものだったが、何と言っても結果だけが重要なのだ！

司法官がトム・モロウに呼びかけた声は異様なまでに優しかった。

「となると、ムッシュー・モロウ？」

「となると、予審判事殿？」司法官と同じ口調で素人探偵は尋ねた。

ムッシュー・ローネは〈素人探偵〉が彼の後で間違った道を通っていることを証明したことから、正しい道を喜んで教える気はまるでないと見抜いた。

内心の怒りをこらえ、自分の虚栄心にとって恐ろしく高くつく労を払いながら、ムッシュー・ローネは葉巻ケースを差し出して、怒りで震える声を打ち消すような甘ったるい声で尋ねた。

「葉巻でもいかがですか、ムッシュー・モロウ？……そうだった！　あなたが喫煙しないことを忘れていました！……」

彼は沈黙の後に、こう付け加えた。

「親愛なる同志たるあなたのお説では、ベナールとシャルル・シャポンは間違って告訴されたということですか？」

「かもしれません」問われた男は愛想良く答えたので、それが司法官の神経を逆撫（さかな）でした。

予審判事は、今後は少しずつ、相手から真実を引き出し、大いに駆け引きを使って、何よりもまず、彼が退けてきた打ち明け話を促す必要があることを理解した。

彼は自説をつぶやいて、発せられた仮説に対する私立探偵の反応をその顔を窺って知ることにした。

「ベナールとシャポンは無実の可能性があるかもしれないと？」

トム・モロウはぴくりとも表情を変えなかった。

「あるいは、二人のうちの一人は無罪かもしれないと？」

トム・モロウはまるで動じなかった。

と?」

「あるいは、訪問者をヴェルディナージュに案内したクロドシュが犯人を逃がした

予審判事は私立探偵の方を向いた。

「とにかく、あなたはわれわれが捜査している事件について何らかの意見をお持ちでしょう!」

トム・モロウは無言だった。

トム・モロウは手で漠然とした身振りをした。

ムッシュー・ローネは〈素人探偵〉の頑固さを打ち破る希望を捨てずに続けた。

「いったい犯人は誰なのだろう?」

彼は小股で城館に戻り、その後からトム・モロウが続いた。

「いったい誰が犯人になり得るのだろう?」私立探偵は一歩ずつ予審判事について玄関ホールを横切りながら小声で繰り返した。

彼はびっくりして、書斎の戸口で立ち止まった。トーピノワ警部がアデマールを石造りの暖炉に追い詰めていた。

やつれた顔をした秘書は、警察官の探るような目を避けるように顔を背けていた。

すると、警部は依然としてヴェルディナージュ殺害犯をデュポン゠レギュイエール青年だと信じているのか!

トーピノワ警部は相手から目を離すことなく仰々しく言った。

「マルシュノワール館の惨劇を再構成するのはわれわれには容易だった。というのも、正確なことに疑問の余地のない証言に基づいたからで、われわれは惨劇のあった夜の間の、城館のほぼ全住人の行動を把握するに至っている」

警察官は一呼吸置いてから、ゆっくりと付け加えた。

「まったくのところ、われわれが正確な行動を把握していない人物は一人しかいない。……その人物とは、あなた、あなただ！」

「トーピノワ警部の話は正しい！」ムッシュー・ローネは歩きながら言った。

アデマール・デュポン・レギュイエールは青ざめてひるんだ。彼の責め苦は始まったばかりだ！

捜査を行っていた一週間後、予審判事は最初に捜査を始めたところに戻ってきて、屈辱の極みであったが、警察官の意見が必ずしも根拠がないわけではないことを認めなければならなかった。

「そうだとも！」司法官は言った。「真実はそこにある！　あなたはあの夜、外で夜を過ごす許可を得たと供述している。……誰も裏付ける者もいないのに、誰があなたの主張の正しさを立証してくれるのだろう？」

「しかし、予審判事殿」青年は口ごもるように言った。「ぼくは村の舞踏会に行ったんです。……ぼくはダンスをしました。……目撃者はいます。……証人が……」

「確かに！」ムッシュー・ローネが茶化すように言った。「しかし、あらゆる点で虚偽とされるあなたの供述とは逆に、あなたは真夜中に舞踏会場を離れていますし……あなたはその時間の行動について正確なことは何も述べていない」

アデマール・デュポン・レギュイエールは明らかに度を失っていた。彼は口ごもるように言った。

「ぼくは……ぼくは……ぼくは思い出せない……ぼくは……酔っていた」

「ばかばかしい！」司法官は冷笑的に言った。「あなたにはアリバイなどないのです。私は間違っていなかった！」

「予審判事殿……」

「それに、あなたの過去の行いがあなたに不利な証言をしている。あなたはつい最近、不渡り小切手を振り出しましたよ」

「告訴されたわけじゃありません。一族が弁済したのです」

「どうでもいいことだ！　事実は事実。あなたは道を踏み外した。あなたは何か月も若い娘のヒモになって暮らしていた。それにうんざりしたお父様があなたに送る生活費を打ち切ったのです。あなたは生活のためにヴェルディナージュに雇われたが、働いて名誉を回復する代わりに、主人からお金を奪うために殺人を犯したんだ」

「違う！　違う！　ぼくは誓って……」

司法官が口にくわえた葉巻が震えた。

「ヴェルディナージュが引っ越す前に誰が城館の改修を指揮したのかね？」

「それはぼくです、予審判事殿、ですが……」

「あなたが地下道の存在を知らなかったはずがない。あなたは自分の犯罪計画の遂行に利用するために自分の発見を秘密にしておいたのだ」

「嘘だ！　ぼくはそんなものは知らなかった。いったいどうしてぼくがそんなものを……？」

「それに、ムッシュー・デュポン－レギュイエール、脅迫状のこともある……ヴェルディナージュが受け取った三通の脅迫状はタイプライターで打たれていた……」

「その通りです、予審判事殿、ですがタイプライターはベナールの薪小屋で見つかったはずです……」

「茶番だ！　演出だ！……私の捜査を誤導するための小細工だ。ここでタイプライターを使えるのはあなただけだし、偶然の一致にしては非常に奇妙なので、詳細に調査する価値がある」

アデマールはほっそりした肩を少しずつ落としていき、弱々しく全身を震えさせた。

「アデマール・デュポン－レギュイエール、十月二十八日の夜から二十九日にかけて、真夜中から午前五時までの間、あなたはいったい何をしていたのです?」

「ぼくは知らない! 知らないんだ!」青年秘書はすすり泣いた。

司法官が宣告した。

「あなたに五分間与えるから、私に満足できる説明をしてくれたまえ。さもなければ……」

予審判事は美青年の頭の上に重々しい脅しの言葉を吊り下げた格好で、目は腕時計から離さずに待っていた。

何秒も、そして何分かが経過した。

同席している人間に耐え難い沈黙がのしかかった。

怯えて凍り付いたような目をしたアデマールは、唇をしっかりと結んだまま、身体をこわばらせていた。

「アデマール・デュポン・レギュイエール、あなたをナポレオン・ヴェルディナージュ殺害の容疑で告訴する」

怯えて、身を震わせていた青年秘書は、跳び上がるように立ち上がった。

「誓って申し上げますが、ぼくは人殺しではありません!」彼はやっとの思いで声を上げた。

ムッシュー・ローネは肩をすくめて答えた。

「言葉だけでは充分ではない。私に証明する必要がある。……そして、それはずっと難しいことなのだ」

3

トム・モロウが書斎に入ってきた。

「これで被疑者が四人になりましたね！」彼が愉快そうに言った。

「何が言いたいのですか？」司法官がぼやくように言った。

「クロドシュ、シャルル・シャポン、ジャック・ベナールを逮捕してから、あなたはその青年を同じ境遇に追いやったのです。ヴェルディナージュの使用人の大半がこんな風に監禁されているようなものです。想像するに、あなたはここで終わることなく、早晩、エドモンとジャンヌのタッソー夫妻、テレーズ・シャポン、そしてギュスターヴ・コリネを逮捕して、完全を期するのではありませんかね」

予審判事は激しく言い返した。

「実際、それが有用だと思ったら、そうすることだろう！」

「あなたは分別をもって行動しているというわけですね！」トム・モロウが鷹揚な口調で続けた。「そうなると、この惨劇の全証人を拘束することになって……」

「その通り！」

「……しかし、十月二十八日の夜から二十九日にかけて、マルシュノワール館に入った人間を捕まえたと確かに言い切れるのですか？……館に入ったが、出ることはできなかった人間を？」

意表を衝かれて、ムッシュー・ローネは黙り込んだ。

トム・モロウはアデマールに近づいた。

「ムッシュー・デュポン‐レギュイエール」と彼は呼びかけた。「私はあなたに告白するようお勧めします」

青年秘書は頭を垂れた。

「ムッシュー・デュポン‐レギュイエール」私立探偵は言った。「あなたが沈黙を続けるのであれば、私はあなたに代わって答えざるを得ません。遅かれ早かれ、あなたは告白せざるを得ないのですが、その告白の特権をあなたから奪うことになるのをお許しください」

アデマールは探偵に悲しげな目を向けた。

トム・モロウはムッシュー・ローネに向かって話を続けた。

「まず最初に、私は新しい被疑者の犯行の夜の行動を明らかにしたいと思います」

「デュポン‐レギュイエールが話すのを拒んでいる以上、それは無理だ！」司法官はこぼした。

私立探偵は笑みを浮かべた。

「被疑者が黙秘しても無駄です」と彼は断言した。「なぜなら、私は彼の行動で知らないことはないからです」

ムッシュー・ローネは仰天して声を詰まらせた。

「あなたは何もかもご存じなのですか！」

「私が知っていることは、カフェ〈メナール・ジューヌ〉を出ると、ムッシュー・デュポン‐レギュイエールは旅籠屋（はたごや）〈銃声（クー・ド・フュジル）〉に向かったということだけです」

アデマールの打ちひしがれた態度から、私立探偵の言葉が正しいことが分かった。

トム・モロウは話を続けた。

「どうして私がそんなことを知っているのかですって？　最も単純なやり方ですよ。私には任務がありました。名前は申しませんが、パリの非常に立派な一族が、私に家出をした若い娘を捜すよう命じられたのです。幸いなことに、私はその娘をモンマルトルでかなり悪名高いダンスホールで見つけ出し、悲嘆にくれた両親のもとに帰しました。この捜査を進めるに当たって――私のような捜索者にとってはたいして興味のないことでしたが――単純な職業的好奇心から、私はたまたまその挙動に驚いた或る人物を尾行したのでした。その人物はエミール・ブランという名前で、通称

〈巻き毛のミロ(ミロ・ル・フリゼ)〉という男でした。その男はたっぷり犯罪記録を持っていて、実にさまざまな職業に従事しています。社交界のダンサー、外国人ガイド、映画俳優、代理人、これらは遠回しの言い方で、翻訳すると、売春婦のヒモ、押し込み強盗、ペテン師、コカインの売人といったところです」

「それはまた愉快な御仁だ！」司法官はうなずいた。

「私の意見も同じようなものです。私はこの憎むべき悪党を尾行しました。何度も繰り返して、いろいろな夜の歓楽施設において、彼が〈ココ(コカイン)〉の袋を有名人の中毒患者にそっと渡しているのを見て驚きました。この尾行によって私は旅籠屋〈銃声〉に導かれたのです。そこで月に二度、〈巻き毛のミロ〉は地元の〈顧客〉に白い粉末を供給していましたが、その中にムッシュー・アデマール・デュポン・レギュイエールがいたのです」

青年秘書は驚愕してトム・モロウを見ながら、どうやってこの私立探偵はこれほどのことを知ることができたのだろうと自問していた。

語り手は話を続けた。

「付け加えておきますと、私は単独で旅籠屋〈銃声〉に出かけたわけではありません。何度も繰り返しますが、コカインの件は単純な好奇心ゆえに追求したもので、素人としての興味しかありませんでした。だから、私は自分の発見を友人の一人で、最近、風俗課に任命され、麻薬の売人を一掃するよう指示を受けた、サヴィニアン刑事に通報しました。そういうわけで私はサヴィニアンに、私が〈巻き毛のミロ〉を尾行したことを打ち明けました。サヴィニアンは私と一緒に旅籠屋〈銃声〉に行き、密売者を現行犯で逮捕することにしました。私が最初に建物に入りました。私が今だと思った時に、決めておいた合図を送りました。サヴィニアンは急襲して、エミール・ブランを逮捕しました。この男はいささか抵抗し、いつも〈激しい攻撃〉を仕掛ける人間に対して身を守りました。彼の抵抗のおかげで〈顧客〉の大半は逃げおおせることができました。〈巻き毛のミロ〉は目下、獄中にいます。旅籠屋〈銃声〉の亭主アルセーム・シャヴィニャックからは今回のガサ入れについて広めないでくれと頼まれています。

サヴィニアンはいくらか親切心を見せて、彼に心配することはないと慰めました。予審判事殿、私よりもあなたの方が〈たれ込み屋〉の集め方を心得ているなどと言い張るつもりはありません」

トム・モロウは徐々に笑みを浮かべて、アデマールに言った。

「ムッシュー・デュポン‐レギュイエール、私の顔を旅籠屋〈銃声〉で見た覚えはありませんか?」

美青年は首を振った。

「それではヒントを差し上げましょう」私立探偵は言った。「あなたが〈巻き毛のミロ〉と一緒に酒を飲んでいたテーブルに一番近い席で、舌をもつれさせてしゃべっていたイギリス人の酔っぱらいのことはたぶん覚えておいででしょう。……シャンパンの酔いをさましていた取るに足らない酔っぱらいなんて用心しないでしょう？……ねえ、違いますか？」

「あれはあなただったのですか？」アデマールはつぶやくように言った。

「私だったのですよ！　私はあのカムフラージュを採用し、あの振る舞いで誰の疑いも呼び覚ましませんでした。成功だったと信じています」

ムッシュー・ローネが苛立ちを抑えきれずに発言した。

「何もかもがとっても愉快な話ですな、ムッシュー・モロウ。しかし、エミール・ブラン、別名〈巻き毛のミロ〉の逮捕は、ヴェルディナージュ殺しとの関係が薄弱であるように私には思えるのですが？」

「私に言わせれば、あるのは単に時間の関係ですよ！」私立探偵は反駁した。「〈巻き毛のミロ〉が逮捕されて長いこと娑婆に出られなくなると、私はホテルの部屋を予約していたコンピエーニュに戻りました。翌朝、目を覚ました私はマルシュノワール館で犯罪が起きたことを知ったのです。私が麻薬密売人を捕まえるためにサヴィニアンを手助けしている間に、謎の人物が城館の主を殺害したのでした。旅籠屋〈銃声〉に行くたびに、私は〈禁じられた館〉に関する話をさまざまなエピソードとともに耳にしました。銀行家アブラム・ゴルデンベールの徒刑場での死、館の庭園で晩に発砲されて射殺されたデルーソー殺し、そして匿名の手紙を受け取って恐れおののいていた、その後の所有者たちの束の間の転変。私は村人の噂話と信じて、そこに何の重要性も見いだしませんでした。しかし、ヴェルディナージュ殺しによって何もかも再検討しなければならなくなったのでした。このように謎に満ちた犯罪が、私のような冴えない私立探偵の首をひねらせたのです」

トム・モロウは長い髪を短い手ですいてから話を続けた。

「私の最初の驚きは、新聞で被害者の個人秘書の顔写真を見て、それが〈巻き毛のミロ〉の顧客と認めたことでした。私は憲兵隊に行って、その青年には鉄壁のアリバイがあるから、彼を責めるのは間違っていると言うつもりでした。というのも、ヴェルディナージュが謎の人物の銃弾を受けて死亡した時間、ムッシュー・デュポン・レギユイエールは〈巻き毛のミロ〉と一緒に旅籠屋〈銃声〉のテーブルに向かっていたのですから。私は苦もなくアデマール・デュポン・レギユイエールの無罪を証明することができますが、予審判事殿、あなたはご自身で彼の有罪を立証しなければなりませんよ。今、ムッシュー・デュポン・レギユイエールの有罪が問題になると、私としては自分の知っていることを証言しなければなりません……私の知っている何もかもを……そして、不本意ながらも、新たな被疑者の容疑を晴らすことになります」

一言も発しないで、美青年は上着のポケットから白い紙袋を取り出すと、それを震える手で予審判事に差し出した。

ムッシュー・ローネがそれを摑んだが、トム・モロウは付け加えて言った。

「ムッシュー・デュポン・レギュイエールの表情がすべてを白状したようなものです。それに加えて、彼は自分の悪習を改めるつもりであることも分かります。そういうわけで、予審判事殿、この件については不問に付すよう私は求めます。友人のサヴィニアンがこの青年に目を光らせるでしょう。さらに、この警戒は青年の教訓となるでしょう」

「いいでしょう、ムッシュー！」真相を突き止めるためには、この〈素人探偵〉のことをこれまで以上に重視しなければならないと思った司法官は不承不承答えたのだった。

感極まったアデマールは私立探偵のふところに飛び込むようにして、すすり泣きながら言った。

「ありがとう！……ありがとうございます、ムッシュー！」

ムッシュー・ローネは彼の感情の発露をさえぎって言った。

「君は自由の身だ、ムッシュー！　行きたまえ！」

再び秘書は口ごもるように言った。

「ありがとうございました！」

秘書はおぼつかない足取りで出て行った。

予審判事が再び部屋の中を往ったり来たりし始めた。頭を振る様子から、彼が激しい苛立ちを感じていることが分かった。

もはや間違えるわけにはいかない。彼は失敗を犯してきた、惨めなまでの失敗を。

彼の仮説はすべて、いずれも間違っていたのだ。

ああ！　一週間前に、手錠をはめたクロドシュとシャルル・シャポンを乗せてコンピエーニュへ向かう車中で抱いていたおめでたい楽観とはなんと隔たってしまったことか！　彼らに対する確証を失うと、すぐに彼はジャック・ベナールを容疑者として告発したのだった！

アデマール・デュポン-レギュイエールを自由の身にしなければならなかったように、クロドシュとシャルル・シャポンを放免しなければならなかったように、ジャック・ベナールもまた自由の身にしなければならないだろう。

もはや耐えられなくなって、檻の中の猛獣よろしく往ったり来たりするのをやめて、彼は〈素人探偵〉の前で立ち止まった。トム・モロウを相手に、もはや策を弄する必要も、鼻を明かそうとするまでもないのだ。予審判事が敗北し、完膚無きまでにたたきのめされたことを彼は知っているはずだ。

怒りに身を震わせながら、ムッシュー・ローネは声を上げた。

「結局のところ、ムッシュー、ヴェルディナージュ殺しの犯人はアデマール・デュポン‐レギュイエールでも、クロドシュでも、シャルル・シャポンでも、ジャック・ベナールでもないとすると、いったい誰なのです？……殺人犯は誰なのです？……そして、犯人はどうやって〈禁じられた館〉から抜け出したのです？」

私立探偵はしばしモノクルのリボンをもてあそんでから答えた。

「予審判事殿、私は自分が犯人を知っていると述べたことはありません。私は簡単な推理をしただけです。何と言ってもあなたのような優れた司法官を前にして、私が自説を開陳するなどできることではありません……」

「しかし……ムッシュー・モロウ……親愛なるご同輩……私としては……というのも私は……呪われた謎を完全に……解明することにまったく成功しなかったわけで……」

「予審判事殿、あなたは確かに成功しましたよ！　あなたの鋭い洞察力がなかったら……」

「いやいや、ムッシュー・モロウ。あなたは私が何も突き止められないだろうことを充分、分かっているはずです。……私は白状します。私は失敗したのです！……何をしたらいいのか分からないのです！……お願いです。……私に助言を与えてください！……あなたの忠告を……」

「身に余る光栄ですが……」

「とんでもない！……あなたは、ムッシュー・モロウ、あなたには分かっていらっしゃる。……私が未だに証拠を読み解くことのできない、この問題の解決をあなたはご存じです。……私をこの状態から助けてください、ムッシュー・モロウ！　救い出してください！」

当惑して赤面した私立探偵はなおも言った。

「予審判事殿、私はあなたの才能に対して心から敬意を抱いていますし、あなたを軽視するのは心苦しいことです……」

手の甲でムッシュー・ローネは汗ばんだ額をぬぐってから、こう言った。

「ムッシュー・モロウ、あなたの厳しいご指摘によって私は今、自信の欠如という代価を支払い……おそらく直ちにあなたの解明を……伺うことができないでいます……お許しいただきたい」

〈素人探偵〉は彼の前で惨めなまでにプライドを失った司法官に対して憐憫の情を抱いた。

彼は優しい声で答えた。

「言わせていただけますならば、予審判事殿、論理的な解決は一つしかありません」

「自殺ですか!」ムッシュー・ローネは声を上げた。

「いいえ、予審判事殿」トム・モロウは穏やかに答えた。「あれが自殺だったとしたら、火薬の爆発によって傷口の周辺に特徴的な痕跡が残ったはずです。この観察は私よりも前に、捜査の初期にトーピノワ警部が行っています。警察官による事実確認検死医によって裏付けられています。あの卓越した医師によれば、は被害者から数メートル離れた場所、おそらく玄関ホールと書斎の間のドアの辺りにいたということでした」

ムッシュー・ローネは葉巻に火をつけることなく、長いことその先端を噛んでから言った。

「つまりこれは殺人事件だと!」

私立探偵はまるで気の毒な司法官の苦しみを長引かせたいと思っているかのように、すぐには答えようとしなかった。

やっとのことで、率直な仕草で言葉を一つ一つ噛んで含めながら、最後の皮肉な点は投げつけるようにしてトム・モロウは言った。

「予審判事殿、あなたが光栄にも私の意見をお求めになった以上、私はあえて閣下にすべてを説明する仮説を提出させていただきましょう」

4

書斎のドアが開いた。

共和国検事代理がルブリュマン先生とショーメル先生、プリュヴォ警視を伴って書斎に入ってきた。

「私の依頼人に対する確たる証拠は何も発見されませんでしたな」クロドシュの弁護人が断言した。「供述書で述べたことから証言も変えていません」

「私の弁護する依頼人についても同様です！」シャポンの弁護人が繰り返すように言った。

「先生方」予審判事が神経質に答えた。「私の捜査は一歩前進しそうです。私が発見したのは……」

彼に向けられた〈素人探偵〉の穏やかな眼差し（まなざ）しを見て、司法官は言い直した。

「われわれはあなたたちの依頼人が、少なくとも地下においては殺人犯の逃走を助けたわけではないことを突き止めました」

「それでは」ショーメル先生とルブリュマン先生が勢い込んで言った。「即座に釈放しなければ……」

「当然ですとも！」ムッシュー・ローネは不機嫌な様子で同意した。というのも、被疑者に対して何らもっともらしい告発理由はないことを認めなければならなかったからだ。「当然です。……マルシュノワール館に夜の訪問者を案内したクロドシュは、惨劇のあった時間には玄関前の石段にいたことが召使いのギュスターヴ・コリネに目撃されていて、彼には犯行は不可能だった。……使用人たちが死体を発見した後で館の入口に姿を現したジャック・ベナールは、犯人が館から脱出できないことが証明された以上、殺人の共犯者にはなり得ない。……アデマール・デュポン‐レギュイエールは別の理由から無実だ。……実際、私はクロドシュ、ベナール、あるいはデュポン‐レギュイエールを、プリュヴォ、ムッシュー・マリコルヌ、トーピノワ警部に勧められても、告訴していない——というより、告訴するのに失敗した。私自身が彼らの有罪を信じることができなかったために」

司法官はここで葉巻に火をつけるために一休みしてから、話を再開した。

「残るのはシャルル・シャポンだ。……ヴェルディナージュの包括受遺者同然だったのに相続権を奪われそうになっていたシャルル・シャポンだけが、主人の死と利害関係があった。……そのうえ、殺人事件のあった夜の間、老執事の振る舞いは控え目に言ってもおかしかった。……彼がこっそりと夫婦の寝室から出て、銃声の聞こえた数秒後に、玄関ホールの、書斎から遠くない地下室のドアの背後にいたことを忘れるわけにはいかない」

「お言葉ですが！」ショーメル先生が反論した。「最も重要な推測も正確な事実に優るものではありません。われわれが捜査している事件は、最も単純であると同時に最も複雑でもあります。この事件は『一人の男が入った』という謎めいた言葉で要約できます」

若い弁護士が口頭弁論をしているかのような大仰な身振りをしながら言った。

「一人の男が入った、館の中に、クロドシュに案内されて。……その男が庭園を横切るのを一人の証人が目撃している。……この男は館に入ったが、出ることはできなかった。……男はヴェルディナージュを殺害する目的でやって来たのだ。……男が匿名の脅迫状の差出人であることは議論の余地はない。……すべての匿名の手紙の書き手……それぞれの手紙の中で同じ綴りの間違いを犯していることは、書き手が一人だけだということを示している。……男は死を招く会合の約束に正確に時間を守ってやって来て、脅迫を実行に移した。……容疑をかけられるのは、そして容疑をかけなければならないのは、この男だけなのだ。……その男は誰なのか？」

プリュヴォ警視が反論した。

「私はクロドシュが犯人であるとは言っていません。ただ、あの脚の悪い男が十月二十八日から二十九日の夜にかけて、ここに案内してきた人物の顔立ちに気づかなかったというのは奇妙だと思ったのです。クロドシュは共犯だという私の意見は変わりません」

ルブリュマン先生が介入した。

「それはあなたの権利です」と彼は言った。「しかし、あの夜はこの地方に激しい嵐が襲来したことを覚えています。四階の部屋の窓から肘を突いていた私の依頼人ギュスターヴ・コリネも、石瓶の後ろに隠れていたジャック・ベナールも、訪問者の顔を見ることができなかったことも覚えています」

その時まで離れた場所にいた検事代理が発言した。

「ジャック・ベナールの証言は信用しがたいと思います」検事代理は言った。「館の住人全員の中で、番人一人だけが論理的に考えると疑わしい人物です。この粗野な男は、実のところ、人殺しの性向を抑えるような、デュポン・レギュイエールの教養も、クロドシュの純朴さも、シャポンの忠実さも持ち合わせておりません。ベナールはマルシュノワール館を私物と見なし、所有者たちのことを自分の権利を侵害する者と考えています。多かれ少なかれ、今回の惨劇に関与したこれらの人物のうちで、彼一人だけがヴェルディナージュ以前の所有者が事故と思われる死に方をした時に、マルシユノワール館にいたのです。犯罪の凶器は彼の所有物です。凶器には番人の指紋がはっきりと付着しています」

「クロドシュの指紋もです！」警視が口を挟んだ。彼は脚の悪い男の無実を認める気にはなれなかった。

「クロドシュの指紋は拳銃を噴水盤から拾い上げた時に付着したものだろう」ムッシュー・マリコルヌは話を続けた。「何と言っても、タイプライターは番人小屋に隣接する薪小屋から見つかっている。ちなみに、三通の匿名の手紙はタイプで打たれていた」

プリュヴォが皮肉を言った。

「そのタイプライターが手紙をタイプするのに使用されたことと、タイプライターを使ったのが何者なのか明らかにする必要がありますよ」

「予審判事殿の許可が得られれば、それは私がやりましょう！」トム・モロウが答えた。

「やりたまえ！」ムッシュー・ローネは許可した。「それでも私はベナールがタイプライターの使い方を知っていたとは思えない。知っていたとしても、知らないふりをする方がいつだって簡単だ」

「だから、私は彼にそういう質問をするつもりはありません」私立探偵は答えた。

「私としては、問題のタイプライターをただここに運んでほしいのです」

「けっこうだとも！」

司法官の合図を受けて、プリュヴォが部屋から出て行き、まもなく薪小屋で発見されたタイプライターを腕に抱えて戻ってきた。

トム・モロウが予審判事に頼み事をした。

「今、この場で、ヴェルディナージュ宛の匿名の三通の手紙を私にタイプさせていただけますか？」

「手紙は私の書類鞄に入っている。書記のエルネストが君に渡してくれるだろう」

探偵はオニオン・スキン紙の三葉の薄紙を受け取ると、しげしげと見てから、アデマールに声をかけた。

「居合わせている人間の中で、ムッシュー・デュポン・レギュイエール、あなただけがタイプライターに関する知識を否定できない人間です。というのも、タイプライターを使いこなせることが個人秘書としてのあなたの能力の一部でしょうから」

「その通りです」呼びかけられた男は、こう答えることで自分に新たな疑惑が降りかかるのを恐れて、顔色を青ざめさせながら認めた。

「それでは、われわれが見ている前で、このタイプライターを使って、この三通の手紙をできるだけ正確に複写していただけますか？」

タイプライターは青年の素早い指さばきで音を立てながら印字した。

青年はトム・モロウに三通の手紙の本文を複写した一枚の紙を手渡した。

「けっこうです！」私立探偵は礼を述べた。「けっこうです！　あなたは同じ改行幅と同じ行の長さを尊重してくれました。私の比較実験は簡単なものです。あなたの複写はお手本と正確に類似していると私は即座に言えます……正確に類似していると」

プリュヴォが冷笑的に言った。

「そのどこが驚くべきことなんですかな？　同じ型番のどのタイプライターも、同じようにタイプできるものです」

「正確に同じではありません！」トム・モロウが笑みを浮かべながら答えた。「それぞれのタイプライターは固有の欠陥が、時には気づかないほど微細な欠陥があって、それが個々のタイプライターを独自なものにしているのです。例えば、このタイプライターは大文字を打つとわずかに高さがずれます。また、tの横棒が消えていて、eはつぶれています。このような特徴がヴェルディナージュの受け取った手紙と、ムッシュー・デュポン・レギュイエールによる複写に認められるのです。それゆえ、私はこのことから匿名の手紙がこのタイプライターで打たれたものと結論します」

トム・モロウはしばらくの間、口髭をなでていた。

「さて、予審判事殿」と彼は言った。「ベナールを呼びましょうか？」

番人が二人の屈強な刑事に挟まれて部屋に入ってきた。

「いったい、どうしたんです？」番人が不平を言った。「終わりじゃなかったのですか？　私は無実だと言ったはずです！　これ以上、私に何を望むんですか？」

素人探偵が人差し指でタイプライターを指し示して言った。

「この機械はご存じですね？」

「いや……その……」

「記憶をなくしたのですか、ベナール。ついさっき、あなたの小屋に隣接した薪小屋で、あなたの目の前で見つかった物ですよ」

「もちろんそうだ！……だが、私は誰があそこに隠したのか知りません。私に対して悪意ある者の仕業です」

「この機械が何のための物なのかご存じですか？」

「そりゃ、知っているさ！……何度もムッシュー・ヴェルディナージュの書斎で、ムッシュー・デュポン-レギュイエールがそういう機械を扱っているのを見たからな。……昔、私は見たことだってある、あれは……」

ベナールがしゃべりすぎたと思ったのか、いきなり黙り込んだ。

「何をご覧になったのですか、昔？」探偵が執拗に訊いた。

「ええと、私が見たのは……私が見たのは……」

「あなたはマルシュノワール館の別の所有者が同じような機械を使っているのをご覧になったのでは?」

「それだ!」

「そのこと自体には何も悪いことはありませんよ、ベナール。私は確信していますが、銀行家のアブラム・ゴルデンベールもタイプライターを持っていたと思います」

「銀行家のアブラム・ゴルデンベールだって?」

罠を嗅ぎつけて、番人は怯えたような目をした。

「マルシュノワール館を建築させた実業家がタイプライターを持っていたことのどこが驚くべきことなのですか?……」トム・モロウはさらに続けて言った。「それどころか何台も持っていたはずです。……銀行家の遺産相続の時に、そのうち一台が紛失するなんてことは容易に起こり得ることです。……まさしく、薪小屋で発見されたのはその型番のタイプライターなのです、ベナール、およそ五年前にさかのぼります。……五年前と言ったら、まさにアブラム・ゴルデンベールが詐欺の廉(かど)で逮捕されて徒刑場に送られた時ではありませんか?」

「私は……私は知らない!」

探偵は長いこと沈黙を守っていたが、やがて唐突にベナールに尋ねた。

「君はタイプライターを使えるね?」

「いや、とんでもない！」

「しかし、君は学校に行ったんだろう？」

「そうとも！　だが、学校ではそれは習わなかった！」

「では、何を習ったのかね？」

「私が習ったのは……読むこと……そして書くことだ……それもペンで書くことだ！……みんなと同じように！……タイプライターは使えない！」

「その机の前に腰かけなさい。紙を一枚とペンを取って……私がこれから口述することを書き取りなさい」

「しかし……」

番人は不安そうな身振りをしたが、すぐにそれを抑え込んだ。彼はトム・モロウの命令に従った。

部屋の中をちょこちょこと往ったり来たりしながら、探偵は口述した。

「私……ベナール……ジャック……コンマ……私は旦那様……コンマ……ムッシュー・ヴェルディナージュの殺人には無実です……ピリオド。改行して……なぜならば、私は庭園にいたからです……コンマ……犯行の起きた時刻には……ついてきてますか？」探偵は口を挟んだ。

「はい、ムッシュー！」

「では、続けましょう！……犯行の起きた時刻には……コンマ……司法には……あらゆる疑惑は禁じられています」

「……司法には」番人は繰り返して言った。

「署名をして、その紙を渡してください！」

ペン先でカリカリと音を立てて下手な署名を書くと、ベナールは文書を相手に手渡した。

「何と残念なことだろう！」受け取った男が文書に目をやって言った。「あなたに文字を書くことを教えた先生が綴りを尊重するよう教えなかったとは！」

「そんなことは関係ないですよ！」番人はぼやいた。「綴りを正しく書くことがムッシュー・ヴェルディナージュ殺しの犯人と何の関係があるんですか？」

「君が思っている以上に関係ありますよ、ベナール！……自分の目でご覧なさい！……君は〈禁じられた〉と書くべきところを、〈禁んじられた〉と書いていますよ……脅迫状と同じようにね！」

ベナールは自分がしくじったことを理解した。意地になって、彼はそれでも、証拠を執拗に否定した。

「私は無実だ！……私は無実だ！」

予審判事は番人を連行するように刑事に命じた。

ベナールは刑事に荒々しく抵抗した。番人がじたばたしながらわめいても、刑事は番人をしっかり摑んで引きずっていった。

「私は人殺しじゃない！　人殺しじゃないんだ！」

ムッシュー・ローネは嚙んでいた葉巻を何度かすぱすぱと吹かしてから、アンドレ・プリュヴォの方を向いた。

「犯人が明らかになった」と彼は警視に言った。「ベナールが抗弁しても無駄だ。われわれは今後、確信を持って彼がヴェルディナージュ殺しの犯人と断言することができる」

トム・モロウが丁寧な口調で口を挟んだ。

「ええっ！　あ、い、い、あなたは間違いを犯していますよ、予審判事殿」

5

自分の発言が引き起こした動揺に満足した様子で、トム・モロウは話を続けた。

「人それぞれで意見は違うでしょうが、予審判事殿！　もしもベナールがヴェルディナージュを殺害したとするならば、発砲してから番人がどうやって禁じられた館から出ることができたのか、私には説明することができません」

「しかし……」

「なぜなら、何と言っても犯行が使用人たちによって発見された時、番人は城館の外にいたのですからね。さて、ベナールは鎧戸の閉じている窓から脱出することも、前にはクロドシュがいて、さらに四階の窓からはギュスターヴ・コリネが見張っていた正面ドアから出ることもかなわず、犯行の夜は開いていなかった地下室のドアからも抜け出すことはできませんでした」

「そうは言っても」ムッシュー・マリコルヌが居丈高になって抗弁した。「そうは言っても、三通の匿名の脅迫状をタイプしたのはベナールなんだ！」

「私がそれを否定しましたか、検事代理殿？」

「君は言ったじゃないか……」

「……ベナールは殺人犯ではないとは申し上げましたが、それと同じことではありません！……」

トム・モロウは遠慮なく、ムッシュー・ローネの前に腰を下ろした。

「この幕間の前に」と、トム・モロウは予審判事その人だけに語りかけるように言った。「この幕間の前に、私はすべてを説明するたった一つの仮説をあなたに提出しようとしていたところでした」

「その通りだ」司法官は認めた。「白状すると、私はマルシュノワール館の惨劇と、城館に入ってから跡形もなく姿を消した夜の訪問客について、君がどのように考えているのか知りたくてうずうずしている」

「何よりもまず」私立探偵が言った。「何よりもまず、薪小屋で発見されたタイプライターはベナールの物で、あの狡猾な男が歴代の城館の所有者を恐怖に陥れた匿名の手紙の差出人であることを確信しています。この手口はそんなに悪いものではありませんでした。というのも、何人もの所有者が恐怖に駆られて城館から逃げ出したので、ベナールはマルシュノワール館の実質的な主人となり、何か月もの間、庭園で好き勝手に密猟を続けることができたからです。

それ以前の所有者に比べて勇気があり頑固だったヴェルディナージュは、禁じられた館から逃げ出すことを拒否しました。ベナールは現実の危険が城館の主に迫っているふりを装い、彼に城館から出て行くよう迫ります。

ちなみに、二番目の所有者である故デルーソーは、ベナールの密猟者仲間が誤って射殺してしまったものと私は考えています。

ベナールがこの殺しに関与していないことは確実です。彼はデルーソーの後に館を所有する人物を怖がらせるために、このことを巧妙に利用したのです。番人は目的を達成しました。というのも、城館に住む人間はずっといなかったからです――というのも、取るに足らないクロドシュのことは勘定に入れることはできないからです――彼は危険を冒すことなく、好き勝手に罠を置くことができました。この喜びは、旅籠屋〈銃声〉に野ウサギと雉を結構な値段で売って利益を得たことから、いよいよ大きくなりました。詳しい話は店主アルセーム・シャヴィニャックが内密に教えてくれたので把握することができました。〈巻き毛のミロ（ミロ・ル・フリゼ）〉の大捕物の後は、予審判事殿、あなたもお認めになるでしょうが、経営者は私に大きな借りを作ったのです！

そういうわけで、ベナールは調べられた場合に筆跡からばれないようにタイプライターで脅迫状を作成しました。まさかたった一つの綴りのミスによってばれるとは予想もしていませんでした。

ベナールはこの敷地にずっと長く住んでいるので、地下道の存在を知らないはずはありません。地下室への階段のステップに第二の脅迫状を置くために、彼はこの地下道を使ったのです。その時は地下道は通行可能でした。まだ雨期が始まっていなかったのです。

彼はまったく単純なことに、ラリドワール先生に案内されてムッシュー・ヴェルディナージュが城館の二階を見ている間に、第一の手紙を書斎の暖炉の上に置いたのです。

さらに単純なことに、恐怖に駆られた城館の主が遂に立ち去ることを期待して、彼は第三の手紙を郵便で送りました。

犯行のあった晩、ベナールは密猟をしていました。彼は平然と密猟をしていました。というのも、われわれの知っている手紙を受け取った後では、まさか今夜、城館の主が無謀にも庭園を散歩するとは考えなかったからです。

番人は犬たちが吠えるのを耳にして、何が起きたのか知ろうとして城館に近づきます。

ヴェルディナージュがクロドシュに託した任務を知らなかった彼は、脚の悪い男が手に角灯を持って、城館に見知らぬ人物を案内しているのを見て、いささか驚きます。

番人の二番目の証言が語ってくれるこのエピソードについてはこの程度でいいでし

ょう。ただ、ベナールがその時、彼の熟知している地下道の出口からほんの二歩のところにいたことは注意しましょう。仮に謎の殺人犯が地下道を通って出たとすれば、彼は確実に犯人が逃走するのを目撃したはずです。さらに、秘密の扉があの夜は開いていなかったことをわれわれは証明しています。

かてて加えて、犯人は城館のドアから出ることはできなかったし、中央道はかなり長い間、クロドシュが石段に置いた角灯に照らされていました。

このことは同時に、事を極限まで押し進めて、クロドシュが主人の殺人犯の逃亡を助けたという、この気の毒な障害者の共犯説を遠ざけるものでもあります。

寝室の窓から見張っていたギュスターヴ・コリネが、この点に関してわれわれに正確な証言をしています。この召使いは城館のドアから誰も出るのを見ていないと述べています。

われわれは今からすでに、次のようなことを確定することができます。

誰も禁じられた館からは出られなかった。

結論――犯人は城館の内部に留まっていた。

犯人はどこに隠れたのか？

地階にも上階にも、そして地下室にも隠れることはできなかった」

「ということは？」

「ということは、犯人は隠れなかったということです。犯人は全員が見ることのできる玄関ホールにいたのです。私はヴェルディナージュの使用人全員がぐるだったなどとほのめかすつもりはありません。違います。犯人に共犯者はいませんでした。

これからそのことを易々（やすやす）と証明してみせましょう。

ずっと前のこと、すなわち、犯罪そのものにさかのぼりましょう。ベナールが地下室の階段に置いた、二番目の手紙をシャルル・シャポンが見つけた時に、城館の住人たちが感じた恐怖を思い出してください。

仕事柄、地下道への入口を発見し、その結果としてベナールの小細工を発見した或る人物が、漠然とした不安を利用して、実行しようとしていた殺人を架空の人物に転嫁しようというアイディアを思いついたとしたと仮定しましょう。

この人物は最後の手紙が届いたこと、その手紙には死の宣告が書かれていることを熟知していました。要するに、その人物はベナールがいつも一か月の間隔を空けて手紙を出していることを知っていました。

もはやその人物がやることは、ヴェルディナージュを殺害することだけで、その犯罪は、繰り返しますが、今夜、真夜中頃、私はマルシュノワール館に行き、お前を殺すだろう。

と宣告した、謎の差出人の仕業になるのです。

さて、城館の主を殺害することで得をするのは誰でしょうか。このような行為によって利益がもたらされる人物は誰でしょうか」

予審判事が声を上げた。

「執事のシャルル・シャポンだ」

「シャルル・シャポン、確かに」トム・モロウはうなずいた。「執事は、妻とともに遺産の大半を受け取る特権的受遺者ではなかったでしょうか?

自分の不摂生が原因で相続権を奪われそうになったシャルル・シャポンは、ヴェルディナージュの莫大な遺産を確実に手に入れる目的でヴェルディナージュ殺害を決意したのです。

好都合にも、状況から大罪を犯す日は十月二十八日に選ぶことになりました。

テレーズ・シャポンは、ムッシュー・デュポン・レギュイエールが自動車に乗って遠出から戻ってきた時、彼の不安に気づきました。彼女は予想された日に第三の脅迫状が届いたのだと結論しました。つまり、二番目の手紙が届いてから正確に一か月後です。この女は城館の主に心から親愛の情を抱いていました。城館の主が死んだ時に彼女の悲しみは悲痛なものでした。あれは演技ではないことが分かります。

〈ボンヌ・メメ〉が脅迫状を探して、机の引き出しから見つけ出さなかったことを、どうして仮定することができるでしょうか？　彼女が自分一人でこのような秘密を守っていたというのもまったくあり得ないことです。当然ながら、彼女は夫に打ち明けたのです。

したがって、シャルル・シャポンは三番目の脅迫状が届いたことを知っていました。彼は手紙の内容を知っていました。彼が行動に出る時が来たのです。

犯行の夜、テレーズが目を覚ますと、彼女は部屋の中で一人きりでした。

テレーズが眠りにつき、ヴェルディナージュが書斎に下りていくや、執事は音を立てずに部屋から出ていったのです。回り道をして、服の襟を立てて顔を隠し、かぶり物を目の上まで下ろして、シャルルは城館の格子扉のところに現れました。

彼の犯罪は事前に計画されたものです。あの気の毒な男はしばらく前から熟考していたに違いありません。職務のおかげで、彼は主人を絶えず監視し、見張ることができたのです。

おそらく、ヴェルディナージュがクロドシュに与えた指令を知ったのも、そのためでしょう。城館の主が待っていた人物の役割を演じるという悪魔的な考えを持っていました。彼は誰よりもよく、その人物が来ないことを知っていました。なぜならば、彼は存在しないからで、番人の想像力豊かな頭によって何から何まで作り上げられたものであることを知っていたからです。シャルルはクロドシュに付き添われて庭園を横切ります。彼は声から正体がばれることを恐れて案内人のクロドシュに話しかけるのを避けました。

後のことはお分かりでしょう。

ヴェルディナージュは到着した客に、ずっと前から頭の中でひねくり回していた言葉で迎えます。『いいか！　お断りだ。……私はここから出て行かないぞ！』シャルル・シャポンは返答する代わりに主にリヴォルヴァーの銃身を向けます。城館の主は書斎に後じさります……。

シャルル・シャポンはヴェルディナージュに引き金を引き、ヴェルディナージュは致命的な負傷をして、うめき声をもらしながら倒れます。

石段で銃声を耳にしたクロドシュの悲鳴に驚いた殺人犯は、無意識に地下室に逃げ込みました。そこで、玄関ホールに到着した妻に見つかってしまいます。

こういうわけで、テレーズが夫を地下室の入口で見つけたのは、それは彼が断言したように階段を上っていたからではなくて、階段を下りる時間がなかったからなので、す。最初の一段を下りるまもなく、彼は駆けつけたマダム・シャポンの方を振り向いたのです。

以上が、予審判事殿、禁じられた家における犯罪を説明する仮説です」

＊＊＊

「すべてが非の打ち所のない論理に貫かれている」沈黙の後、ムッシュー・ローネが意見を表明した。「あなたの主張する仮説を聞けたのは喜ばしいことだ。しかも、それは私の仮説でもある」

トム・モロウはこの図々しい主張に笑みを浮かべたが、司法官に異議は唱えなかった。

検事代理は漠然と賛成して口ごもるように言った。彼はアラスで開かれる今度の重罪院でセンセーションを巻き起こす論告を頭の中で作っていたのだ。

ショーメル先生が、自分の無謀さを許してくれるよう聴衆に懇願するような目をぐるぐる回しながら、ほとんど聞き取れない声でつぶやいた。

「私としては、ムッシュー」とモロウに呼びかけた。「敢えて反論させていただきたい。単純な反論です」

「お聞きしましょう」私立探偵は答えた。

「犯行の凶器ですが……」

「その質問が出るのを待っていました。先生、その問題については私はこう考えます。

シャルル・シャポンは酒瓶の入った棚の後ろに地下道への入口が隠してあるのを発見し、それからベナールが脅迫状の差出人であることを見抜くと、ベナールの持ち物であったリヴォルヴァーを盗んだのです。こうして彼は、彼が手紙をタイプしたことを司法警察が立証した場合に、嫌疑が番人に向かうようにしたのです」

「しかし、指紋は？　銃床に付いた指紋は？」

「単にシャポンは手に手袋をはめて引き金を引いただけです。あるいは、銃床をハンカチでくるんで発砲したのかもしれません」

弁護人は納得していないようだった。

「失礼ですが、ムッシュー」となおも言う。「リヴォルヴァーに付着していた指紋は？……」

「……ベナールの指紋とクロドシュの指紋です」トム・モロウが話を結んだ。「凶器の所有者の指紋と、犯行後に噴水盤の中にあるのを発見して拾い上げた人間の指紋です。その噴水盤に執事が故意に凶器を投げ込んだのです」

「その通りだ！」見事な証明をやってのけたのがトム・モロウではなくて、まるで自分自身であるかのような態度で予審判事が尊大に言った。

「お分かりでしょうが」と私立探偵は付け加えた。「あの見下げ果てた男は、細心の注意を払って何もかも計算し尽くしていたのです。地下室の調査を行う時に、集合した他の使用人たちの面前でためらいを示すに至るまで。それは事態が悪い方向に転じた場合、ベナールには気づいたが、リヴァルヴァーで脅迫されて、地下道から逃がしたと告白することができるからでした」

ムッシュー・ローネは葉巻に火をつけて、満足そうに言った。

「彼が忘れたのは一つだけだ。それは秘密の扉は犯行の夜の間は開いてなかったということだ」

「以上が真相ではないでしょうか？　犯人によって見事に考え抜かれた犯罪です！」

トム・モロウが結論した。「いわゆる禁じられた館の謎に、もはや説明できないことはないことはお認めになるでしょう」

「賛成だ」えがらっぽい煙の雲の中から予審判事が応じた。「私は直ちにベナールを仮釈放する。彼が起訴されるのは脅迫状を書いたことだけで、匿名の手紙を書いたことの不適切さを刑務所で何か月か反省することだろう。シャルル・シャポンについては、たとえ彼が証拠を否定しようとも、それでもなお重罪院に召喚され、陪審員たちの前で自分の恐るべき大罪について答えなければならない」

ムッシュー・ローネは満足そうに揉み手をした。

「このことは」偉そうな口調で彼は言った。「司法が最も難解な謎を説明する手段を所持し、社会の敵の巧妙きわまる策略をくじくことができることを示すものである！」

「とりわけ」トム・モロウが真剣そのものの口調で言った。「とりわけ、予審判事、捜査があなたのような司法官、二義的な証拠に振り回されず、秩序だった方法によって捜査を進め、熟考し推理することのできる、卓越した炯眼の司法官によって行われる場合には」

「これはこれは！……」ムッシュー・ローネは胸を張りながらつぶやいた。「これはこれは！……あなたの言ったことにも一理ありますな、ムッシュー」

6

〈ラジオ・パリ〉の番組に《合唱団とオーケストラ付き喜歌劇名作選》の放送が予告され、マドモワゼル・アデライード・バリュタンは演奏曲目にある抒情的なバリトンの合唱が大好きだったが、その晩、ラジオからは音は流れなかった。

バリュタン姉弟は非常に動揺すると同時に心配になって、フランスのラジオ放送に興味を示すどころではなかったのだ。

アラス市の重罪院で審理されることになっていた訴訟の前日のことである。まだオレンジの皮が残っているテーブルに、その晩の新聞各紙が散らばっていた。

弟と姉は激しい口調で口論していた。

「あんたの望みをすっかり言ってごらん！」老嬢が甲高い声で言った。「あたしらはあの探偵にいいようにやられたんだよ！」

「まあ、待てよ！」弟が反駁した。「あの男がいなかったら、捜査はまだ進展していなかったよ！　地下道への入口を発見し、犯人が逃亡手段として利用しなかったことを証明したのは、あの男じゃないか？」

「いやはや、まったく大した発見だよ！」

「どういうことだい、大した発見というのは？……犯行の夜、地下の入口が開いていなかったことをトム・モロウが証明したうえに、捜査によって殺人犯が玄関のドアからは逃亡しなかったことも確認された以上、彼は警察の仮説、すなわち犯人はヴェルディナージュを殺害する前に、単に城館の中に潜んでいたことを認めざるを得なくなったんだ」

「それで、だからどうだっていうの？」

「それでだ！　このことは殺人犯が執事であることを明快に証明しているんだ。彼こそヴェルディナージュの筆頭遺産相続人だ。有罪を宣告されたら、彼は遺産を相続することができない。新興成金の遺産の大部分は――危ういところで目の前を素通りするところだったが――再びわれわれのポケットに入るんだ！　以上だよ」

「それが正義ってもんだね！　でも、あんたは忘れているようだけど、その大金のうち十パーセントをトム・モロウに支払わなければならないんだよ！」

「何度も言うが、彼がいなければ……」

「彼がいなければ！　彼がいなければ！　もしかすると使用人全員をまとめて告訴して、シャポンの取り分ばかりか、その他全員の取り分まで手に入ったかもしれないんだ」

「もちろん！　しかし、あのいまいましい探偵は裁判の過程で話すと言ってわれわれを脅したんだ。あの男は強いよ、専門にかけてはとても強い！……それに、あの男が証明することといったら、神のみぞ知るだ！」

「あの男が執事を告訴することが分かっていたら、あたしたちは無駄に金を取られることもなかったのに！」

「済んでしまったことだよ！……それに、確たる証拠もなしに、容疑者全員が無罪放免されて終わらないなんて、誰が言ったんだ？……トム・モロウが介入する以前から、矛盾する数々の仮説ばかりがあって、弁護士たちは陪審員の良心を混乱させるために、意見の不一致を利用していたことは、分かっていたことだ」

この最後の話はアデライードに強い印象を与えて、彼女は一瞬、不満を吐き出すのを中断した。その中断は短かった。彼女はたちまち攻撃的で不機嫌な態度を取り戻した。

「あんたのごひいきの探偵がそんなに強かったとしても、彼は二義的な発見しかしていないよ。予審判事は、捜査のしょっぱなから、シャルル・シャポンを犯人と見なしていた。……トム・モロウが証明した重要な事実は一つだけ。殺人犯は単独で行動し、共犯は必要なかったってことだけだよ」

「その通りだ」

「でも、ばかだねえ！　それこそまさにどんな代償を払っても、あたしらが避けなければならないことだったのに！……シャルルは告訴されるけど、奥さんのテレーズのものになる遺産の一部はそれじゃあ取り返せない。だって、共犯については無実と認められるんだからね！　他の使用人もヴェルディナージュの遺言で認められている分は受け取るよ。あたしらに権利があるのはシャルルの分から、私立探偵の取り分十パーセントを差し引いた分だけだよ」

「びた一文受け取れないよりもいいじゃないか！」

「あんたときたら、まったく！……あんたはぼんくらにすぎないね！……まったくのぼんくらだよ！……あんたは与えられた分で満足して、つまらない人生から抜け出そうなんて考えないんだ！」

「だって、アデライード、姉さんに相談しないことには、何一つやらせてもらえないじゃないか！……警察が間違ったルートを通っていることをトム・モロウが示し、われわれに協力を申し出た時は、姉さんも私と同じく受け入れたんだ。彼に要求された歩合をやることに、二人で賛成した。そうだろう？」

「そうだろうだって？……あんたは予想すべきだったんだ、会計係をやっているあんたはね。あたしらがひどい取引をやっていたことを。あたしは今でも予審判事が賢明に捜査を指揮していたと信じているよ。つまり、よりあたしらの利益に適うような意味でね！」

「姉さんはもっと早くその素晴らしい理由とやらをぼくに教えてくれるべきだったね！」

「あんたがトム・モロウの大風呂敷のおしゃべりを聞いて気が動顛していなければ教えてやっていたけどね。……でも、あたしは裁判の結果を待っていて、シャルル・シャポンが告訴されそうになったら、あのペテン師の私立探偵に百サンチームたりとも払わずに済む方法を見つけるよ！」

「姉さんがどうやってその方法を見つけるのか興味津々だよ！」

「あの探偵がそれほど優れているのなら、あたしの名前がアデライードだというのが本当であるのと同様に、あたしだってなんとかしようじゃないか」

「えっ？……姉さんは印紙が貼られ、正式に花押があり、登録された公式用紙に、どんな言い回しで契約が書かれたか忘れているの！」

オクターヴ・バリュタンは立ち上がって、印紙の貼った契約書を探しに行き、慎重に広げて読み上げた。

コンピエーニュ（オワーズ郡）、プラ‐デタン在住のムッシュー・バリュタン（オクターヴ・ジギスモン）会計士、マドモワゼル・バリュタン（アデライード・マリー・オーギュスティーヌ）無職、の二名を甲とし、

パリ（第十八区）、リュー・ド・ロシュシュアール一一二番地の二、在住の私立探偵社（略称ＡＰＰ）社長、ムッシュー・トム・モロウを乙とする。

両者は次のように合意した。

ムッシュー・オクターヴ・バリュタンとマドモワゼル・アデライード・バリュタンは、公的及び私的な資格として、コンピエーニュ（オワーズ郡）、マルシュノワール館在住の、二人の従弟、故ナポレオン・セザール・オーギュスト・ヴェルディナージュ殺害事件に関する捜査を委任するものとする。

もしもムッシュー・トム・モロウの捜査が遺言者（デ・キュジュス）の使用人の一人あるいは複数の有罪を証明することができ、それによって全額が法的に遺産相続人バリュタン姉弟に帰属するならば、本状により関与する金額の十パーセントを前記遺産相続人バリュタン姉弟が即座に支払い、ムッシュー・トム・モロウは謝礼金として受け取るものとする。

もしも犯人が前記、故ナポレオン・ヴェルディナージュの遺言状に記載された使用人ではない場合、あるいは司法が純粋かつ単純に事件を証拠不充分な事件に分類した場合、ムッシュー・トム・モロウは謝礼金を要求することはできない。捜査に関わる必要経費の一切はモロウ氏の負担とするものとする。

副本二通を作成し、コンピエーニュの公証人メートル・ラリドワール立ち会いのもとで、

目を通し承認する：

（署名）トム・モロウ

目を通し承認する：

（署名）オクターヴ・バリュタン

目を通し承認する：

（署名）アデライード・バリュタン

オクターヴは印紙を貼った紙片を折りたたんでため息をついた。

「ほら！　明快で否定できないよ！……ぼくたちは裁判が終わった後で取り戻した金額の十パーセントを支払わなければならないんだ！」

アデライードは金切り声で言った。

「なんて恥ずかしいこと！……泥棒だわ！……ペテン師！……」

会計士は肩をすくめて自室に引っ込んだ。夜の更けるまで、彼は姉が眠れずに輾転反側して隣室のベッドのバネが軋む音を聞いた。姉が歯擦音で罵る声を聞き、一瞬、はっきりした言葉が彼の耳に届いた。

「悪党……盗人！……ごろつき！……恐喝の常習犯！……」

これはトム・モロウに向けた言葉だ。

「痴れ者！……おめでたい男！……低能！……ぼんくら！」

これはオクターヴに向けた言葉だった。

＊＊＊

同じ日の晩、マルシュノワール館ではまったく別種の光景が繰り広げられていた。主人の安楽椅子に納まったアデマール・デュポン・レギュイエールが城館のスタッフを招集した。二人の使用人が欠けていた。ベナールは匿名の脅迫状を書いた容疑で有罪を宣告されていた。シャルル・シャポンは殺人容疑で告発され、明日、アラスの重罪院で反論することになっていた。

若い秘書は彼の前で扇形に集まっている使用人を相手に思い上がって長広舌を振るっていた。

「私がみなさんを招集したのは」と彼は言った。「明日、裁判官の人たちの前にきちんと出頭するよう忠告するためです。私はここでナポレオン・ヴェルディナージュの代理を務めて、あなたたち全員の態度が絶対に非の打ち所のないものであることを求めます」

　彼は運転手に向かって言い添えた。

「エドモン、自動車の用意をする必要はありません。予審判事が親切にもご自分の自動車で私を連れて行ってくださいます。……あなたには全員のチケットを取って、明朝誰一人として列車に乗り遅れないように注意してください。同様にクロドシュの身(み)繕い(づくろい)についても世話をしてやること。あなたはクロドシュがせめてきちんとするようにしてやってください。石けんで入浴させてください。異例は習慣にあらず（一度のことなら大目に見てやってよい、という意味の慣用句）、です！　必要とあれば、古着のスーツを貸してやってください」

〈ボンヌ・メメ〉が声を上げずに泣いていることに気づくと、秘書は彼女に言った。

「お気の毒に、テレーズ！　気を確かに持ってください！」

　気の毒な女は悲痛なうめき声を上げて、絶望するように嗚咽し始めた。

「分かりますよ」秘書は同情するように言った。「あなたにとっては辛いことでしょうが、あなたは何をしてほしいのですか？　司法は責務を果たさなければなりません。……辛いけれど社会的に必要なことで、誰も免れることはできません！……それにあなたの夫の……これまでの良い前歴を考えれば……弁護団はおそらく、裁判官に寛大な判決を願って情状酌量(しゃくりょう)を求めることでしょう……」

テレーズは絶望した様子で首を振り、もはや無情な判決しか予期していないことを伝えた。悲しげに彼女は何度も繰り返して言った。

「シャルル！……気の毒なシャルル！」

他の使用人の集まりから離れていたギュスターヴ・コリネには誰一人として注意を払わなかった。とりとめのない思考の流れを追って、彼は夢想に耽っていたが、突然、青天の霹靂（へきれき）のように、きれいに髭を剃った薄い唇の隅が微かに笑みを浮かべた……。

7

アラスの重罪院の法廷はエレガントで騒々しい群衆ではち切れそうだった。

アルトワ州の旧宮殿の丸天井の下で〈禁じられた館〉の惨劇の最後の幕が上がろうとしていた。

予審の最初から最後まで、シャルル・シャポンは否定し続けた。

執事にはほとんど支持する者がおらず、とりわけ誹謗(ひぼう)中傷する者が多かった。人々は激しく彼を非難した。聴衆の一人一人が断固とした意見を持ち、隣り合った人間と分かち合っていた。

事件にまつわる謎の魅力に加えて、パリ法曹界の希望の星、ド・サルヴァ・トニーニ先生の弁論を聴く魅力から、検察側は自分たちの弁論を彼に託したのだった。

部屋の中央、証拠物件の入ったガラスケースの中には、制式リヴォルヴァーがあって、ジャック・ベナールと書かれていた。

ムッシュー・ローネが隠し戸から入り、裁判官の後ろに腰かけた。群衆の中でさざめきが伝わった。一か月前から新聞が称賛の報道を繰り返していた男を人々は指さした。予審判事は自分の勝利を目撃することになった。

彼は数名の支持者に対して小さな鷹揚な身振りで謙虚な挨拶を返した。

唐突に、彼は頭を下げて、法典を読むのに熱中した様子になった。観衆の中にトム・モロウの姿を発見して、そこで観衆の好奇心がかき立てられた。

廷吏がしゃがれ声で怒鳴った。

「みなさん、法廷ですぞ！」

重罪院の裁判長が法官の縁なし帽を前に置いて、陪席判事に話しかけ、分厚い文書のページを苛立たしげに繰った。厳粛かつ恐るべき司法官で、その名前を聞くと悪人は震え上がった。

彼は尋問をはかどらせ、どんなに温厚な陪審にも峻厳さを強いる方法を心得ていた。

ムッシュー・マリコルヌは気取りながら検察官席に腰かけ、興味の的となって全員の視線が集まったことで鼻高々だった。

まもなく、観衆の関心はド・サルヴァ・トニーニ先生に集まった。〈いかにもパリ風の〉裁判らしく、人々は千両役者の登場を拍手で迎えた。ひげを蓄え、轟くばかりの声をした大男は、訴追側の席で大胆に見得を切って見せると、皇帝を思わせる眼光で部屋を支配した。

控え目でおずおずした態度のショーメル先生は、雄弁を競わなければならない高名な同僚をあふれんばかりの不安な気持ちで見た。裁判長のきっぱりした声に彼は跳び上がった。

「被告を連れてきたまえ！」

ドアが軋むような音を立てて開いた。被告が姿を見せた。

照明と騒音に目をちかちかさせて、シャルル・シャポンは突然、後じさった。

ジャーナリストたちは手に万年筆を持って注意を集中した。

執事は穏やかな表情をした二人の廷吏に挟まれて着席した。

彼は不運に打ち負かされた様子だった。彼の持てる全精力は告訴に向けて一歩一歩着実に手を打ってきた予審判事の執務室で消耗してしまっていた。今では絶望――ひょっとすると悔恨――が彼を自分の運命に無関心にしていた。

裁判長は法廷のざわめきを鎮めて、型通りの質問をした。

「姓は？」

「シャポン」

「名前は？」

「シャルル、マリー、セレスタン」

「年齢は？」

「五十九歳」

「職業は？」

「執事です。ムッシュー・ヴェルディナージュにお仕えして十二年になります」

「書記、告訴状を読み上げたまえ」

この文書はトム・モロウの論証を結集したものだった。彼は論理と明晰さで被告を圧倒した。

執事の無実を支持するどんな人間も、真相はこれ以外にあり得ないと告白せざるを得ないだろう。弁護人が情状酌量を得ることができるかどうかは分からない。

朗読が終わると、裁判長が尋ねた。

「シャルル・シャポン、何か言うことがあるか？」

「私は無実です！　無実なんです！」執事は早口で口ごもるように言った。

怒りを含んだ抗議の声が法廷の至る所から上がった。一人の声が暗黙の不満を代弁していた。

「大した役者じゃないか！」

裁判長が介入しなければならなかった。

「このような行為が再び繰り返されるようであれば、小職としては法廷から退去するよう命じざるを得ません！」

この警告の後、魔法にかけられたかのように静寂が戻った。

裁判長は被告に明らかな有罪を証明する証拠を打ち消すような別の証拠を求めた。

しかし、シャルルは疲れ切った口調で泣き言を言うだけだった。

「私じゃない！ 私はやっていない！」

ド・サルヴァ・トニーニ先生が立ち上がって、大きな袖を翻しながら言明した。

「被告は否定するばかりです。何もかも、証拠さえも否定しています。陪審のみなさんは、この単純極まる弁護法にお気づきでしょう」

「何を非難されているのでしょうか？」ショーメル先生が反論した。「無実であり、そのことを表明することですか？ 我が高名な同僚の気に入るように、われわれはやってもいない犯罪の罪を認めなければならないのでしょうか？」

「われわれが求めているのは、被告に対してなされた明瞭な告発に対して反論することだ！」検事代理が大声で言った。

手強いド・サルヴァ・トニーニ先生が言明するたびに、多かれ少なかれ観衆から激しい反応が予想された。

誰よりも事情に通じていて、権威ある行動を示したかった裁判長は、弁護士の間で行われていた口頭による決闘をぶっきらぼうに打ち切った。

「この件はこれで打ち切りとする！」裁判長は言った。廷吏が証人を呼んだ。

テレーズが法廷に入ってきた。分厚いヴェールが涙にやつれた顔を半分隠していた。法廷内の柵(さく)を握りしめながら、彼女は熱心に夫を弁護した。

少しも嘘を言うことなく、〈ボンヌ・メメ〉はあらゆる証拠にもかかわらず、シャルルが悪人であることを認めようとはしなかった。

「あの人は酔っぱらいです！　ろくでなしです！　でも、人殺しなんかじゃありません！」

マリコルヌ先生にせっつかれて、執事が十月二十八日の夜、夫婦の寝室から出て、銃声の直後に彼女が玄関ホールに出た時、夫が地下室の入口にいたことを、彼女は認めざるを得なかった。

「主人はお酒を飲みに階段を下りたんですよ」彼女は言った。

ド・サルヴァ・トニーニ先生が拳を振り回しながら激しい口調で言った。

「多少なりとも根拠のある仮説を呈示するのではなくて、証拠を提示するのが重要なのです。あなたは宣誓した上で、殺人の起きた時、被告は城館の玄関ホールにはいなかったと断言できますか？」

テレーズは沈黙を守った。

ド・サルヴァ・トニーニ先生は一礼した。

「ありがとうございました、マダム」

エドモン、ジャンヌ、ギュスターヴ、アデマール、そしてクロドシュが次々と入廷して、惨劇の起きた夜の自分たちの行動について証言した。

ベナールは刑務所から引っ張り出されてセンセイションを巻き起こした。

ショーメル先生が彼に向かって威嚇するかのように人差し指で指さしながら言った。

「検察官及び検察側はいかなる信用能力を認めて、予審法廷で偽証罪に問われた証人の証言を承認されるのでしょうか」と若手弁護士が発言した。「また、つまるところわれわれが密接に関連していると考えている二つの事件を、いかなる理由で切り離すのか、私は知りません。ベナール、君の席はその証人席ではなくて、私が弁護を任されている被告人席ですよ！」

「弁護人は証人を侮辱しております！」ド・サルヴァ-トニーニ先生が大声で言った。

森番は身を引いた。

サイズのぴったりした制服を着たトーピノワ警部が、接続法半過去で述べられた（当時でもほとんど使われなくなった時代がかった表現で、滑稽感があることを示唆している）報告を暗唱してきたようにすらすら述べた。

銃の専門家であるムッシュー・デュランが専門用語を使って、クロドシュが噴水盤で発見した制式リヴォルヴァーが疑いなく犯行に使用された凶器であると断言した。

愛想の良い法医学者のドクター・ピエールはにこやかに被害者の死体の位置を示し、

弾丸による傷跡について詳述した。「殺人者は引き金を引いた時、ヴェルディナージュから約五メートル離れた位置にいました。したがって、ほぼ書斎の入口に立っていたことになります」と彼は結論した。

ド・サルヴァ・トニーニ先生が立ち上がると、観衆の中で騒然と動揺が広がった。大きな身振りで袖を振って、彼は被告の頑強な否認を一掃したいと考えている様子だった。

力強い朗々とした声が法廷中に響き渡った。

「この事件の周囲に」さながら悲劇役者のように彼は声を張り上げた。「小説を思わせるような雰囲気を醸成したい人物がいたのです！……陪審員のみなさん、禁じられた館のこの世ならぬ事件についてはひとまず置いておいて、現実の事件を正面から直視してみましょう！

物事を名前で呼ぶことにしましょう。みなさんが求められているのは、この事件の犯人を決めることで、それ以上ではありません！　ここに一人の殺人犯がいます。最も残忍で最も卑劣な殺人を犯した犯人です――自分の恩人を殺害した犯人です！

まことに卑劣な犯罪です、陪審員のみなさん！……シャポンは臆面もなく、遺産を手に入れるためだけに、恩をこうむっている人間を殺したのです……彼の手から滑り落ちようとしていた遺産を手に入れるために。

一つの事実が、この弁論の大半を占めることは議論の余地がありません。すなわち、ヴェルディナージュ殺しの犯人は、発砲後に城館から抜け出すことはできなかったということです。……したがって、必然的に、犯人は城館で暮らしていた多数の使用人の中……弾丸が発砲された時点で城館の中にいた使用人の中にいることになります。使用人全員の中で、論理的に一人の人物がヴェルディナージュを殺すことができ、その一人の人物がそうすることで利益を得るのです。……その人物は、ここにいます！……シャルル・シャポンです。

陪審員のみなさん、みなさんは厳しい判断をすることになります。被害者の名において、不幸な血縁の名において、私は公正で必要な罰を下すよう求めます。

私は法を厳しく適用するように求めます！」

法廷に座っていたテレーズが悲痛な悲鳴を上げて気を失った。彼女は法廷から運び出された。

今度は検察官の番だった。

ムッシュー・マリコルヌはおもむろに立ち上がると、しっかりした声を出そうとして咳払いをし、赤い法服に広がっている美しいブロンドの鬚を黙ってなでつけてから、無慈悲にもこう口火を切った。

「殺人犯はシャルル・シャポンです！　彼は弾丸が発砲されてまもなく、妻によって玄関ホールにいたところを目撃されています。テレーズ・シャポンが銃声に驚いてから玄関ホールにたどり着くまでの時間は、マダム・シャポンが夫のいることに気づいた地下室のドアのところまで殺人犯が到着するのに充分な時間です。

シャポンはその時、玄関ホールで一人きりでした。

召使いギュスターヴ・コリネ、運転手エドモン・タッソー、コックのジャンヌ・タッソーは四階にいました。……城館の外で暮らしていた使用人については問題にしていません。つまり、事件とは関係ありません。すなわち、番人のジャック・ベナールとその助手のクロドシュです――秘書のアデマール・デュポン・レギュイエールも、まったく問題外です。……シャポン以外の誰もヴェルディナージュを殺すことは不可能でした」

検察官は話を結んだ。

「社会の名において、陪審員のみなさん、容赦は無用です。……私は極刑を求めます」

被告はいよいようなだれた。

「弁護側の弁論を始めるように！」裁判長が言った。

ショーメル先生が立ち上がった。

何枚かの書類が散らばった。

恐ろしい、胸を締めつけられるような静寂の中、彼は弁論を開始した。

「法廷の諸先生方、

陪審員のみなさん、

私は自分に課せられた重大な務めの難しさを隠すつもりはありません。たった今、検察官の卓越した代表と、訴追側弁護人の高名な同僚ド・サルヴァ-トニーニ先生によって行われた雄弁な弁論も、その務めを軽減することはありませんでした。同様に、私が敗れて退場することになっても口頭による試合の結果を優れた雄弁に委ねることはしません。私の弁論は短く単純であります。私はみなさんに自分の考えを、レトリックを持ち込むことなく、可能な限り明瞭に表現しようと思います。陪審員のみなさん、私は自分の確信するところをみなさんと共有しようと試みます。

私はすでに述べられた事実の前に屈服し、被告に責任がないことを主張し、被告席に座っている老人の無力な精神に不摂生がいかなる荒廃をもたらしたか示すことができます。使用人の手本であったシャルル・シャポンが、飲酒の影響によって自分の行いに対する良心を失ったことを示すこともできます。哀れな罪人のために、道徳的にはまったく責任のない残念な行為について、憐(あわ)れみを乞(こ)うこともできます。

陪審員のみなさん、私はそんなことはしません。

被告に責任がないことを主張することは、おそらく私は巧妙にやってのけられるでしょうが、率直にそうしたいとは思いません。

そうすることによって、おそらく依頼人の命を救うことができるでしょうが、自分が責務を果たしたと良心に誓っては言えないでしょう！

先ほど、ド・サルヴァ・トニーニ先生は私が事件の周囲に小説を思わせるような雰囲気を醸成したと非難されました。

しかしながら、陪審員のみなさん、事実を俯瞰した場合、法廷が完全には明らかにしていない謎が残っています。私はみなさんが予想されたように、禁じられた館の謎について語りたいと思います。

予審判事は匿名の手紙の件とわれわれが取り組んでいる事件とは切り離して考えるべきだと信じています。まあ、それは予審判事の勝手です。

私がそのことに関して驚くのもまた私の勝手です。

私は脅迫状とヴェルディナージュ殺しとの間には、直接的な関係、明白な関係が存在すると主張します。

ヴェルディナージュは、陪審員のみなさん、ヴェルディナージュは死の宣告の書かれた手紙を受け取った直後の夜に殺害されました。二年前に城館のかつての主デルーソーが殺された時と同じように。

二つの事件で同じ指示が与えられていました。発端、同じ急死による結末。デルーソーが猟銃によって死亡したのに対して、ヴェルディナージュの方はリヴォルヴァーの発砲によって死んだ点を除けば。

デルーソー以後、ヴェルディナージュ以前の、マルシュノワール館のさまざまな所有者は等しく脅迫状を受け取り、おそらく用心して逃げ出したことによって命拾いしたのでしょう。

覚えておいででしょうが、番人の家で脅迫状をタイプするのに使用されたタイプライターが発見されました。当人は否定しましたが、ジャック・ベナールは脅迫状を書いたことを認め、それによって有罪を宣告されました。

さて、陪審員のみなさん、脅迫状をタイプしたタイプライターと、ヴェルディナージュを射殺したリヴォルヴァーはいずれも同一人物の所有物なのです。

ヴェルディナージュが番人とそりが合わなかったことと、ベナールが何度も繰り返して頑固なまでの一徹さで、故人にマルシュノワール館から出て行くよう勧めていたという事実を忘れていいものでしょうか？

ベナールはデルーソーに雇われていて、そのデルーソーも謎の死を遂げたことを、われわれは思い起こすべきではないでしょうか？

そんなものは偶然の一致だ！　と訴追側は言います。

実のところ、尋常ならざる偶然の一致と言わざるを得ません！

陪審員のみなさん、望むと望まざるとにかかわらず、ここに謎が残っています。禁じられた館の謎が。

望むと望まざるとにかかわらず、われわれが関与している事件は、検察官の卓越した代表者と訴追側弁護士で我が高名な同僚ド・サルヴァ・トニーニ先生が主張したがっているほどには明解ではないのです。

これが謎であることはあまりにも明白で、そのため予審判事の容疑がシャルル・シャポンに、シャルル・シャポン一人にかかるまで、四人の人物に降りかかったほどです。

陪審員のみなさん、

ヴェルディナージュ殺しの犯人が犯行を実行した後で城館から脱出することは不可能だったことは明らかだと考えられます。犯人が城館の中に身を隠して、使用人たちと警察の捜査を逃れることができなかったことも明らかだと考えられます。

私は犯行の間を除いて、少なくとも数秒前まではシャルル・シャポンが玄関ホールにいたことに異議申し立てをすることなどは考えてもおりません。

陪審員のみなさん、マルシュノワール館の平面図をじっくり検討してみてください。

私が夜長にやったように、注意深く見てください。

私よりも炯眼の方なら、おそらく禁じられた館の謎を理解することができるでしょう！　もしかしたら人々が非難する大罪で裁かれている私の依頼人を無罪にする説明を見つけられるのではないでしょうか？

陪審員のみなさん、

私はもはや一つのことしか付け加えることはありません。数週間前から毎日シャルル・シャポンと接見しているうちに、私は絶対的な確信を抱くに至りました。

私は自分の強力な信念に基づいて全力で訴えます。

シャルル・シャポンは犯人ではありません！」

＊＊＊

ショーメル先生は汗だらけの青白い顔を拭いた。

青年弁護士は事件全体に謎めいた雰囲気を醸し出すことに成功し、それによって明らかに何名かの陪審員は感銘を受けていたが、それ以外の人たちもシャルル・シャポンの弁護士の振る舞いを理解していた。訴追側の反論の余地のない弁論を打ち破ることができずに、ショーメル先生は巧妙にも論争せずに、殺人犯の運命を決めようとしている人たちの良心に不安を投げかけたのだ。

裁判長が執事に呼びかけた。

「被告人、自分を弁護するために何か補足したいことはありますか?」

シャルル・シャポンはかすれた声で嘆くように言った。

「私ではありません! 私ではないのです!」

被告のこの最後の否認によって、廷内に長い非難するようなつぶやきが起こった。

自白の言葉を待っていたのに、シャルル・シャポンは弁護士の巧みな口頭弁論による得点さえも失った。陪審員たちは、束の間、青年弁護士の語調に感銘を受けたものの、今や執事に対して相応の厳しい罰を与えることに決めたのである。

ショーメル先生は絶望的な身振りをして、自分の敗北を悟った。

陪審員たちは討議室に引き下がるために起立した。

8

陪審員たちが法廷から出て行こうとした時、いきなりショーメル先生が真っ青な顔をして立ち上がった。

「たった今」と彼は言った。「証人のコリネから聞いてほしいことがあるというメモが届けられました。どうやら彼はこの裁判に極めて重大な発見をもたらす事実を知っているようです。真理の名において、私は法廷に、彼の願いを聞き入れるよう強く求めるとともにお願いします！」

裁判長は弁論の見事な構成を今になって乱されて苛立ちを見せた。それでも裁判長は次のように言った。

「私に委ねられた訴訟指揮権によって、証人ギュスターヴ・コリネの追加証言を認めるものとする」

召使いは全員の注視を浴びながら法廷を突っ切ってきた。

裁判長が無愛想に呼びかけた。

「陪審員諸兄姉に向かって証言しなさい」

ギュスターヴ・コリネはしばし考え込んだ様子を見せてから、次のように証言した。

「ムッシュー・シャルルは犯人ではありません。これから私がムッシュー・ナポレオン・ヴェルディナージュ殺害犯の名前を指摘します」

聴衆からざわめきが起こった。

ド・サルヴァ・トニーニ先生が立ち上がって、大声で言った。

「検察側はこのような策略には我慢できません。もしも証人が本法廷で述べるかくも重大な証言があるというのであれば、どうして全弁論が終結した今になって持ち出すのでしょうか？　これは芝居がかった劇的な策略で、弁護側の熱意ととりわけ若さがなくては説明できないことであります」

ショーメル先生が反論した。

「たった今我が卓越した同僚によって発言された言葉を直ちに撤回するよう求めます」

ムッシュー・マリコルヌは両者の弁論による戦いに口を挟まなければならないと思った。

「確かに……」

裁判長がきっぱりと断固たる態度でさえぎった。

「ド・サルヴァ-トニーニ先生の発言は確かに行き過ぎでした。この件はこれで打ち切りとします」

裁判長は顎を掻いてから、コリネに向かって声をかけた。

「本法廷はあなたの遅きに失した決意に驚いています。どうしてあなたは弁論の始めに尋問された時に発言しなかったのですか？」

ギュスターヴ・コリネは裁判長のとがめるような態度に動揺した様子は見せなかった。彼はあっさりと言った。

「私はたった今、ほんの数分前に、証拠を入手したばかりだからです」

「その証拠がなくとも、あなたは疑惑を抱いていたわけですね。そのことを予審判事か弁護側弁護士に打ち明けることはできなかったのですか？」

「私にはできませんでした、裁判長閣下」

「誰かに邪魔をされたのかね？」

「状況です、裁判長閣下」

「陪審に向かって明確に説明したまえ！」

ギュスターヴ・コリネは咳払いをすると、何の感情も伴わない単調な声で話し始めた。

「陪審員のみなさま、

私は警察官ではなく、自分が司法警察の代わりをするなどという考えは起こりませんでした。そのような無作法な考えも野望もありません。

しかしながら、みなさんが裁かなければならないこの憎むべき犯罪が起きた時のことを思い返すことくらいは許されるでしょう。

旦那様が殺されるずっと前、謎の脅迫状がマルシュノワール館の代々の当主に送られていたことを知って、手紙の主はどんな利益があってこのようなことをして、禁じられた館に謎めいた雰囲気を作り上げようとしているのか私は知ろうと努めました。

忘れもしませんが——陪審員のみなさんも同様でしょうが——三年前に銀行家ゴルデンベールによって詐欺行為がなされました。この詐欺の裁判において、たった一つの事実がずっと強い印象を与えてきました。それは、銀行家にだまし取られた二千五百万フランが忽然と消失したことです。

陪審員のみなさん、捜索はとりわけ入念に行われ、横領された現金を発見するためにあらゆる手段が尽くされました。

比較的簡素な生活を送っていた銀行家がかくも莫大な金額を蕩尽（とうじん）することはできませんでした。取られた金は、株の大暴落の数年前に建てられたマルシュノワール館の建設にも使われませんでした。ゴルデンベールは賭け事をするわけでもなく、金のかかる生活とは無縁でした。

警察も、大金が海外、例えば南アメリカ――銀行家が逮捕された時に、まさに船に乗って逃亡しようとして阻止されたわけですが――に送金されたわけではないことを確認しています。陪審員のみなさんはそんな細かいことなどご存じないでしょう、違いますか？

一つの疑問が当時刊行された新聞記事の見出しに使われました。二千五百万フランはどこに消えたのか？

安全で人目につかない場所に隠されていることは明らかです。その隠し場所は詐欺師の最後の住処だったマルシュノワール館にあるという考えが私の頭に浮かびました。ゴルデンベールは徒刑場に到着して間を置かずに衰弱して死亡しました。彼の妻は絶望から服毒自殺します。

銀行家は死ぬ前に囚人仲間の誰かに莫大な財産を隠した場所を明かしたと考えるのは間違いでしょうか？

この仮定は充分に可能性のあるもので、何者かが禁じられた館に執拗なまでに固執する理由を説明できます。

隠された数百万フランを自分のものにするために、ゴルデンベールの秘密を託された人間はおそらく、マルシュノワール館を買い取り、そこでひっそりと欠くことのできない捜索を行うことでしょう。城館を入手するのに必要な金額を所持しているのなら、おそらくそれが彼のやることです。

ところが、解放されたか逃亡したかした徒刑囚は、当然ながら非常に貧しく、囚人仲間から自分に託された宝を守らなければならない心配から、もっとお金のある共犯者に声をかけることには二の足を踏みます。

この仮説を認めると、私はそれが正しいことを証明しようと試みました。

私の兄、イジドール・コリネは十年前から警察庁に勤めています。私は兄に手紙を書いて、上司の好意を頼って、必要な情報が得られないか尋ねました。その結果は次のようなものです。

返事は肯定的なものでした。

兄はゴルデンベール逮捕の日から、マルシュノワール館の二番目の所有者ムッシュー・デルーソーが初めて脅迫状を受け取った日までの間に釈放された囚人のリストを閲覧することができました。この期間、徒刑囚は一人も脱走していません。

釈放された囚人の一人の特徴記載が私の注意を引きました。囚人二二三号に関して私は詳細な追加情報を求めました。

陪審員のみなさん、ここにあるのが私の不在中にマルシュノワール館に届けられた手紙で、今朝、私が出発する前に与えた指示に従って届けられたものです。

この手紙が届くのを私は今や遅しとばかりに待っていて、口頭弁論が始まるまでに受け取りたかったのです。さて、この手紙はですね、囚人二二三号は徒刑場の病院の看護人として刑を終えたことを私に教えてくれました。彼はゴルデンベールの死の床に付き添っていたのです。

囚人二二三号はその翌々日に釈放されました。彼は受刑期間に等しい期間、徒刑場に滞在することが義務づけられていましたが、その期間が終わるとすぐに姿を消しました。

六か月と経過しないうちに、ムッシュー・デルーソーが晩に禁じ**られた**館の庭園で鉄砲で射殺されました。

もしかすると、銀行家は死の床で聞き手に対して自分の詐欺行為で得た大金を隠した正確な場所をはっきりと示さなかったのかもしれません。さもなければ、他人が直ちに大金を発見し、ムッシュー・ヴェルディナージュの死とともに終わった謎めいた出来事はすべて起きなかったことでしょう。

今この時に**も**、お金はまだ見つか**っていない**のです。

徒刑場から戻って以来、囚人二二三号は要するに、休むことなく二千五百万フランの隠し場所を探し続けていたのです。マルシュノワール館購入に必要な預金はなかったので、この不気味な人物は、たちまち城館の代々の所有者を怯えさせるために脅迫状について話していた森番ベナールの策略に気づきました。

彼は架空の人物に自分の犯罪の責任をなすりつけるという意味でベナールの考えを利用します。彼はためらうことなくムッシュー・デルーソーを、そしてその後ではムッシュー・ヴェルディナージュを殺害しました。二人とも執拗に禁じられた館に留まり続けたからです。

これからすぐに、囚人二二三号は誰なのか述べることにします。

陪審員のみなさん、みなさんはすでに、シャルル・シャポンの無実の証拠を持ってくる前に、どうして私が自分の調査の結果を明かす権利を持ち得なかったのかご理解いただけたことでしょう。

この証拠は、犯行の夜、使用人たち全員が玄関ホールに集まっていた時に目の前にあったものでしたが、私はその外見にだまされ、司法官たちでさえしてやられてしまったほどで、私はその真相を見抜くことができなかったのです。

それはまことに単純なものでした！……」

ギュスターヴはここで間を置いた。

ショーメル先生は欣喜雀躍していた。被告の有罪を認めなければ説明できそうにない犯罪を話し手がこれからどのように説明するのか彼には見当がつかなかったけれど、弁護士はギュスターヴ・コリネの冷厳な論理が最後には依頼人の無実を証明することを信じて疑わなかった。

検事代理が発言した。

「証人の炯眼には敬意を表します。しかしながら、私は或る事実を主張しておきたいと思います。検察側は犯行の起きた時刻にシャルル・シャポンが寝室にいなかったことを証明しました。妻が眠っているのに乗じて、彼はこっそり部屋から出て、回り道をして、三番目の匿名の手紙で予告されていた謎の訪問客を庭園の格子扉で待っていたクロドシュの前に何食わぬ顔で現れたのです」

ギュスターヴが反論した。

「検事殿……」

「陪審員のみなさんに向かって答えたまえ！」裁判長が言った。

「陪審員のみなさん、十月二十八日の夜から二十九日にかけて、雨が土砂降りだったことを思い出していただきたいのです。

もしもムッシュー・シャルルが検察側の主張するように、回り道をして格子扉のところまで行き、クロドシュの案内で中央道を通って城館まで戻ったのだとしたら、彼はびしょぬれになっていたはずです。

私は断言しますが――テレーズ・シャポン、エドモンとジャンヌ・タッソーも私と同じく証言するでしょうが――惨劇の直後にわれわれが玄関ホールに順番に到着した時、シャルル・シャポンはぬれていませんでした。

それに引き替え、遅れて戻ってきたジャック・ベナールとムッシュー・デュポン-レギュイエールは、頭の天辺から足の先までぬれていました。

犯行の夜は、したたかぬれることなく五分以上外に出ていることなど不可能でした。さて、ムッシュー・シャルルは何度も繰り返しますが、衣服に水滴の一粒もついていなかったのです。

格子扉から城館までクロドシュが案内した謎の訪問客は、それゆえ、執事ではないのです。

思い返してみると極めて重要なこの事実は、私には直ちに一目瞭然というわけではありませんでした。なぜなら、他のみなさん同様に、私も殺人犯がいきなり消え失せたことに目をくらませられたからです。

そこからは何の間違いも起こり得ません。森番ベナールはクロドシュが何者か――暗くて顔立ちは分かりませんでしたが――を連れて中央道を通って到着したのを目撃しました。私自身にしても、クロドシュと訪問客が到着するのを目撃したのです。

マダム・テレーズは踏まれた砂利の音を聞きました。とても繊細な聴覚に恵まれていたので、彼女は砂利を踏む靴底の立てる音も、脚の不自由な男の松葉杖が歩くたびに砂利に当たる音も、入口のドアの前に彼が置いた角灯の立てる金属的な音も聞いたのです。

この最後の二つの事実は、クロドシュが訪問客の後ろから石段を上り、その訪問客はとうに玄関に入ったことを証明しています。

他方、ひとたび城館に入ったら、犯人はそこから出ることができないことをわれわれは知っています。私立探偵のムッシュー・トム・モロウがやったように、われわれも犯人はムッシュー・ヴェルディナージュの使用人と一緒に玄関ホールにいたと結論したくなります。

ところが、陪審員のみなさん、他に解決法がないか見てみましょう。そのためには誰一人例外を設けることなく、消去法を行うことにします。

クロドシュは銃声が鳴った後になって入ってきて、つまりそれはムッシュー・シャルルがドアを開けてやった時のことですが、したがって無関係ということになります。

私は、銃声が鳴った後で、運転手エドモン・タッソーが階段を下りるのをこの目で見ました。

私自身は――自分も平等に勘定に入れているのですよ！――彼の後から階段を下りました。

ジャンヌ・タッソーは私の後に到着しました。

ジャック・ベナールが現れたのは、さらにもっと後のことです。

ムッシュー・デュポン‐レギュイエールはいませんでした。

マダム・テレーズとムッシュー・シャルルは玄関ホールに最初に到着した人たちです。二人はそのことを否定していませんし、彼らの証言は厳密に正確です。もしも彼らが城館から出ていたとしたら、雨が服にしみていたことでしょう。両人ともまったくぬれていませんでした。

この事実は二人の無実を証明するとともに、犯行の夜にマルシュノワール館で寝泊まりしていた使用人たちの無実も等しく証明します。

殺害された直後のムッシュー・ヴェルディナージュの死体の前にわれわれが集まった時、われわれは七名でした。すなわち、ムッシュー・シャルルとマダム・テレーズ、エドモンとジャンヌのタッソー夫妻、ジャック・ベナール、クロドシュ、そして私です。

われわれは七名でしたが、全員で八名になっていたはずです。なぜならば、クロドシュが道案内した訪問者がいなかったからで、われわれ七名の中にいるはずがなかったからです。

彼は城館から抜け出すことはできませんでした。問題を解決するためには、第八の人物を見つけ出す必要があります。

今日になって、兄からの手紙を熟読し、私はついに第八の人物を突き止めたのです」

9

三番目の陪審員が質問をした。

「いったいどうして証人が第八の人物に気づかないなんてことが起きたのですか？」

ギュスターヴ・コリネは答えた。

「私一人だけが第八の人物を目撃したなどと述べた覚えはありません。われわれ全員が見ていたのです」

ド・サルヴァ・トニーニ先生が大きな袖を振りながら発言した。

「クロドシュに案内された謎の訪問客は、あなたとともに玄関ホールにいた人物ではないと言われましたね」

「そうです」

「にもかかわらずクロドシュは城館に何者かを入れたというのですか？」

「それは否定できません」

「その第八の人物は城館から脱出することはできなかったと？」

「そうですとも！」

「住居のどこかに身を隠すことはできなかったと？」

「それはまったく不可能です」

「あなたが玄関ホールに到着した時、その第八の人物はいましたか？」

「いいえ！」

「その時、その人物はどこにいたのですか？」

「書斎にいたのです」

裁判長が介入した。

「しかし、書斎にはヴェルディナージュの死体しかなかったですぞ」

ギュスターヴ・コリネは語調を強めることなく反駁した。

「それが第八の人物なのです」

ムッシュー・マリコルヌが腕を天に向かって突き上げるようにして立ち上がった。

「証人が示唆しているのは」と彼は声を上げた。「故人は自殺したということです。検死医と銃器の専門家による報告書は明確に述べています。ヴェルディナージュはおよそ五メートル離れた場所から発射されたリヴォルヴァーの弾丸によって射殺され、犯行に使われた凶器は敷地内の噴水盤から発見されたものです。ヴェルディナージュの死は他殺です。

　他方、トーピノワ警部は被害者のポケットから口径の異なるブラウニング式自動拳銃を発見し、すべての弾丸が装塡されていました」

「私がそれは違うと言いましたか？」ギュスターヴが驚いた様子で反駁した。

「私はてっきり……」検事代理は相手の返答に狼狽して口ごもるように言った。

ショーメル先生が弁護側の席から身を乗り出すようにして、神経質に言った。

「証人に説明を求めます」

　召使いは礼儀正しく一礼した。

「これからお話しするところです、先生！」

　彼は証言を再開した。

「われわれは捜査陣が書き物机の中から発見した三番目の手紙の、最後の行に鉛筆で引かれた線によって、〇時十五分においてもムッシュー・ヴェルディナージュがずっと謎の訪問客を待っていたことを知っています。

　ムッシュー・ヴェルディナージュは、われわれ全員が見たように、十時になると階段を上って寝室に行き、〇時頃にこっそりと下りてきて、捜査によって確かめられたように、書斎に閉じこもったのでした。

　十五分後、何も起こらないと見ると、彼は無意識に手紙にわれわれの知っている文章を書きました。

○時十五分……何ごとも起こらず。

訪問客は彼を待たせたのです。

訪問客は彼を待たせたばかりか、惨劇の夜、クロドシュの待っていた格子扉に姿を現さなかったのです。

○時半頃、怒りと苛立ちを募らせてもはや我慢できなくなって――もしかすると脚の悪いクロドシュが犯罪者によって襲われて負傷したか、殺されでもしたかと心配になって――禁じられた館の所有者はレインコートを肩に引っかけ、気温が厳しくなって以来、入口ドアの後ろにかかっていた帽子をかぶりました。誰にも心配をかけないようにとの配慮から、ムッシュー・ヴェルディナージュはことりとも音を立てないで外出したのです。

庭園の格子扉のところで、与えられた指示を守って、角灯の明かりに覆いをかぶせながら来るはずの訪問者を待っていたクロドシュを見つけます。

コンピエーニュの道に誰の人影も見えなかったので、ムッシュー・ヴェルディナージュは戻ることに決めて、クロドシュは城館の入口まで同行しました。

ムッシュー・ヴェルディナージュは帽子とレインコートを脱いで、衣服かけに引っかけ、マダム・テレーズが証言した不機嫌な気持ちを強い言葉で口走ってしまいました。

『お断りだ！……私はここから出て行かないぞ！』

そして、いきなり振り返ると、彼はそこに囚人二二三号を見いだしたのです！……」

裁判長は苛立ちを隠さずに指でとんとんと軽く叩きながら発言した。

「法廷と陪審員のみなさんに囚人二二三号が誰なのかはっきり言うよう命じます」

ギュスターヴ・コリネはポケットから紙片を取り出した。

「本法廷でこの囚人に関して私が連絡を受けた非常に簡潔な覚書を読み上げてよろしいでしょうか？」

裁判長は補佐役の裁判官に目をやってから答えた。

「異例なことであるが、認めるとしよう」

召使いは以下のような文章を読み上げた。

「ジョゼフ・ビゴ、四十一歳、は贋金の偽造と使用、背任行為、明白な詐欺行為、横領の罪によって、強制労働五年の判決を受けた。徒刑場における模範的行状を認められ、刑期の減免が認められ、病院で看護士として働くことになった。

身長一メートル六十五センチ

髪の色、赤

監獄での刑期の間に、骨盤に複雑骨折をする事故に遭った。

釈放されると、病院での仕事があったにもかかわらず出て行った。

警察庁は二年前から彼の消息を把握していない。フランス国内に留まっていると見なされている。

身体的特徴、著しい跛行（はこう）」

裁判長は用紙に言葉を書き付けて、検事代理に手渡した。マリコルヌは裁判長に賛意を表して、紙片を廷吏に渡した。

廷吏は紙片に目をやると、跳び上がって、脇のドアから出て行き、たちまち法廷に帰ってきて、元の位置に戻った。動揺を抑えきれない様子だった。

ショーメル先生が声を上げた。

「しかし、証人の述べた身体的特徴に合致するのは……」

「クロドシュですな？」ド・サルヴァ‐トニーニ先生が文を結んだ。

ギュスターヴ・コリネはうなずいた。

「その通りです。

ジョゼフ・ビゴ、囚人二二三号とは、クロドシュのことです。

玄関ホールまでムッシュー・ヴェルディナージュに付き添ったのは彼でした。

彼が振り向いた時、そこにリヴォルヴァーを自分に向けた見下げ果てた男を目にした時の彼の恐怖はご理解いただけるでしょう。

クロドシュは引き金を引きました。ムッシュー・ヴェルディナージュは悲痛なうめき声を発して床に倒れました。

犯人は角灯の置いてある石段に後戻りするのに二歩と要しませんでした。

彼は開いていた入口ドアを勢いよく閉めると、声を上げながらドアを立て続けに叩きました。

番人のベナールは隠れ場所から石段を見ることができません。彼が目撃したのはクロドシュがムッシュー・ヴェルディナージュ——暗がりで顔までは見分けられませんでした——に付き添って到着したことですが、脚の悪い男が城館の中に入ったことには気づかなかったのです。彼はクロドシュが角灯のそばの戸口にいたと信じていました。

クロドシュが外からドアを叩いた音を聞いて、私も同様のミスを犯しました。彼がドアから入って、直ちに出て行くことができたという考えはまるで思い浮かびませんでした。それは私が寝室の窓とドアの間を往ったり来たりしている間のことでした。しばらくして、私が囚人二二三号の特徴記載を受け取った時になって、やっと惨劇を再構成することができたのです」

裁判長が厳粛に立ち上がり、証人に言った。

「本法廷を代表して、私はあなたに公におめでとうと言わせてほしい。ムッシュー・ギュスターヴ・コリネ、あなたは一流の名探偵のような活躍をした。私はジョゼフ・

ビゴ、またの名をクロドシュという男を捜しに行かせた。裁判所の入口で裁判の結果を待っているはずだ」

ムッシュー・マリコルヌが言い添えた。

「本検察官も証人に対して敬意を表します」

ショーメル先生は弁護側の席で興奮して言った。

「私の口を借りて」と彼は声を上げた。「あなたの救った無実の人間が『感謝します！』と叫んでおります」

シャルル・シャポンは何であれ声を上げることができなかった。感情の高まりに茫然として、声も発せずに泣いていた。

弁護士が続けた。

「あなたの話は、ムッシュー・ギュスターヴ・コリネ、何もかも説明しています。すべてが白日のもとにさらけ出されました。

犯行の凶器から発見された指紋は、リヴォルヴァーの持ち主であるベナールのものと、リヴォルヴァーを使ったクロドシュのものでした。あの浅ましい男は、指紋が凶器に残ることに何の用心もしませんでした。彼は自分の投げ込んだ噴水盤から凶器を〝発見〟し、予審判事に手渡す前に何の用心もせずに手で触れることで満足したのです。

徒刑場から戻ると、クロドシュはマルシュノワール館の近くをうろついて、デルーソーが館に住んでいることを知りました。同様に、三通の脅迫状が届いたにもかかわらず、城館の主には何の効果もなかったことも彼は知ります。

或る晩、元囚人二二三号は銃を発砲して邪魔物の命に終止符を打ちました。

その直後、あの卑劣な男はベナールと知り合いになり、大いにへりくだったおかげで番人の歓心を買い、やがて城館に住み着くようになりました。

その後の匿名の脅迫状は、デルーソー殺しを思い出させ、以後の城館の所有者を震い上がらせ、城館から追い払いました。

悔い改めることのない密猟者であるベナールが周辺の森に夜の長い遠出をしている間、クロドシュは一人で城館にいて、ゴルデンベールの隠した大金を倦まずたゆまず探していたのです。

城館をうろつき回っている脚の悪い哀れな男を怪しむ者がどこにいるでしょう？

犯行のあった晩、あの卑劣な人物は、正当な理由があって、第三の手紙で指定された時刻に誰も現れないと知ると、ヴェルディナージュは不安になるだろうと思ったのです。彼は自分の主人が庭園の格子扉のところまで来ると予想しました。彼は襲撃するのに最も好都合な瞬間を窺い、城館への帰り道を照らすという口実で、一歩一歩主人の後についていったのです。

玄関ホールに入った時、今こそ行動する時だと決断しました。雨の降る中で待っていたことに報いようとして、ヴェルディナージュが温かい飲物を飲ませるために入るよう誘わなかったと誰が知り得るでしょうか？」

ショーメル先生は口を閉じた。

法廷に叫び声が轟いた。

腕っ節の強い憲兵に取り押さえられるようにして、脚の悪い男が入ってきた。

「なんだ？……どうした？……」男は口ごもるように言った。「哀れなクロドシュをどうしようってんだ？」

「お前を逮捕する！」裁判長が言明した。

「クロドシュは何も知らない……クロドシュは要求する……」

司法官がさえぎった。

「ジョゼフ・ビゴ、元囚人二三三号、お前をヴェルディナージュ殺しの罪状で告訴する！」

クロドシュは不意に跳び上がった。

まるで仮面が剝げ落ちたかのように、顔の表情が一変した。

白痴のような笑いに残酷な冷笑が取って代わった。

クロドシュがその本性を現し、かつての徒刑囚ジョゼフ・ビゴが現れたのだ。

彼は喉の奥から絞り出すように言った。

「上等だ！……おれが〈やった〉とも……抵抗はしないから……丁寧に扱ってくれよ！」

観念して、彼は手錠をはめられるために両手を憲兵に突き出し、護送用の一頭立て二輪馬車（カブリオレ）へと連れて行かれた。

＊＊＊

そして、この物語は素人探偵ギュスターヴ・コリネの最初の事件であった。

解説――私のフランス未訳古典ミステリ事始め

小林　晋

本書を読了されてどんな感想を抱かれただろうか。果たしてご満足いただけただろうか。

私が日本未紹介作品を読む動機の一つは、これまで見過ごされてきた傑作を掘り起こすことである。そもそもそんな作品があるのだろうかと、疑問を抱く方もいるだろう。

実際、今からちょうど十五年前のこと、或る有名なミステリ愛好家サークルの五十五周年記念大会で高名な評論家の講演があり、その時に「傑作に値する古典ミステリはすべて翻訳されている。埋もれた傑作などない」と断言されたことが今でも記憶に残っている。それまでずっと埋もれた傑作や未紹介の名作を発掘するために原書を読む活動を続けてきた自分の活動に冷水を浴びせられた思いになった。

とはいえ、反論するのは容易である。実際に目の前に〝傑作〟を差し出せばいいのだから。すでに本書を読了された方ならば、確かに未紹介の傑作は存在すると納得していただけたと信じている。

或る程度海外ミステリに関心のある人だったらご存じかもしれないが、故ロバート・エイディーに密室及び不可能犯罪ミステリのチェックリスト*Locked Room Murders and Other Impossible Crimes*（Crossover, 1991）がある。この本はもともと一九七九年にFerret Fantasyという古書店が刊行した同題の限定本の増補改訂版で、その巻末に今では我が国ではよく知られるようになったポール・アルテの名前が挙がっていた。編者さえも実際には読んでおらず、フランスの不可能犯罪ミステリ研究家ロラン・ラクルブによる情報をそのまま掲載したもののようだ。なお、同書の誤りを修正し、リファレンスを追加した版*Locked Room Murders*（2018）がエイディーの死後に出た。さらに、ブライアン・スクーピンによる補遺*Locked Room Murders Supplement*（2019）が刊行され、どちらもアマゾンを通じて容易に購入できる。

アルテという作家の存在を知った私は、好奇心に駆られてそこに挙げられている本を洋書店に注文して入手した。最新作については、今はもうない銀座のイエナ書店に入荷したのを見つけて買ったものだった。今ではアマゾンからワンクリックで購入できるのだから楽になったものだ。反面、書店でアルテの新作に遭遇した時に覚えた胸のときめきは薄れてしまった。もちろん、そんなことよりも苦労なく入手できる利点の方が大きいのだが。

私がアルテの原書に挑戦できたのは、たまたま大学での第二外国語がフランス語だったことが大きい。大学教養課程における教育の効用もあって、第二外国語でも或る程度は原書を読めるようになっていたのは幸いだった。

原書が入手できると、アルテの第一作から順番に読んでいった。幸い、アルテの文章は比較的読みやすい部類だった。原書ミステリを読む時のコツとしては、登場人物や状況設定をしっかり理解するために、冒頭からしばらくは遅くても着実に理解するよう心がけることである。或る程度理解できたと思ったら、あとはスピードを上げて、多少分からない部分があっても読書の流れを優先させて飛ばしながら読んでかまわない。その辺の判断は各人の判断による部分が大きいが、総じて長編であれば多少飛ばして理解が怪しくなっても、その後の記述で軌道修正の機会があるから、たいていは問題なく読める。短編ではなかなかそうはいかない。

なぜこんなことをしていたかというと、海外ミステリの同人誌ＲＯＭに参加していて、自分でレヴューを書く必要に迫られたからである。アルテの『第四の扉』と『死が招く』のレヴューが掲載されたのが一九九二年九月だから、エイディーの増補改訂版を入手して間を置くことなくアルテの原書を入手したのだろう。アルテの翻訳が早川書房から出始めたのはその十年後のことだ。早々とアルテの良さを知った私は、今はなき社会思想社の〈ミステリ・ボックス〉担当者に推薦したのだが、試読者のお気に召さなかったのか採用にはならなかった。私自身も腕試しに長編を一作翻訳したのだが、早川書房からの刊行が始まった結果、世に出る機会はなくなった。とはいえ、どういう形であれアルテという優れたミステリ作家が紹介されたことは作家アルテのために良かったと思う。私にとってはフランス語の勉強になった。

その後に入手したラクルブ編の密室ミステリのアンソロジー *25 Histoires de chambers closes*（Librairie l'Atalante, 1997）巻末のビブリオグラフィーに挙げられた本の中に、*Chambres closes crimes impossibles*（Éditions Livres sur Sambre, 1997）という本があった。ベルギーで出版された本だという。この本の存在は知らなかったので早速八方手を尽くして調べてみたが手がかりなし。ちょうどベルギーには本を売ってくれる知人がいたので、その人にも調べてもらったのだがだめだった。これが二〇〇一年頃の話である。

ベルギー版『密室・不可能犯罪ミステリ研究』

二〇〇二年になって、アルテ初の翻訳『第四の扉』が出版されると、ミステリ・マニアたちは欣喜雀躍した。某掲示板——ネットの掲示板というのも、もはや若い人は知らないかもしれない——では、これからフランス語を勉強してアルテをじゃんじゃん読みたいという熱心な人が現れるという麗しい光景まで見られた。その掲示板で当時フランス滞在中の坂本浩也氏(現立教大学教授)から件の *Chambres closes crimes impossibles* の情報が寄せられたのだった。私は早速、坂本氏から著者の一人の電子メールアドレスを教えてもらい、細かい経緯は省略するがついに念願の同書を入手することができたのだった。

届いた本は私家版だったからベルギー人の知人が知らなかったのも無理はない。ベルギーの密室殺人及び不可能犯罪ミステリ愛好家三名ミシェル・スーパール、フィリップ・フォーズ、ヴァンサン・ブルジョワの共著で、アルテが序文を寄せてアート紙を使った、とても私家版とは思えない贅沢な本だった。著者名のアルファベット順に作品が配列され、各作品の評価が＊の数で記載してある。ざっと目を通していくと、フランスの未紹介作家では、ガストン・ボカ、マルセル・ラントーム、ノエル・ヴァンドリー、そして本書の作者の作品が高評価だった。第二次世界大戦終結後に作品が発表されたラントームを例外として、いずれも一九三〇年代に作品が発表されている。一九〇七年にガストン・ルルーの名作『黄色い部屋の謎』が連載されて以後、フランスでは有力な本格ミステリは書かれなかったのかと思っていたが、実は一九三〇年代にささやかながらも不可能犯罪ものの黄金時代を迎えていたらしいことが判明したのだ。これは驚きだった。このことがずっと、日本はおろか英米圏にも知られていなかったのは大きな謎としか言いようがない。

　本当にこの作家たちの作品は面白いのか。そのことを知るためには読む必要がある。そのためには原書を入手しなければならない。フランス本国ではアルテの出現が刺激になったのか、九〇年代後半に入って古典ミステリの復刊が行われていた。ボカは二作、ラントームも二作復刊されていた。気づいた時には、これらの復刊も入手がやや難しくなっていたが、気長に集めるしかなかった。復刊されていないヴァンドリーとエルベール＆ヴィルについては、古書で探すしかなかった。ヴァンドリーについては古書検索サイトＡＢＥよりもオークションサイトｅＢａｙが役に立った。ヴァンドリーの完全蒐集（しゅうしゅう）が達成できたのは、二〇一一年になってからのことである。エルベール＆ヴィルについては三作あるうちの最後の作品がいまだに入手できていない。

　私はヴァンドリーについては世評の高い戦前の作品はすべて読み、その上でぼちぼち紹介していくつもりで、『逃げ出した死体』の題名で私家版を出した（ＲＯＭ叢書）。昨年、中川潤氏による『獣の遠吠えの謎』がやはり私家版の形で刊行されたばかりだ。残りの作品にも優れた作品があるので、自分に対する課題として残してある。ラントームに関しては『騙し絵』が平岡敦氏によって商業出版された（創元推理文庫）が、残りの作品は出る気配がない。ボカは最初に読んだ *Les Usines de l'effroi*（1934）が江戸

『1001の密室―不可能犯罪読書案内』(Semper Ænigma版)

川乱歩の通俗スリラーみたいな印象を受けて敬遠していたが、もっと評価の高い作品もあるので、紹介する価値があるかどうかはきっちり読んでから判断したい。

その後、ラクルブがスーパールたちと共著の形で、*Chambres closes crimes impossibles* の増補版に相当する本を刊行している。それが *1001 Chambres closes: Guide de lecture du crime impossible* (Semper Ænigma, 2013) である(注2)。前著と比べると、ページ数はさほど増えていないが、判型が大きくなり、二段組みで情報量が増え、書影が豊富で、巻末に傑作リストがあるのが嬉しい。こちらも＊の数で評価が記載されている(＊五つが最高)。ちなみに、本書はレオ・ブルース『三人の名探偵のための事件』(扶桑社ミステリー)や島田荘司『占星術殺人事件』とともに＊五つの傑作に挙げられている。本体と巻末の＊の数に齟齬が散見されるのは残念だが、この本の価値を大きく損なうものではないだろう。最終ページには著者四名がそれぞれの夫人とともに仲睦まじそうにしている写真が掲載されているのがご愛敬だ。

すでに十年近く前に本書の原書は入手していたが、実際に読んだのは約二年前である。ラクルブたちの本を眺めていて、そろそろ読む頃合いかと思ったのだった。一読して驚嘆した。なんでこんな傑作の翻訳がないの？ レヴューは海外ミステリのファンジン Re-ClaM 誌の第六巻で発表したが、江戸川乱歩がアイリッシュの『幻の女』の原書を読了した時の有名な言葉「直ちに訳すべし」が思い浮かんだほどである。

本書の解説執筆に取りかかった時、真っ先に念頭に浮かんだのはフランスのミステリ作家に関する事典 Claude Mesplède 編の二巻本 *Dictionnaire des littératures policières* (Joseph K., 2003) を参照の上、作家に関する事実を記載して、それから作品リストを掲げ、作品内容について軽く触れてお茶を濁すという安易な、いや、正統的な方法だった。

ところが、当の事典を見ても作家に関する項目がない！ つまり作家データなしで解説を書かなければならないということだった。メスプレードの事典はその後二〇〇七年に増補版が出ているので、そちらには載っているのかもしれないが、手元にないので当座の役には立たない（注3）。窮余の一策として思いついたのが、訳者たる私が本書を読むに至った経緯を書くことだった。

というわけで、ようやくここから解説らしい記述になる。

本書の作者ミシェル・エルベールとウジェーヌ・ヴィルの作家コンビは全部で次の

三つの長編ミステリを発表している。

La Maison interdite（1932）本書

Le Crime derrière la porte（1934）

L'Homme qui disparut（1937）

前述のように本書は*1001 Chambres closes*で＊五つの評価を受けているが、第二作は＊四つ、第三作は＊二つの評価しか得ていない。残念ながら第三作は所持していないので未読だが、第一作と第二作に対する評価は私から見ても妥当なものと言える。すでに述べたように、この作家コンビに関する情報は残された作品以外ほとんどない。

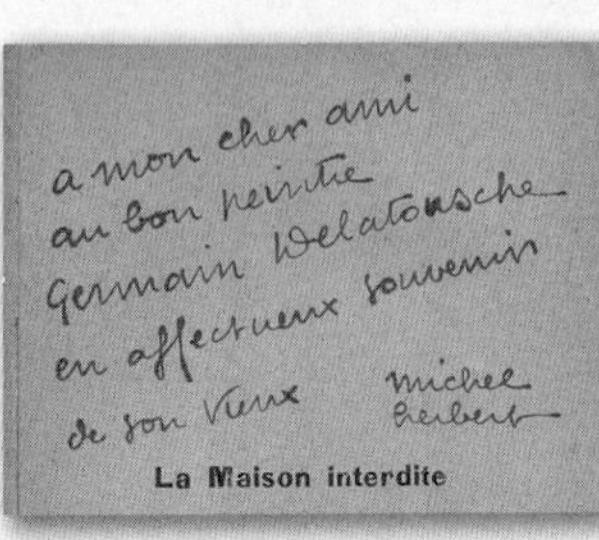

エルベールの献呈署名

本書では或る銀行家が館を建設するが、当の銀行家は詐欺の容疑で逮捕されて有罪となり、悲嘆に暮れた妻は自殺し、銀行家も刑務所に送られてまもなく死亡する。館は次々と所有者を変え、その都度、所有者のもとには、この館には住んではならないという旨の脅迫状が一か月ごとに届き、三通目の脅迫状が届いても立ち去らない所有者は何らかの原因で死亡する。恐れをなした所有者はことごとく屋敷から立ち去ったが、脅しに屈しなかった現当主は予告された夜に射殺される。館の出入口は施錠され、犯人は忽然と姿を消したように思われた。捜査側の侃々諤々の議論の末に、私立探偵トム・モロウが登場して光明を投げかけるが……。犯人の意外性ばかりでなく、作者はもう一つの意外性を用意している。*1001 Chambres closes* において「デカルト的論理の勝利」と絶賛されているのも当然だろう。

第二作は、冒頭から事件発生の通報を受けた警部が現場に駆けつけるという展開を見せ、第一作とは異なり読者はいきなり事件のただ中に放り込まれる。屋敷には病床の老人類学者とその若い妻、使用人が暮らしていた。人類学者には看護婦がついていて、急を知らせるベルが鳴ったので看護婦が部屋に駆けつけたが、ドアには内側から差し錠がかかっていて入れない。中からは人の争うような物音と人類学者の苦悶の声が聞こえた。使用人が外に出て、開いた窓から中を覗いたところ、人類学者は長椅子に倒れていた。警部が窓から入ったところ、部屋には人類学者の死体しかなく、犯人は見当たらない。その後の捜査で窓から逃げ出すこともできなかったことが判明する。第一作同様に、予審判事を中心として捜査側が議論を重ね、紛糾した挙げ句に私立探偵が登場するところまで第一作と似ている。面白いのだが、真相がありきたりで、第一作には及ばない。

また、前記 *1001 Chambres closes* によれば、エルベールは単独で何作か発表しているようだ（注4）。

L'Enigme de la maison noire（1941）Herbert Michael 名義
Tombs Hôtel（1942）Joan Sun 名義
Le Cadavre qui marche（1942）Herbert Michael 名義
Les Serpents d'or（1944）

最初の作品は、〝時間の無駄〟という手厳しい評価で、他の作品は＊一つの評価だった。どうやらエルベールはヴィルとの共著でこそ真価を発揮する作家だったらしい。ヴィルについては一九六〇年十一月二十二日に没したことがフランス国立図書館のデータベースで判明したくらいで、少なくともこの名前による単独の著作はないようだ。もしかすると、イギリスのロバート・ユースティスのように他作家にアイディアを提供する存在だったのかもしれないと一瞬思ったが、エルベール以外の共著者がいたわけでもない。

本書の翻訳にあたっては、幸いに刊行されたばかりの英訳 *The Forbidden House* を参考にすることができた（John Pugmire 訳）。理由は分からないが、原書から割愛されている部分が、特に第三部で散見された。もちろん、本書は完訳である。なお、英訳版の序文でエルベールは作詞家でもあり、ヴィルの本名はウジェーヌ・ルファールであると述べられている（典拠不明）。また、翻訳にあたっては、石橋正孝氏（立教大学准教授）の助言もいただいたことを記して感謝の意を表したい。

ここで最初に呈示した問いかけに戻る。本書を読まれて読者のみなさんは満足されただろうか。埋もれた傑作はまだあるのだと思っていただけたのならば、訳者冥利（みょうり）に尽きるというものである。本書の反響により、次なる傑作をご紹介できる道が開けることを期待したい。

注1　日本ではアルテと表記されているが、当人によれば「アルテール」の方がより原音に近いらしい。「アルテ」表記が定着したのは初紹介者である私の責任かもしれない。外国人名の日本語表記はいつも難しい。

注2　ＩＳＢＮがないので、これも私家版かもしれない。なお、この本には *1001 Chambres closes: Annexes* (Semper Ænigma, 2014) という姉妹編がある。こちらは映画、テレビ番組や実話、バンド・デシネに現れた密室・不可能犯罪など、多方面からこの分野を眺め論じている。

注3　本稿がほぼ完成した時になって、注文していた増補版が届いた。ページ数は各巻百ページ以上増えているが、依然として作者に関する項目はなかった。

注4　このリストは密室・不可能犯罪テーマの作品であり、他にも作品がある可能性がある。現に私は Michaël Herbert 著の *La Main brûlée*（1941）なる本を所持している。発表年を考えると同一作者と疑われる。

（二〇二三・一・三一）

◉訳者紹介　**小林　晋（こばやし　すすむ）**
1957年、東京生まれ。ブルース『ロープとリングの事件』、ハイランド『国会議事堂の死体』（以上、国書刊行会）、ブルース『死の扉』（創元推理文庫）、コックス『プリーストリー氏の問題』（晶文社）、ブルース『骨と髪』（原書房）、アリンガム『甘美なる危険』（新樹社）、ブルース『ミンコット荘に死す』『ハイキャッスル屋敷の死』『三人の名探偵のための事件』『ビーフ巡査部長のための事件』、ダニエル『ケンブリッジ大学の殺人』、レジューン『ミスター・ディアボロ』（以上、扶桑社ミステリー）ほか、クラシック・ミステリーを中心に訳書多数。

禁じられた館

発行日　2023年3月10日　初版第1刷発行

著　者　ミシェル・エルベール&ウジェーヌ・ヴィル
訳　者　小林 晋

発行者　小池英彦
発行所　株式会社 扶桑社
〒105-8070
東京都港区芝浦1-1-1　浜松町ビルディング
電話　03-6368-8870(編集)
　　　03-6368-8891(郵便室)
www.fusosha.co.jp

印刷・製本　図書印刷株式会社

ISBN 978-4-594-09422-5　C0197